內閣第一夫人

四 完

墨湯湯 著

溫柔腹黑內閣首輔 × 端莊沉靜第一夫人

★
隨書附贈
內閣
第一夫人
典藏明信片一張

「夫人，我是極其後悔的。妳可曾想我?」
他的氣息灼熱，貼著她的唇低語，聲音壓得極低，卻滲透進心底。
她曾費盡心機嫁給他，也曾步步為營不敢動情，可是當經歷了這許多之後，
他的溫柔與算計，卻成了她最無法割捨的羈絆……

目錄

第八十九章　抓周

沒辦法把張青世抱回去養，李氏只好一直來穿雲院了。

阮慕陽自從知道了張安夷從小跟在老尚書身邊長大的原因，對李氏就一點好感都沒有了。每次看到李氏，她就替張安夷鳴不平。被父母這樣嫌棄疏離，他還能養成這副性子，真的是多虧了老尚書的教導。

天慢慢變冷了起來。

到了冷天，張青世的身體就更不好了，根本吹不得風，一吹風就咳，咳了就難受，難受了就要哭。每回他病起來，阮慕陽就著急得連覺也睡不著。

看了許多大夫，吃了許多藥，張青世依然這樣反反覆覆。

大夫說娘胎裡帶出來的病最難治，他的身子只能慢慢調養了。

也正是在這個時候，平日裡彈劾張安夷的那些大臣不知是沒了彈劾的內容還是因為別的原因，竟然拿張青世做起了文章。說張青世是張安夷在丁憂期間與妻子同房生的。

這根本是無稽之談，只要算算張青世的年紀就知道不可能了。

可是謠言就是這樣起來的，許多根本不清楚真相的百姓相信了，不僅罵張安夷，還罵張青世，甚至詛咒他。

事情傳到阮慕陽耳朵裡的時候，阮慕陽氣得發抖，尤其是這時候張青世還病著。她恨不得把造謠者抓起來。

百姓能被帶動，明顯就是有人故意為之。

又是一晚阮慕陽陪著張青世，張安夷輕聲勸道：「夫人，妳到冬天膝蓋不好，不能受涼。夜裡寒氣重，到時候膝蓋又要疼了。」

「可是我怕他半夜裡又哭。」阮慕陽心疼極了。

他們兩個對於這個孩子都是十分愧疚的。

「夫人去睡吧，我正好還有些政事要處理，在這裡看著他。」

阮慕陽看向張安夷說：「可是你明日還要上朝。」張安夷每日要處理許多繁瑣的事務，也是十分累的。

張安夷笑了笑道：「反正我也得晚點睡，等後半夜我要睡了就叫妳起來。」

阮慕陽覺得這樣換著也行，便點了點頭。

「夫人。」張安夷輕輕地撫摸著張青世的小手說，「造謠者我已經查出來了，很快就能給夫人一個滿意的交代。」

授意造謠的裘皇后，阮慕陽和張安夷都知道。只是動不了裘皇后，只能把她下面的人抓起來了。

阮慕陽點了點頭，眼中閃過冷意。回去後她就睡了，可誰知這一睡就睡到了天亮。

看到外面的天光，阮慕陽心下一緊張。她好幾晚沒怎麼睡了，一沾上枕頭就睡著了，以為張安夷會叫她，沒想到竟然沒有叫。

阮慕陽喊來了琺瑯問：「廿一呢？」

琺瑯道：「夫人放心吧，小少爺正睡著呢。二爺照顧了小少爺一夜，剛剛才去上朝。」

阮慕陽點了點頭。

張安夷對張青世也是喜歡極了的，但是他從來都不是習慣把心思說出來的人，總是悄然無聲，不動聲色的。等旁人慢慢意識到的時候，他背後已經不知道付出了多少了。

文淵閣之中。

沈未剛剛看了本摺子，又是關於裘家，覺得需要跟張安夷商討一下再做定奪。

她把摺子遞給張安夷，意外地發現他的精神似乎不太好，眼下一片淺淺的青黑。

「堂堂內閣首輔昨晚做賊去了？」沈未揶揄地說道。

張安夷接過她遞來的摺子看了起來，根本沒有抬頭看她，嘴裡說了一句：「照顧兒子。」

沈未失笑。

張二的性格她最清楚不過，看似好相處又謙和，實際上內心倨傲得不得了，還有幾分文人的架子，從前根本難以想像他徹夜照顧兒子的樣子。

聽到笑聲，張安夷終於抬了抬眼。

沈未噤聲，不滿地撇了撇嘴，轉移了話題道：「這周庸是裘夫人的遠房表哥，太后的表舅，咱們是繼續睜一隻眼閉一隻眼，還是給辦了？」如今看著張安夷連孩子都有了，她藏在心底的那份心思也慢慢淡了。而且現在沈家已經平反了，她全身心地投入了朝政之中，覺得日子過得十分充實，也再沒有太多念想了，覺得一輩子就這樣也挺好。

「既然不是姓裘的，還是遠房，那便該如何辦就如何辦。」

大概是經過尹濟之後，裘太后覺得外人都不太可信，便開始扶持培養自己的親戚了。

沈未點了點頭。她跟張安夷想的一樣。

而且最近裘太后越來越過分了，他們是要有些動作了。

隨後，張安夷又給沈未看了一封信。

沈未看後露出了憤然，目光之中帶著冷意說：「原來謠言竟是吳玉那個老賊傳出來的，你打算怎麼處置他？」

張安夷透過層層往上查，終於查到造謠張青世是他丁憂期間有的人是右副都御使吳玉。

他的語氣之中不帶任何情緒，只說了四個字：「殺一儆百。」

第二日正好逢上早朝。

處理了一些尋常事務之後，位列百官之首的張安夷站了出來，對元帝道：「皇上，臣要參右副都御使吳玉。」

「張閣老有何事要參？」元帝問道。元帝今年已經十一歲了。

張安夷的聲音在在空曠的朝堂上響起：「臣要參吳玉出言誹謗朝廷命官。臣的兒子什麼時候有的一算便知。」

「朕是聽說張閣老得了個兒子，對傳言也有所聽聞。」元帝來了興致，問尹濟道：「尹大人，你算算張閣老的這個兒子是什麼時候有的？」

元帝對尹濟十分青睞。

尹濟出列道：「皇上，臣聽聞張閣老的兒子是正月生的，聽說還是早產，應當是四五月有的。」

東窗事發，吳玉惶恐地跪了下來，道：「皇上，臣冤枉啊。臣也是聽別人說的，並不是造謠。」

張安夷看向跪著的吳玉，聲音平靜：「那麼吳大人是聽誰說的？」

「我——」吳玉看了眼元帝寶座之後的簾子，頓了頓，道，「臣、臣也不記得了。」

「皇上，都察院主掌監察、彈劾、建議，御史們監察百官甚至皇上，這股造謠之風不整頓，便會敗壞朝綱，致使大臣蒙冤，危及江山社稷。」說道這裡，張安夷跪了下來，「臣懇請皇上重懲吳大人，以正風氣。」

張安夷是靈帝生前欽點的輔政大臣，元帝對他也是十分仰仗信任的。元帝問道：「張閣老認為該如何處置？」

「當朝杖責五十。」張安夷回答得毫不猶豫。

許多官員倒吸了口冷氣。五十杖還不直接打死人？即便是身強體壯的武將，多半也抗不過五十下。

「不行。」裘太后的聲音忽然響起。

雖然所有人都知道裘太后在垂簾聽政，可是聽政就是個「聽」，她這時候說話時十分不合時宜的。面對百官的質疑，裘太后的聲音裡不見怯懦：「皇上，自古以來御史言官就不得殺。殺言官的大多是昏君。」

元帝皺了皺眉，似乎是十分不滿裘太后這時候開口。「可是張閣老只是說杖責，並未說要殺。」其實元帝原先幫著張安夷的態度並不是很明顯，裘太后插手之後就變得顯而易見了。

裘太后皺了皺眉：「五十杖太重了些。」

元帝並沒有反對他，而是看向尹濟問：「尹大人覺得如何處置合適？」

這一問就問對人了。尹濟是張青世的乾爹，雖然知道的人極少。

他一副旁觀者的樣子，道：「回皇上，都察院的風氣確實要整頓，只是臣認為五十杖重了些，改為四十杖正合適。」

吳玉五十多歲了，五十杖跟四十杖對他而言根本沒什麼區別，因為他都熬不過去。

裘太后深深地皺著眉。

「好！」元帝道，「那就聽尹愛卿的，當朝杖責四十。」

吳玉嚇得老臉慘白，大叫道：「皇上，老臣是御史啊，不能要了老臣的命啊！」

「皇上聖明！」張安夷站了起來，轉身看向吳玉，眼中盡是殺機，「來人。」

立即有人過來將癱軟在地的吳玉架了起來，除去了官服，按在了地上。

當朝杖責便是在這朝堂的中間，當著文武百官的面杖責，有殺一儆百之效。

「一、二、三……」

隨著報數的聲音，是粗壯的木杖打在肉上面的聲音，還有吳玉的慘叫聲。沒幾下，他的屁股上便印出了血漬。

十幾杖打下去，已經是血肉模糊，吳玉的聲音都小了。許多膽小的文官們已經移開了眼睛，都察院的御史們則是滿頭冷汗，看著吳玉彷彿看到了自己造謠的下場。他們中間，有些人覺得吳玉罪有應得，有些人則同情吳玉，覺得張安夷太過分了，簡直就是第二個權勢滔天、濫殺無辜的洛階！

「二十一、二十二……」

打到第二十八下的時候，吳玉忽然不叫了。

行刑的人探了探他的鼻息，道：「皇上，吳大人沒氣了。」許多人倒吸了口冷氣。漸漸瀰漫出來的血腥味叫人作嘔。許多文官紛紛移開了眼睛，遮住了鼻子，臉色慘白。這朝堂上已經有好幾年沒打死過人了，上一次還是武帝在位的時候。但是即便是嗜殺的武帝，也鮮少有殺御史的時候。

他們紛紛去看張安夷的神色，卻發現他的表情並無異常，還是那副溫和的樣子，彷彿沒有看到有人死了一樣。他的平靜與溫和叫人感覺到了一絲恐懼和敬畏。

很多人這才發現自己被張安夷和氣儒雅的外表蒙蔽了。

元帝自小長在宮中，不是沒見過打死人的，是以沒多少反應，點了點頭道：「拖下去吧。」

「是。」

下朝之後，尹濟慢悠悠地走著，像是在等什麼人。

沒多久，他身側真的出現了一個人。

「今日倒是要謝謝尹大人仗義執言了。」說話的正是張安夷。

即便他的語氣裡並不能聽出什麼感謝，尹濟還是一副十分受用的樣子，笑著道：「張閣老客氣了，這是我這個做乾爹的應該做的——」

他話音剛落，就見張安夷從他身旁走了過去，像是沒聽見他說的話一樣。

尹濟不在意地笑了笑。

就這樣，張安夷杖殺了右副都御使吳玉，弄得都察院的御史們敢怒不敢言，生怕成為第二個，紛紛閉上了嘴。

事後，他還讓人將杖責吳玉的緣由公諸於世。他如此理直氣壯的態度終於堵住了悠悠眾口。

阮慕陽聽到這個消息的時候心中驚訝了一下。

看到她眼中的詫異，張安夷問道：「夫人覺得我這樣做太過殘忍了嗎？」他不知何時收起了笑容，幽深的眼睛緊緊地看著她，像是要從她的眼睛裡望到心底，告訴她，他就是這樣一個有時極其心狠手辣、心腸冷硬的人。

「當然不是。」阮慕陽搖了搖頭。這種強硬的態度與張安夷平日裡的行事作風不符，但是又格外讓她覺得格外解氣。

她能夠從最平常的敘述之中聽出今日在朝堂上打死一個大臣是多麼血腥的場面，卻一點也不反感張安夷這麼做。她知道這才是他的行事作風。即便再有才華，光靠溫和的性子和仁慈，他是沒辦法在武帝晚年和靈帝在位這段時間活下來，一步步走到今天的。

「若我是二爺，也會這麼做。」去年元帝繼位之際，他們二人已經將話說開了，既然已經沒有什麼隱瞞的了，阮慕陽也不用再在他面前有所偽裝，表現出自己最好的樣子了。她本來也就不是心存不該有的仁厚的人。

他們捧在手心裡疼的兒子，怎麼能叫人那樣詛咒謾罵？

造謠者落得這樣的下場罪有應得。

聽到阮慕陽這麼說，張安夷的臉上終於又露出了溫和的笑容，勾起了唇道：「夫人與我果真是一類人。」

所以，天造地設。

張安夷的這番做法明明是占著理的，可是更多的人看到的是吳玉因為彈劾他而死了。很多人敢怒不敢言，因為誰也不知道自己會不會是下一個吳玉。

百姓往往更願意站在弱勢的人那一邊，卻極少去考慮事情本身的對錯。

張安夷杖責吳玉致死的事情風風火火鬧了一陣子，日子過得很快，又過年了。

雖說張安夷不用丁憂守制了，但是三年的喪期還在，張府這個年過得依舊很清冷。

過了年，很快就是張青世的週歲了。

這孩子滿月的時候便沒有辦酒席，出於虧欠，張安夷和阮慕陽決定給他辦個週歲宴，只請一些至親和平日裡張安夷走動比較多的一些同窗好友，比如沈未之類。

明明只是請了些熟人，可張閣老要給兒子辦週歲的事情不知怎麼傳了出去。

正月二十一，張青世週歲這天，不請自來了許多人，幾乎要將張府的門檻踏破。

再仔細看看這些人，無不是上京五品以上的大員或是極有才名的讀書人。因為張府沒準備請這麼多人，也根本沒準備這麼多酒菜，那些人只是把禮送到了就走了。

能進張家坐在宴席上的，就更是了不得的人了。

沈未、宋學士，再加上張安夷自己，光華內閣一半的人都在裡面了。

許多不明就裡，不知道發生了什麼事的人，還以為是張府的閣老過生辰，可誰知只是小公子的週歲宴。

張青世的週歲宴的排場可以說是十分大了。

阮中令、趙氏，還有阮明華夫婦都來了。

阮暮雲和宋新言夫婦到了晚了一些。

看到阮暮雲雖然笑著，神色之中卻掩飾不住地帶著幾分憔悴，阮慕陽料想是跟宋新言納妾有關。今天那麼多賓客，阮慕陽不好跟阮暮雲多說什麼，只能朝她投去一個理解的眼神，道：「姐姐，快來坐。」

親姐妹之間，很多事情不用明說就能明白。

週歲宴自然是要抓周的。

抓周的物件阮慕陽已經提前準備好了，都是些尋常抓周的物件——印章、經書、筆、算盤、吃食、胭脂還有玩具。

其中的筆是張安夷親自準備的，那是平日裡他放在書房裡的一枝，也是他最常用的。

張家幾代都是讀書人，張安夷希望張青世讀書，寫得一手錦繡文章，將來金榜題名入仕也是很正常的。

阮慕陽倒是對張青世沒有什麼期盼，他抓筆也好，抓吃食也好，甚至抓胭脂也行，只要他長大以後過得高興自在就行了。她始終覺得自己虧欠了他，所以只要他高興就行了。

大案置於床前，所有抓周的物件都擺在了上面。

親朋好友們看著阮慕陽將穿著小襖的張青世抱了出來。因為他身子不好，所以冬天穿得很多，看上去就像一個團子一樣十分可愛。

張青世看到這麼多人也不怕生，沈未伸手逗了他兩下，他便咯咯笑了起來。

女子本就對小孩子多一些喜愛，這一笑，沈未的心都化了。

「青世多半會抓那枝筆，跟他父親一樣。」阮中令笑著道。

許多人附和著點頭。

張安夷的兒子，不像他爹一樣連中三元，至少也能繼承一些張安夷的才氣。

那麼多人都篤定張青世會抓筆，張安夷卻站著沒有表態。

沈未正好站在他旁邊，拉了拉他，低聲問：「張二，你覺得你兒子會抓什麼？」

對所有事情都胸有成竹的張安夷破天荒地挑了挑眉毛，低聲道：「不好說。」原來他不說話不是胸有成竹，而是猜不到結果會是如何。

沈未正要揶揄他兩句，忽然聽外面報唱的人說尹濟來了。

她有幾分意外，改了口道：「你什麼時候跟他這麼好了，還請了他？」原先尹濟是太后的人的時候，沈未對尹濟是沒有什麼好感的，覺得此人阿諛奉承，可自從前年他去兩江兩淮巡查，將金陵好好整治了一番，她便對他有所改觀。

張安夷沒有說話，只是那雙幽深的眼睛裡閃過異樣，轉瞬即逝。

在場跟沈未一樣意外的人還有很多。

聽到下人報尹濟的名字，阮慕陽沒有意外。

竟然才來。

到此，光華內閣六人有四人在場，而且是內閣之中前四順位的大學士。

「被政務纏身到現在才來，張閣老，張夫人，實在抱歉。」尹濟還是那副輕佻的樣子。

張安夷的目光跟他對上，意味深長地道：「尹大人來得正好。」

尹濟走到床前，先是看了阮慕陽一眼，隨後彎下腰看了看張青世，伸出手指在他的小臉上輕輕戳了一下，另一隻手裡像變戲法一樣變出了一個木盒子，說道：「這是乾爹給你的見面禮。」

在場的許多人這才知道，尹濟竟然是張青世的乾爹！

都知道張安夷和尹濟在朝堂上不和，可誰知私下裡張安夷的兒子竟然認了尹濟做乾爹！

這是朝中局勢又要變了嗎？

阮慕陽的注意力卻在尹濟拿出的那個手掌大的木盒子上，眼皮跳了跳。有了滿月那次經歷，她唯恐尹濟拿來些什麼特別貴重的東西嚇到別人，給了琺瑯一個眼神讓她把木盒子收走了。

張青世長得像極了阮慕陽，自是十分得尹濟喜歡。美中不足的是那雙眼睛太像他爹了，讓他看得有幾分鬱悶。

他站直了身體，看向張安夷和阮慕陽夫婦道：「抓周嘛，我這個做乾爹的自然也是要添一些東西的，圖個喜慶和吉利。」

說著，他從懷裡拿出了一把手掌大的金算盤，在眾人訝異地目光下把原先阮慕陽準備的普通算盤給換了下去。

這下就連阮慕陽也挑了挑眉毛，看著尹濟皺了皺眉。

這是來挑事的？

真的太符合他的性子了。

確實是有加一些金飾圖個吉利喜慶的說法，可是這金算盤放在一堆物件裡，太耀眼了。小孩子就喜歡花哨吸引眼睛的，這不是哄著張青世去抓算盤？

張安夷不動聲色地看向尹濟。

正好尹濟也朝他看過來。

一枝是張安夷最常用的筆，一個是尹濟精心準備的算盤。

一個是親爹準備的，一個是乾爹準備的。
兩個人彷彿在較勁一樣。
「好了，開始吧。」
所有的物件排開，阮慕陽哄著張青世朝案前爬。
氣氛頓時熱鬧了起來，所有人都期待著張青世會抓什麼。
結果，張青世看也沒看那枝筆，毫不猶豫地爬過去，抓起了金算盤，開心地笑了笑。

第九十章　又一個混世魔王

抓算盤寓意著將來長大擅長理財，必成陶朱事業，尤其還是金算盤，寓意就更加好了。

尹濟的一聲輕笑聽著很清晰。

張安夷的兒子抓周居然毫不猶豫地去抓算盤，雖然結果有些出人意料，但是賓客們的反應還是很快的，立即有人開始說吉祥話。

阮慕陽下意識去看了張安夷一眼。此刻的他雖然看起來沒什麼異常，可是她感覺到了他應該是不高興的。

「還沒抓完呢！他要去抓第二件了。」沈未忽然說道。

阮慕陽看過去，果然看見張青世慢悠悠地又爬了起來，一雙像極了張安夷的眼睛裡滿是好奇，似乎在挑選著什麼。即便一隻手裡抓著金算盤讓他爬起來顯得有些笨拙，他也始終未鬆手。

顯然他是要定了這個金算盤了。

賓客們又好奇了起來。不知道張青世接下來會拿什麼。

張青世似乎心情極好，在這些東西裡挑著。一會兒摸一摸印章，一會兒摸了摸玩具，連胭脂也要摸上一摸。

可是他好像對這些東西的興趣不大，都只是摸摸，連拿都沒有拿起來。

最後，他又看向了張安夷的那枝筆。

「快看快看。」賓客裡不知道是誰的聲音，這麼激動。

若是張青世一手抓金算盤，一手抓張安夷的用慣了的筆，那麼說不定將來就是既有榮華，又有富貴。

張安夷始終沒有說話，只是在張青世拿起那枝筆的時候，眼中閃過欣慰之色。

可誰知張青世把筆拿起來看了看，又放下來了，然後攥著金算盤爬向阮慕陽要抱，看起來開心極了。

沈未嘖嘖稱奇，低聲對張安夷說道：「張二，你這兒子八成是你的剋星。」

張安夷沒有說話，像是默認了一樣。

到頭來那麼多東西裡，他只抓了個金算盤，其他什麼也沒有拿。

張青世彷彿在逗這些大人們一樣。

阮慕陽失笑，溫柔地將他抱了起來，看了張安夷一眼。

張安夷朝他們母子勾了勾唇。

隨即，親朋好友們也笑了起來。有的是真心的笑，卻也有幾個人是嘲笑，比如王氏之流。

士農工商，商排最末，張安夷的兒子抓周到頭來只抓了個算盤，可不是笑話？

「乖孫兒抓什麼都好。」李氏倒是沒什麼不滿意的，眼裡只有張青世可愛的樣子。

這讓王氏更加不滿意了。

宴席上，尹濟朝張安夷敬了杯酒，一副勝者的姿態，眉眼之間是壓抑不住的得意，道：「張閣老，承讓了。」他似乎給外喜歡朝張安夷敬酒。

張安夷沒有拒絕，神色不變，朝他舉了舉杯：「犬子向來是對外人比較客氣的，尹大人當之無愧，不必謙虛。」

「外人」二字咬得有些重。

觥籌交錯，你來我往，分毫不讓。

週歲宴是在中午辦的，下午就陸陸續續有人走了。

晚上，忙著應酬大半天的阮慕陽終於輕鬆了下來。張青世今天累了，早早地就睡著了。

這一天張安夷自然也沒閒著，身上帶著一股淡淡的酒氣。

看著他更衣，阮慕陽問道：「二爺是否因為今日廿一抓了個算盤，有些不高興？」她看得出來自從張青世抓周之後，他的臉就有些黑，似乎很不滿。

張安夷回過身來，看了看阮慕陽，道：「實際上我倒不希望他入仕，書讀得多不多不重要，只要明理，他將來做什麼都可以。」

阮慕陽有幾分意外。她原以為張安夷必然是會希望張青世入仕的。她原本還在替張青世擔憂，畢竟有張安夷這樣優秀的父親，壓力太大了，卻沒想到他跟她想的一樣。

「妳我都知道朝堂險惡，我不希望我們的孩子也經歷這麼多。」張安夷的聲音有幾分悠遠。他這一路走來，經歷了三朝，幾乎是九死一生。即便現在成了內閣首輔，依舊沒那麼輕鬆。

他介意的不是張青世抓了個算盤，而是一個人罷了。

阮慕陽垂了垂眼睛，心裡柔軟極了：「二爺說的是。」他的話都說到這個份上了，她自然也猜出來張安夷在介懷什麼了。

堂堂內閣首輔，心中連江山社稷都能包容得下的人竟然還有這樣的小氣的時候，這種反差讓阮慕陽心中有些甜。顧及他的面子，她沒有點穿，只是眼中出現了笑意，帶著幾分揶揄。

張安夷這樣骨子裡帶著文人狂傲的人自然也不願意承認，對上阮慕陽的揶揄也是面不改色。他走到阮慕陽面前，挑了挑眉毛問道：「夫人的心情似乎極好？」

這一刻，他這副高深的樣子在阮慕陽面前已經沒什麼作用了。

「是不錯。」她倚在床頭，滿臉笑意地看著他。

生完孩子後，她的身形不見圓潤，依舊玲瓏有致，相貌上也沒有變化，皮膚看起來甚至比以前更加白皙嬌嫩了，唯一變化的是她身上的韻致，時間讓她與生俱來的沉靜沉澱了下來，混在她的溫柔之中，隱而不露，漸漸浮上來的是幾分剛剛好的肆意，一抬眼，一微笑，皆是動人的風情，斜倚的樣子勾人極了。

張安夷眼中映著的燭火像是被熄滅了一樣，留下一片幽深。

感覺到他目光的變化，阮慕陽慢慢收起了笑意。他燙人的目光彷彿枷鎖一樣，將她禁錮住了。

他走過來站在床邊，寬大的背將光亮遮擋住。身體被籠罩在了他的陰影之下就好像被他的手一寸寸撫摸過一樣，就連他指腹的薄繭都能感受到，阮慕陽的身子有些發軟。

直至他覆上來，毫不猶豫地挑開她的衣襟，她的力氣就像是被抽乾了一樣，動彈不得，唯一剩下的那點也化作了口中細碎的嬌吟。

張安夷忽然抬起頭來，滿意地看著自己留下的如同雪地裡的朵朵紅梅一樣的痕跡，聲音低啞得撓人心：「夫人真的是越發嬌嫩了。」

阮慕陽的臉紅透了，不好意思去看他，將目光移向別處，聲音嬌軟地提醒道：「你仔細著點，別叫廿一明日抓我領口的時候看見。」

張安夷失笑，眼中滿是嬌慣：「好，都聽夫人的。」

隨即，滿室甜膩的氣息濃了起來，床帳上映出的身姿交疊的影子惹人遐想。

三年後。

開春，天依舊有些寒。

穿雲院裡，嫋嫋的黑煙升起，帶著濃重的紙張燒掉的氣味。

「少爺，使不得啊。您這樣，小的一會兒又要挨罵了。」說話的是一個小廝，年紀不大，十二、三歲的樣子，帶著稚意的臉上滿滿的喪氣。

他面前，一個裹得嚴嚴實實，穿得極喜慶的身影蹲在火堆前不斷撕著紙往裡面加，整個人像一個軟綿綿顏色喜慶的球一樣。他開口，聲音裡還帶著幾分奶音，語氣卻很老道，說道：「怕什麼，本少爺不過是想自己烤個紅薯吃而已。金珠，你的膽子怎麼這麼小。」

這正是剛剛過完四週歲的張青世。

他的皮膚很白，臉卻凍得有些發紅，唇色淺得有幾分不健康，一雙像極了張安夷的眼睛正看著跳動的火堆，帶著幾分興奮。

「少爺，那您也不能拿二爺的書來撕啊。」叫金珠的小廝都快哭了。

張青世手上的動作不停，不以為意地說道：「我爹書房裡那麼多書，少一本他也發現不了。況且本少爺想嘗嘗這樣烤出來的紅薯是不是帶著幾分墨香味。」

「那你聞到了嗎？」

張青世搖了搖頭：「得嘗嘗才知道。」

忽然意識到這個聲音不對，他抬起頭。當看到身後站的是張安夷的時候，他嚇得一屁股坐在了地上。金珠早就站在一旁，抖得跟篩糠似的。

「爹——您這麼回來了啊？」

張安夷看了眼被撕得只剩小半本的珍藏本，臉上帶著黑氣：「我今日休沐。若不是休沐，怕是也不知道你做的好事。」

張青世說得很對，張安夷有那麼多書，若不是要特意去找那一本，恐怕一兩年都不會發現少了。

察覺到張安夷真的生氣了，張青世心裡有些害怕。

他從地上爬了起來，高高地仰著頭去看張安夷，奶聲奶氣地說道：「爹，你要是打我，我娘回來會生氣的。」

今日剛好阮慕陽去阮府了。

張安夷不為所動，只是道：「到底是我管教你管教得少了。」

張青世從他平靜溫和的語氣讓人聽出了嚴肅。

這招不管用，他微微轉了轉眼珠子，小小的手捂著胸口說：「爹，我難受。」

張青世一直就是個藥罐子，吃藥長到大的。他的身體不好，尤其是一到冬天，時不時就會喘，嬌貴得很。

「你——」張安夷一眼就能看出張青世是裝的，可是又怕真的打他兩下，讓他跪一下，他就真的犯病了。他嘆了口氣，低聲道：「罷了，是我欠你的。」他的語氣無奈極了。

張青世矮，沒有聽真切張安夷說的話，只是聽到了「罷了」兩個字，終於鬆了口氣。

「謝謝爹！」

他高興地牽起一旁紅色的帶著輪子的小木馬，邁著小短腿走了，一副招搖過市的樣子，就像小霸王一樣。

這個木馬是去年他過生辰的時候，他的乾爹尹濟送的，是他的心頭寶貝。

還站在一旁的金珠見張青世走了有些著急，偷偷地看了張安夷一眼，見他沒有什麼反應，就匆忙地追了上去。

木馬的小輪子滾過地面發出的聲音還能聽到，原先張青世生起了火堆已經熄了，只剩下一縷黑煙，張安夷負手站在火堆旁，抿著唇看著張青世離開的方向，顯得有幾分孤寂和落寞。

阮慕陽回來就聽說了張青世又闖禍了事情，把他叫了過來。

「娘，我錯了。」

張青世一到她面前就特別的乖巧聽話，弄得原來想狠下心訓他兩句的阮慕陽一下子狠不下心了。

她無奈地嘆了口氣。張青世從小身體就不好，她與張安夷兩人因為愧疚存著幾分補償的心思，也從來沒罰過他。即便他再頑皮，張安夷也沒有打過他一下。

她也不知道為何，張安夷與張青世父子就是沒那麼親厚。

張青世見阮慕陽不跟他生氣了，立即依偎到她身前，道：「娘，我真的知道錯了，以後再也不燒父親的書了。」

看到他那雙像極了張安夷的眼睛裡滿是狡黠，阮慕陽無奈。

她與張安夷兩人都是穩重的人，也不知為什麼，張青世的性子竟然這般跳脫。整個張府現在都是張青世的天下，整日拖著小木馬到處跑，身後還跟著金珠、銀寶兩個小廝。上面的幾個哥哥還有兩個姐姐都被他治得服服貼貼的，更不要說張吉跟李氏，雖然對他們夫妻不好，卻對張青世卻好得不行。也不知道他是怎麼做到的。

大概這就是物極必反吧。

「一會兒自己去跟你爹請罪。」阮慕陽道。

「娘——」

這事兒是白天發生，既然現在張青世好好的，說明張安夷不跟他計較了。但是阮慕陽下定決定要讓他長長記性。「你將你父親的書燒了，沒挨打就不錯了，還不去請罪？」

張青世撇了撇嘴：「好吧。」說完他便要牽著小木馬去張安夷的書房。

「把木馬留下。」

張青世大部分時候對阮慕陽都是言聽計從的，便將木馬留下了。

阮慕陽又嘆了口氣。這孩子太聰明了，但都是歪腦筋，將張安夷的優點繼承成了缺點。

書房外，莫聞看見張青世這小祖宗，眼皮都跳了跳。

大概所有人都想不明白張安夷和阮慕陽兩個人的性子，怎麼會生出這樣一個兒子。

「小少爺稍等，我進去通報一聲。」

通報之後，張青世走了進去，乖乖地叫了一聲「爹」。

這一聲「爹」讓張安夷挑了挑眉毛。

張家幾代都是讀書人，有著讀書人的風骨，信奉聖賢，就連家規都比尋常世家貴族要嚴一些。張家對男子更是從小管教就很嚴，當年張安夷小小年紀跟在老尚書身邊時就被十分嚴苛地對待。

現在偏偏出了張青世這麼個意外。

張安夷已經好多次糾正過張青世，讓他管自己跟阮慕陽喊「父親」和「母親」了，可是他就是不肯改口，就愛喊「爹」和「娘」，雖然聽上去十分親切，可是張安夷還是想讓他規矩一些。

張家的男子都會充當嚴父，在男孩子記事之後便不再抱他了。

但實際上，張安夷一直就沒有抱過張青世。

不記事的時候張青世不讓，記事了以後又不能抱了。

「你母親叫你來的？」對於自己的兒子，張安夷還是十分了解的。

張青世個子小小的，還不及張安夷的案台高，根本看不見人。張安夷不得不站起來。

「唔——」張青世答不上來，就是默認了。

自打去年年初，張青世第一次跟張安夷說謊話當即就被揭穿後，他便再也不在張安夷面前說謊了。

「那你可真的知道錯了？」張安夷問道。

張青世點了點頭，帶著幾分病態的蒼白的臉上可憐兮兮的，像是要哭了。他本來就小小一個，包得像個團子，又十分機靈會討人喜歡，再加上身子不好，叫人根本就不忍心苛責他。

張安夷有幾分頭疼，輕嘆了口氣：「下不為例。」

張青世認真地點了點頭。

「行了，我這書房冷，你還是早些回去吧。」

「謝謝爹。」張青世扁著小嘴，一副知錯的樣子。

可是一離開張安夷的書房，他小臉上立即出現了笑容，走起路來招搖的樣子就像後面拖著一個小木馬還跟了兩個小廝一樣。

莫聞看著張青世慢慢離開，聽到動靜回頭，只見張安夷站在了門口。

想到張青世的來意，莫聞不由地替張青世捏了把汗。

其實，張安夷怎麼會不清楚張青世的性子？

他是料到了張青世的道歉不是真心的。

這三年裡，朝廷的局勢幾乎幾天一個變化，尤其是官員的調動和任免，裘太后和張安夷為首的內閣大臣像是較量一般。這三年裡裘太后培養了許多親信，卻也被張安夷拔掉了不少。

今年，元帝十四歲了。

裘太后依然垂簾聽政，元帝對她的不滿也越來越明顯了。

兩年前張安玉在青田的任期滿了回京。因為他任青田知縣的三年裡，政績很好，再加上是張安夷的弟弟，回到上京之後就進了禮部，成了正六品的主事，往後也會是青雲直上。

最近還有件即將發生的事情，那就是尹濟終於要搬出官舍，有在上京的府邸了，喬遷宴在下個月，也就是二月初五。

尹濟到現在都沒有成家，沒有女眷，是以也沒有下請帖邀請女眷。

自打張青世出生開始，滿月、週歲還有每年生辰，尹濟都會送禮，終於有個回禮的機會，阮慕陽決定回一個大一些的禮，叫人私下送過去。

「娘，乾爹說太后賞給了他一個手藝極好的廚娘，請我去嘗嘗呢。」張青世的性格與尹濟倒是十分投緣，再加上這個乾爹每年都會給他送有趣的東西，是以他對尹濟這個乾爹很親，隔三差五就吵著鬧著要去找尹濟。

跟自己的親爹不親，跟乾爹這麼親，阮慕陽不知道要怎麼說張青世好，許多時候都是拘著他，不讓他去的。

她一是覺得張安夷會介懷，二是覺得尹濟這性格會把她兒子帶壞。

她的兒子已經夠壞的了。

「娘，我都好久沒見到乾爹了，就去吃一頓飯就回來。」張青世可憐兮兮地看著阮慕陽。

阮慕陽忍不住伸手在他的臉上揉了揉，說：「喬遷宴那天那麼多人，你去了他哪裡顧得上你？我怎麼放心？」裘太后賜的這個廚娘她也有所耳聞。這幾年元帝和裘太后的有些緊張，裘太后將一切歸咎於是尹濟的挑唆，對尹濟恨極了。

她賞賜的這個廚娘定然不會只是個簡單的廚娘，多半是個眼線。

可是太后的賞賜，尹濟拒絕不得。

張青世越發乖巧：「乾爹說讓我喬遷宴之後的一天去，那天他也休沐。我都許久沒出門了。娘——」

最後阮慕陽一心軟，就讓張青世去了，結果到了那一天，張青世去了尹府當晚並沒有回來，而是尹濟派人來說了一聲，說張青世要在他的新府邸過一夜。

阮慕陽氣得不行，這孩子真的被他寵壞了。

可是要狠心去教訓，她又捨不得。

晚上張安夷從宮中回來，阮慕陽跟他說了張青世留宿的尹府的事情，語氣之中帶著幾分無奈與苦惱。

張安夷的無奈並不比她少。

「罷了，這孩子便由他去吧，只要他有是非觀，不殺人放火打家劫舍就好。」他安慰阮慕陽道。

阮慕陽點了點頭。張青世的身子這麼弱，是他們做父母的虧欠他的。他們只想讓他平安喜樂，高興肆意地活著。至於品行，張家的子孫，她阮慕陽和張安夷的兒子，自然是不會差的。

就在她出神的時候，張安夷轉移了話題：「今日聖上和裘太后又發生了爭執。聖上對太后越來越不滿，看尹濟近些日子的動向，恐怕是很快就要有動作了。」

「聖上要從裘太后手中把權要回來，恐怕不太容易。」提起國家大事，阮慕陽的神色變得嚴肅了起來。

權勢這種東西，沾上了是會上癮的，拿起十分容易，想要放下，大半的人會不捨得。

裘太后雖是江南女子，對權勢的野心卻一點不比男子差。原先她將心思隱藏了起來，在元帝繼位、她垂簾聽政之後，這野心就越來越明顯，幾乎滿朝皆知。許多朝臣們雖然內鬥得厲害，但擁護的依舊是謝氏王朝，絕對不希望江山落入裘氏外戚手中的。

阮慕陽知道張安夷更是如此。

雖然這兩年尹濟越來越得元帝的信賴，張安夷這個先帝欽點的輔政大臣在元帝心裡恐怕都沒有尹濟值得信任。

「確實不太容易。」張安夷的聲音有些悠遠，「裘太后培養的外戚這兩年勢力壯大，已經在朝廷生了根。」

阮慕陽深以為然，神色凝重，眼中似乎看到了即將到來的暴風雨。
靈帝駕崩之後，安靜了五年多的朝堂又將迎來新的動盪。

第九十一章　親政的決心

正當張安夷和阮慕陽夫妻在分析朝中局勢、預言將來的腥風血雨的時候，他們的兒子張青世在尹府過得如魚得水，十分高興。

昨日尹府剛辦了喬遷宴，今日大門外還有許多鞭炮立下的紅紙，看著十分喜慶。

親自品嘗過了裘太后賞賜的這位廚娘的手藝之後，張青世一副大人的樣子，點評道：「乾爹，你府上這個廚娘的手藝真好。」他搖頭晃腦，小臉上全是饜足，活脫脫一副上京子弟的樣子。

「是嗎？」尹濟失笑。他並沒有很大的口腹之欲，於他而言只要不是很難吃的，都是差不多的。見張青世的下巴上泛著油光，他讓伺候的下人拿來了帕子，親自給他擦了擦，問道：「看你今日活蹦亂跳的，身子怎麼樣了？」

看得出來尹濟是十分喜歡張青世的。

當年在揚州城外的大雨裡遇到阮慕陽的時候，尹濟的年紀就是尋常人家男子成親的年紀，到了現在，他依舊是沒有成親。尋常男人在他這個年紀說不定都是幾個孩子的父親了。

張青世除了在張府、在尹府受寵之外，還十分得他的「沈叔叔」喜愛。

因為沈未到現在還住在官舍裡，他不方便經常去玩。

張安夷、尹濟、沈未，都是如今朝中舉足輕重的人物，張青世可謂集萬千寵愛於一身，幸福極了。

他乖巧地任由尹濟給他擦下巴上的油漬，說道：「許久沒犯病了，我現在挺好的，謝乾爹關心。」

張青世能得這麼多人喜歡，小嘴自然是特別甜的。

尹濟笑了笑。

「乾爹，聽說你府上這個廚娘是太后娘娘賞的，我長這麼大還沒見過太后的賞賜呢，能不能把廚娘叫出來給我看看？」張青世滿臉好奇，「我想看看太后娘娘賞的人跟我們這些尋常人有什麼不一樣。」

提起裘太后賞的人，尹濟那雙眼睛裡閃過冷意。即便他現在不是十幾歲的少年了，但是眼角眉梢的輕佻卻一點點都沒有變。

「乾爹——」

尹濟點了點頭道：「好，正好你乾爹我也沒見過她。我也要看看這裘太后賞賜的人有什麼不一樣。」他勾起了唇，語氣隱隱地帶著惡意。

沒一會兒，人就被帶上來了。

進來的人恭敬地低著頭看不清容貌，有些瘦小，穿的是廚娘的衣服，為了做事方便，袖口被捲起，露出了一小節小臂。

「怎麼不抬起頭？看不清臉。」坐在凳子上的張青世撐著桌子就要站在椅子上，尹濟伸手護住了他，防止他掉下來。

記得去年的時候有一回張青世來找他玩，那時候他底盤還有些不穩，走路晃蕩，結果被石頭絆了一下摔倒在地，將膝蓋給磕青了。知道這是阮慕陽的心頭寶，尹濟親自將他送了回去。誰知第二日張安夷就讓人參了他一本。

簡直就是公報私仇，吃了暗虧的尹濟氣得不行。

張青世是他的兒子，但也是他的乾兒子啊，他自然也是心疼的。

聽到張青世的話，尹濟對低著頭的人道：「抬起頭來。」他的聲音聽起來比平日裡威嚴一些。

得了尹濟的指示後，廚娘慢慢地抬起頭來。

這是一張還隱隱帶著稚氣的點，看上去頂多十六歲，一雙大大的眼睛裡充滿了敬畏和慌張，像隻小兔子一樣。

尹濟不為所動問道：「妳叫什麼名字？」他向來不欣賞這樣的女子，也根本不吃這一套，不憐香惜玉。裘太后這次派錯了人。

要問他欣賞什麼樣的，當然是阮慕陽那樣氣勢強、端莊高貴的。

「回大人，奴婢名叫十方。」小廚娘開口，聲音裡也帶著些惶恐。

「十方一念，這名字倒是有幾分意思。」尹濟點評道。

小廚娘看了眼尹濟，道：「大人，奴婢在家中排行第十。」

因為排行第十所以叫十方，可想而知在她前面還有九方、八方……

果然是普通人家會取的名字。

尹濟的嘴角抽動了一下，也不覺得尷尬，一邊注意著張青世以防他從凳子上摔下來，一邊審視地看著十方，不放過她的任何一個細微的動作，嘴裡狀似不在意地說道：「十方這個名字太過隨意了一些，既然太后將妳賞賜給了本官，那以後就是尹府的家奴了，自然是要姓尹的。」

十方看向尹濟，惶恐又為難地開口：「可、可是——」

尹濟根本沒有理會她，而是看向張青世問：「你也四歲了，即便什麼都沒學也該耳濡目染到一些。今日考考你，你不是覺得她的手藝不錯嗎？那就賞她個名字。」

讓一個四歲的孩童賞賜名字，無疑是一種戲弄和羞辱。

「啊？」張青世沒想到原本只是想看看太后賞賜的人長什麼樣，現在還要他給人家取名字。

他的小臉皺在了一起。

尹濟看著他為難的樣子，好笑地說道：「你爹八歲的時候寫的詩就能被收錄在呈給武帝的詩集裡，你自然是該繼承些的，盡你最大的能力取，取出來了乾爹送你件好玩的東西。」

他不知道，張青世真的一點都沒繼承到張安夷的文采和天賦，這一點差不多是隨了從小讀書就不如家中姐妹的阮慕陽。

聽到有好玩的東西，張青世來了興趣，立即乖乖坐了下來，皺起了眉。

他連《三字經》、《百家姓》這樣的書聽都沒聽過，更是一個字都不認識，怎麼會給別人取名字？張青世想了好一會兒想不出來，又是小孩子心性坐不住，就開始東張西望了起來。

忽然看到窗外隱隱的月亮，他的眼睛裡閃過狡黠說：「我知道了！」

他看向十方，小短腿碰不著地就在那裡晃啊晃啊的，說道：「妳就叫尹月吧。本少爺給妳取的，喜不喜歡？」

尹濟點了點頭，摸了摸他的小臉道：「雖然不出彩，但是也不差，勉強過關。」

張青世高興極了。

原先欲言又止的十方終於急得鼓足了勇氣，委屈地對尹濟說：「大人，奴婢這名字是爹娘給取的，不能改。」

尹濟氣笑了。頭一回見到不給改名的丫鬟的。果然裘太后賞賜的就是脾氣大。

他指了指心思已經飄到了好玩的東西上的張青世，對十方說道：「妳可知他是誰？他可是張閣老的兒子，給妳取個名字還委屈妳了？」

十方立即跪了下來道：「奴婢不敢！」隨即，她磕了個頭以示感謝。

尹濟勾了勾唇，心中一陣冷笑：「起來吧，往後妳就叫尹月了。」

「多謝大人。」尹月起來的時候，聲音裡隱隱地帶著哭腔，眼睛也紅紅的。還帶著些稚氣的臉上滿是委屈，像是下一刻就要哭出來了。

尹濟十分不喜歡這樣哭哭啼啼的女子，覺得精明的裘太后這次失手了，沒有摸準自己的性子，派了個這麼不招他待見的人來。即便世上沒有第二個阮慕陽，也要勉強找個沈未那樣聰明的女人。只不過沈未實在太沒有女人味了，知道她女子身分也好幾年了，同朝為官，他始終未將她當作女子看過。

因為她看著實在像個男人。

看到尹月那副柔弱的樣子，尹濟有些頭疼地揮了揮手，道：「下去吧。」

尹月下去後，一旁的張青世忽然一副正經的樣子皺著眉看著他，篤定地道：「乾爹，你把人家弄哭了。」

尹濟挑了挑眉毛，神色不變，一臉坦然地說：「你看錯了。」

張青世皺了皺小小的眉毛，有些疑惑，想再看看尹月是不是哭了，可是尹月已經走了。

「走吧，乾爹帶你去看好東西，看完早些睡覺。」尹濟站了起來，隨後將坐在凳子上的張青世抱了起來。

張青世的注意力立即被所謂的「好東西」吸引，小臉上滿是激動。

第二日，他自然是滿載而歸的。

一回到張府，張青世就高興地來找阮慕陽了，將自己從尹府弄來的好東西給阮慕陽展示了一遍。

阮慕陽看著有些頭疼。

前日尹濟喬遷，她好不容易派人送了份禮過去，還了些這幾年尹濟給張青世送禮物的情分，一轉眼這孩子又帶回來了許多東西。

「娘，您怎麼好像不高興？」張青世皺著眉問。

阮慕陽搖了搖頭。

張青世又高興地跟她說起了自己在尹府吃到的好東西和見到的人，最重要的是炫耀自己能給人取名字了。

阮慕陽從他東一句、西一句裡聽出了個大概。

尹濟沒有在收下這個廚娘後立即給這個廚娘找個錯處處置了她，看來是想暗中觀察裘太后派這個人來的用意。讓張青世給取名字，自然是尹濟想到府中有個裘太后光明正大安插進來的人，不太高興，想要羞辱一番出出氣。

看來現在的尹府不太平。

想到這裡，她對張青世道：「這些日子好好在家，不要到處跑了。你也四歲了，改明教你一些簡單的字，不能再整日闖禍了。」

張青世原本想跟阮慕陽撒個嬌，可見阮慕陽的態度前所未有的堅定，只好垂著小腦袋點了點頭。

今年三月的上巳節過後，元帝再次向裘太后提出了想要親政的想法。

裘太后面色不改，笑著同他說道：「皇上還小，朝中有張安夷那樣隻手遮天的大臣，哀家怕你年紀小，一親政正好遂了他的意願，這光華的江山會徹底落到他的手上。」

元帝從小就活在裘太后的強勢之下。他還是太子的時候，裘太后就對他的要求很高，繼位後更是什麼事都要聽她的。這讓元帝心中生出了厭煩和抵抗的情緒。

他道：「可兒臣覺得張閣老是一心為了江山社稷，他是父皇欽點的輔政大臣。」

裘太后不為所動，語重心長地嘆了口氣說：「皇上，你還是太年輕啊。皇上身邊的尹濟也不是值得信賴之人，他是個弄權的角色，切勿聽他多言，被他蒙蔽了，離間了我們母子的情分。」

元帝不語。

裘太后繼續道：「當年先帝忽然駕崩，朝中內憂外患，是哀家處處小心，扶著皇上上位。皇上可不要辜負了哀家的苦心啊，等皇上大了，到了能親政的時候，自然是能親政的。」裘太后這一番話先提了當年永安王謝昭還在的時候的情景，又說了自己是多麼辛苦才讓元帝登上皇位。

她苦口婆心的樣子讓元帝沒有辦法再堅持下去，再執意親政好像就是無理取鬧一樣，只好作罷。

從裘太后那裡離開後，元帝發了好大一通火，讓伺候的宮女和太監大氣都不敢出。

他派人叫來了尹濟。

尹濟進來的時候，元帝正沉著一張臉。

十四歲的他身上的威嚴之氣叫人不禁心下緊張。不得不說，這個十四歲的皇帝十分比起他的父親，甚至他的祖父都要優秀得多。

尹濟來的路上已經聽說了今日發生的事情，正當他要開口的時候，元帝忽然看向他，語氣堅定地說：「愛卿，朕要親政，朕等不了了。」

元帝從沒有展現出這樣堅定的決心，尹濟沒有露出多大的驚訝，只是神色微微一變。對於像他們這樣身居內閣要職，親身經歷過皇位鬥爭和奪權的人來說，已經很難有什麼事情能讓他們色變了。

「皇上做好準備了嗎？」沉默了一下後，尹濟問道。

元帝點了點頭：「母后已經變了，這幾年裘家已經成了光華的蛀蟲和碩鼠。但是她畢竟是朕的母后，朕不想與她鬧翻，只是想讓她退居後宮頤養天年。只是如何才能讓母后願意放下……」

尹濟問道：「太后娘娘是不是一直以皇上年紀還小為理由？」

「是的。」

尹濟想了想，忽然露出了個意味深長的笑容：「皇上已經十四歲了，到了大婚的年紀了。」

元帝先是愣了一下，隨後立即明白了過來，看向他問：「你是說朕大婚之後，就能說自己長大了，太后也就沒了藉口？」

「正是，皇上英明。」

只要成了婚，就是大人了，到時候裘太后就再也沒藉口說元帝還小了。

元帝覺得這個方法甚妙。

尹濟又道：「皇上大婚的事情還是由群臣提出來的好。群臣心之所向，裘太后無法阻止。皇上大婚也就名正言順，還將是我光華的一大盛事。」

「還是愛卿考慮得周到。」元帝思索了一下道，「張閣老是先帝欽點的輔政大臣，大婚之事還是讓他上奏較為妥當。」

元帝的這番考慮十分周到，尹濟點了點頭，眼中隱隱地帶著滿意。

他是看著元帝長大了。雖然現在還稚嫩了些，但是等親政之後元帝接受了磨練成長的速度會更快，再加上現在是太平盛世，假以時日，元帝一定會成為一代明君。

隨即，張安夷被召見了過來。

「朕今年十四歲了，歷代皇帝到了朕這個年紀，都應該大婚了，張閣老以為如何？」張安夷是靈帝欽點的輔政大臣，平日裡經常也會給元帝授課，傳授治國之道，元帝對他還是十分敬重的。

元帝的話一說出來，對局勢的洞察與敏感如張安夷，立即就猜到了七八分。他看了尹濟一眼，就連聖上如何會忽然有這個決定也能猜到大部分。

將朝中的局勢與重要的人物飛速在心中過了一遍，隨即，他溫和的聲音響起，說道：「皇上確實到了大婚的年紀。明日上朝，臣便啟奏。」他那雙高深的眼睛深處暗藏的是對一切的洞悉。

元帝十分滿意：「往後還要多多仰仗張閣老。」

張安夷已經當了五年的內閣首輔，除了那股子高深還有不動聲色散發出來的尊貴讓人敬畏之外，並無外面所傳言的那樣飛揚跋扈。他的威嚴靠的不是強硬的手段，而是那種不動聲色之間給人的壓力。而浮於外在的，依然是那溫和。他道：「臣是光華的臣子，必然會為皇上分憂，為光華的江山社稷著想。」

說了一些具體事宜之後，一切只欠東風。

張安夷和尹濟一道從元帝那裡出來，並肩走在了一處。

自從尹濟成了聖上的近臣後，他們兩人沒有了立場上的對立，政見幾乎同一，偶爾還要一起聯手對付裘太后的黨羽，只是暗中的一些小較量一直都存在。

「皇上今日從太后那裡回來大發了一頓脾氣，然後就召見了我。」尹濟說道。

他們雖然是走在一起的，但是兩人之間始終保持著一段距離，看起來就像兩個陌路人一樣。說話的時候，尹濟也沒有去看張安夷。

「看來聖上親政的決心很堅定。」張安夷腳下的步伐一絲都沒有變化，目光看著前方。

尹濟忽然笑了笑：「沒想到真有一日會跟張閣老共謀大事。」確實有些奇異。

張安夷根本沒有搭他話的意思，只是問道：「尹大人的新居可還安定？」

他暗指就是裘太后的賞賜的那個、現在叫尹月的廚娘。

又被戳了痛處，尹濟挑了挑眉，很想問問他張青世最近有沒有闖禍，可是轉而又覺得跟張安夷這樣嘴上不肯吃虧的人逞口舌之能十分沒意思。

只是他忘了，幾乎每一次都是他自己挑起來的。

可是張安夷似乎不打算就這麼算了。他問：「尹大人圖什麼呢？」

這個問題問得有些突兀，尹濟一下子沒弄清楚他問的是哪方面的。

張安夷似乎根本沒想要等到他的回答，而是忽然停下了腳步，側過頭去看他，勾了勾唇道：「我知道尹大人圖的是我現在這個位置，想取而代之，只是你註定要熬上許多年了。」

他們都是有野心有抱負的人，可是這內閣首輔之位只有一個，只有一個人能執掌內閣。如果他們實力相當，並為宰輔，就會出現武帝年間洛階和徐厚鬥得不可開交的局面。

現在，不管是什麼方面，還是張安夷略勝一籌。

驀地而來的挑釁和嘲笑讓尹濟氣得不輕。

他氣得笑了起來，道：「至少我比張閣老年輕，等得起。張閣老近些日子似乎心情有些不好，可是我那個乾兒子又闖什麼禍了？」

果然，張安夷神色變了變，對著尹濟眼中閃過一絲冷意。

張安夷的剋星不是從前的洛階，也不是謝昭，更不是現在的尹濟，而是他的親兒子張青世。

尹濟哈哈一笑，忽然覺得暢快極了。

實際上，這幾日張青世確實把張安夷氣得不輕。

自從二月上旬，阮慕陽決定教一些淺顯易懂的東西給張青世之後，她便真的行動了起來。

只是張青世性子跳脫，根本坐不住，學也學不進去。

阮慕陽又捨不得狠狠逼他。

張安夷心疼阮慕陽辛苦，平日回去早的時候，或者休沐空閒的時候，就把張青世捉到書房裡，關上門親自教。

張安夷是誰？小時候就是享譽上京的神童，如今的內閣首輔，本朝第四個連中三元之人，還是最年輕的一個。現在他的字畫千金難求，想拜在他門下、得到他指點的學子不計其數，來教一個四歲、還沒開蒙的孩子，簡直就是大材小用，若是讓別的學子知道定然會嫉妒。

可偏偏張青世身在福中不知福，一樣沒心思學。

而且，張安夷教了他好些天，他硬是什麼也沒學會。

張安夷從來沒教過這樣的學生，這學生還是自己的親兒子。是以，他雖然嘴上什麼都沒說，但是心裡還是很慪的。

第二日上朝，在奏完了國事之後，張安夷出列道：「皇上已經到了大婚的年紀，為了光華的江山社稷和朝局的穩定，臣認為各地選拔秀女的事情可以開始了。」

珠簾後傳來一陣細微的動靜。那是裘太后。

張安夷的話音落下後，尹濟也站了出來道：「臣認為張閣老所言甚。皇上今年已經十四歲了。」

接下來是沈未：「臣附議。」

「臣附議。」

許多官員都站了出來。

雖然這是元帝想看到的局面，但是他沒有著急答應，而是看向側後方珠簾後的裘太后，問道：「太后以為如何？」

此時若不是珠簾遮著，旁人定能看到裘太后的臉色很不好。

只是朝中大半的官員都贊同，就連平日裡最會來事的御史言官們也沒有異議。她眼中閃過寒光，道：「皇上確實到了大婚的年紀了。」

第九十二章　想要個妹妹

最終元帝選秀女的事情交給了戶部來負責。

而早在兩年前，尹濟就由戶部侍郎升為了戶部尚書。

張安夷的吏部、沈未的禮部、尹濟的戶部，內閣六人之中也就他們三人各掌一部。

聖上要選秀的皇榜一經發布張貼，在民間就引起了很大的動靜。若不是走投無路，大部分人家是不願意將女兒送去皇宮之中的。若能被聖上寵幸從此入主六宮是最好的，可即便有些女人被寵幸了，轉而也就會被遺忘，要在深宮之中度過餘生，享盡至死的寂寞。選進宮的秀女之中還有大部分是連聖上的真容都沒機會見到的，只能等年齡到了，被放出宮，然而那時的她們已經過了最好的年紀，只能隨便擇一人，匆匆嫁掉。

選秀的事情一出來，許多原先已經訂了親的，父母們便著急把女兒嫁出去，沒訂親的就匆匆訂親，都不想把女兒送進火坑之中。

然而這只是民間許多人的反應，而深諳朝政的人卻能看出來些別的。

「聖上想要親政了？」當天晚上張安夷從宮裡回來，聽到消息的阮慕陽便問他。

張安夷點了點頭，笑著道：「夫人雖然身處後宅之中，卻什麼也瞞不過夫人。」

知道他的話裡帶著幾分揶揄，阮慕陽也不被他干擾，瞪了他一眼說：「恐怕即便聖上大婚，太后也不會這麼輕易放權。這次選秀也不會那麼太平。」當年她與裘太后接觸很多，十分了解裘太后的性格。

張安夷自然也是知道的。

一切只是開始罷了。

「青世呢？」他在阮慕陽身旁坐了下來，問道。

提起張青世，阮慕陽也有幾分無奈，說道：「白天玩累了，晚上早早地就去睡了。我覺得或許是我錯了，不應該拘著他，叫他識字。」

就連張安夷拿這樣的學生都沒辦法，更別說別人了。他似乎也同意阮慕陽的想法，道：「那便先讓他玩著吧，反正還小。」

就這樣，張青世這個混世魔王終於又過上了自由的日子。

一個月後，由各地選送過來的秀女又經過了嚴格的甄選與排查，最終剩下了三十二人，全部彙集在了皇宮之中。這其中有上京世家貴族的小姐，也有地方官員的女兒，還有尋常人家的女兒。

雖然出身不同，但是她們一個個樣貌都很出挑。

「皇上，哀家看了看，這些女子都不錯。尤其是這馮年意更是才貌雙全，而且還是江南布政使司馮達的女兒，可立為后。」翻過這些女子的畫像，裘太后的目光最後停留在了馮年意的畫像上，話語裡暗示的意思再明顯不過。

江南布政使司，說江南的官。

而裘太后的大部分親信都來自江南。

元帝沒有拒絕，只是道：「母后說的不錯，這馮年意看上去是很出眾。」至於別的，就沒有了。

對於元帝的態度，裘太后什麼也沒有多說，只是別有深意地彎了彎被勾勒得非常精緻的唇。

從裘太后那裡離開後，元帝本是要回御書房的，卻忽然想起了什麼，中途改道，對跟在身旁的小太監說：「你跟朕去看看那些秀女，其他人就別跟著了。」

元帝去秀女們生活起居的地方沒有驚動任何人。

臨近傍晚，天色微微的沉，秀女們大多在屋中。若是進去的話勢必會被認出來，動靜鬧得很大。元帝正準備離開，回頭的時候不小心就跟一個人撞在了一起。

「哎呀！」被撞的人一個趔趄。

元帝身邊的小太監嚇得不輕，喝道：「大膽！」

來人是個十三四歲秀女打扮的女子，也是這一屆的秀女。

她被小太監喝得一愣，立即皺著眉看了看小太監，又看了看元帝，說道：「明明是他先撞我的，哪來的小太監這麼大的膽子！你可知我是誰？」

「你——」

元帝攔住了小太監，有幾分好奇地問：「妳是何人？」

小秀女一臉奇異地看著元帝，道：「我自然是秀女了，這你都看不出來？怎麼這麼沒眼力？」

元帝給氣笑了：「我是問妳是哪家的女兒，是哪個地方來的。」

原先被小太監喝懵了，現在小秀女才意識到眼前這個少年氣度不凡，似乎不是什麼小太監。想到來宮中幾日自己吃的虧，她立即乖巧了起來，道：「我——我是湖南湘潭人，我們家……我說出來你也不認識。」

元帝立即明白了過來。只是普通人家的，怪不得這點眼力勁都沒有。

這個小秀女跟他想像之中的不一樣。他自小接觸到的女子很少，宮裡的宮女對他也是畢恭畢敬的，偶爾在宴會上見到幾個世家小姐和郡主也都是規規矩矩的，本以為秀女也都是這樣，沒想到竟然還有性子這麼直率的。

「妳叫什麼名字？」元帝問。

小秀女警惕地看著元帝，不明白他要做什麼。

小太監在一旁看著急了，又知道元帝起了玩心，不想表露自己的身分，催促道：「問你話呢，好好答！」

「你！」小秀女瞪了小太監一眼，隨後才看向元帝，猶豫了一下說，「我叫蔣盈盈。」

越想越覺得眼前少年的身分有些奇怪，出現在這裡更奇怪，蔣盈盈道：「我要回去了。」

看著蔣盈盈離開的背影，元帝的臉上露出了幾分真心的笑容。這是十分難得的。

幾日之後選秀開始，元帝和裘太后親自見了這些秀女。

每個秀女的出身和背景尹濟都提前查過回稟給了元帝，此時他只不過是將一張張臉和腦中的名字對上號而已。

「皇上，這就是馮年意，多乖巧的孩子。」裘太后道。

裘太后的人元帝自然是不喜歡的，敷衍地點了點頭。

一個個秀女看完後，裘太后問：「皇上可中意哪個？」

元帝皺起了眉，問負責秀女的太監：「人都在這了？」

「回皇上，都在這裡了。」太監答道。

元帝的眉毛皺得更深：「朕記得有個叫蔣盈盈的秀女，來自湖南湘潭，怎麼沒見她？」

「這——」太監猶豫了一下，偷偷看了眼裘太后，答道，「皇上，那個蔣年年因為衝撞了皇上，犯了宮規，已經在前幾日被處死了。」

元帝的臉色立即變了。

能做這樣事情的只有一個人。被處死的蔣盈盈讓元帝想起了從前陪自己一起玩，然後被處死的小太監，氣得渾身發抖。無法當場發作，他只能緊緊地攥著拳頭。

裘太后對元帝的怒氣視而不見，說道：「皇上，那個蔣盈盈規矩學得不好，又不懂事，竟然膽大包天敢衝撞皇上，只是處死了她，沒有連坐她的家人已經是皇恩浩蕩了。」她的兒子，自然得聽她的。是她給他皇位，給他一切，如今翅膀長硬了，竟然想跟她作對，自然是不能容忍的。尤其是這後宮，一定是要在她這個太后的掌控之下的。

面對裘太后的暗中提醒，元帝沉默不語。他看似平靜，實際上緊抿著唇。

直到回到皇極殿之後，元帝才大發雷霆，砸了個杯子，杯子碎裂的聲音讓人的心都跟著提了起來，所有人大氣不敢出。

始終跟在元帝身後的小太監抖得跟篩糠一樣。

元帝看向那個小太監，還帶著幾分稚嫩的臉上滿是怒意，含著殺意的眼睛裡滿是陰沉。他萬萬沒想到自己信任的小太監也是太后的人。

小太監再也站不住了，雙腿一軟，「噗通」跪在了地上，哀求道：「皇上饒命啊皇上，奴才也是迫不得已，求皇上饒命。」

可是元帝怎麼可能饒過他呢？

「來人，將他給朕拖下去，活活打死！」

隨即，小太監就被拖下去了。

實際上，元帝對蔣盈盈並不能說是一見鍾情，只能說是有一些好感，覺得她有趣，讓他這麼憤怒的原因是裘太后對他的干擾和警告。

接下來依舊是這樣，只要元帝對哪個秀女另眼相看，這個秀女多半就要出事。弄得秀女們人心惶惶，提心吊膽。

元帝憤怒至極。

尹濟勸道：「皇上，太后娘娘垂簾聽政五年，手上的權力不是說拿就能拿過來的，得徐徐圖之。」

「那朕就非要聽太后的封那個馮年意為后？」元帝氣憤地問。

「皇上息怒。」尹濟道，「您與太后這樣耗下去，只會讓更多無辜的秀女喪命。江南一帶幾乎已經成了太后的勢力，但是江南自古就是出人才的地方，皇上不能因為太后就放棄江南。封江南布政使司馮達的女兒為后，不僅能向江南的官員們表示皇上願意接納的態度，還可以讓太后放鬆警惕，到時候皇上再找機會。」

元帝沉默不語，眼中寫滿了不甘心。

他雖然早早地就坐上了皇位，卻到十四歲也不曾親政。

在尹濟的建議之下，元帝最終向裘太后妥協，立江南布政使司馮達的女兒為后，同時還欽點了山東總兵程光的女兒程攬月和福建巡撫魏無的女兒魏舒為妃。

馮年意被立為皇后之後，裘太后也退了一步，讓元帝立了程攬月和魏舒為妃。

這場歷時幾個月的選秀風波終於平息了下來。

隨後就是欽天監挑選吉日，禮部準備聖上大婚的流程。

終於在這一年九月，也就是新德五年，元帝與皇后馮氏大婚。

大婚之後，元帝再次跟裘太后提出了親政，可是裘太后依然不願意放權。

這一切在張安夷等人的意料之中。

尹濟等人帶著支持元帝親政的大臣每日上奏要求聖上親政，可是朝中也有一部分是裘太后的勢力，兩方整日唇槍舌劍，誰都不肯讓步，誰也都不敢輕舉妄動，就這樣，在動盪與較量之中到了年末。

到了臘月裡，就漸漸開始有過年的氣氛了。

臘八那天，琺瑯特意去京郊的隱露寺裡上香然後弄了些臘八粥回來。

張青世喜愛甜食，十分喜愛臘八粥。

而阮慕陽吃著吃著，忽然一陣噁心，乾嘔了起來。有過一次身孕，她意識到自己可能有了，立即讓琺瑯去找大夫。

大夫來了探了探脈象，立即道：「恭喜夫人和二爺，夫人已經有個一個多月的身孕了。」

阮慕陽心中又是高興又是感慨。生下張青世之後，她的身子一直不太好，調養了許久，終於又有了。

張青世在一旁看了看大夫，看了看阮慕陽，又看了看琺瑯，似乎不太明白有身孕是什麼意思。

玹瑯難得見這位小祖宗這麼安靜，笑著道：「小少爺，夫人有身孕了，很快就能給你添個弟弟或者妹妹了。」玹瑯在新德四年的時候與合月成了親。

張青世愣了愣，忽然小臉上滿是喜色，高興地撲到了阮慕陽身上，鑽進了她的懷裡，把一旁的紅釉嚇得不輕。

阮慕陽極其溫柔地摸了摸張青世的腦袋，問道：「要有弟弟或者妹妹了，廿一高興嗎？」

「高興！娘，我想要個妹妹。」張青世因為高興，帶著些病態的蒼白的臉上出現了紅暈，格外的可愛。

阮慕陽失笑：「為什麼？」

張青世一本正經地說道：「我已經有四嬸家的弟弟了，還沒有妹妹。」對他來說，弟弟又調皮又傻氣，還是妹妹好。

前年的時候，胡雲喜給張安玉生下了第二個孩子，是個男孩，叫張青出，比張青世小兩歲，才會走路沒多久，整日跟在張青世的屁股後面跑。

「那你以後可要聽話一些，不要再闖禍了。」阮慕陽輕輕捏了捏他的臉頰。終於要有第二個孩子了，她心裡自然是十分激動的，可是同時她又有些擔心，擔心等第二個孩子出世了，自己會顧不上張青世，讓他感覺被冷落了。

阮慕陽有喜，讓穿雲院的下人們臉上都帶著喜氣。

傍晚，張安夷從宮中回來的時候，一進張府便看到下人們朝他笑，府裡的下人對成了內閣首輔的二爺還是有些畏懼的，但穿雲院的下人就沒那麼怕他了，張安夷一進穿雲院，下人們便圍了上來道：「恭喜二爺。」

同時，他們向張安夷討要喜錢。

忽然間所有人都跟他道喜，張安夷也是有些愣神的，但是很快他就猜到了。

「可是夫人有喜了？」他問。

下人們點頭。

讓莫見和莫聞留下來派喜錢後，張安夷大步走向了屋子。

屋子裡，張青世正乖巧地依偎在阮慕陽身邊，好奇地看著她的肚子。

聽到聲音，張青世抬起了頭，看到張安夷，乖乖地叫了聲「爹」。

四歲的張青世長得十分可愛，模樣繼承了阮慕陽的秀氣，像極了張安夷的眼睛中和他五官之中的女氣，小小的一隻，肉肉的臉，再加上說話討喜，給外讓人喜歡。

「爹，我馬上要有個妹妹了。」他的聲音奶聲奶氣，語氣裡帶著幾分得意。

張安夷失笑，走過去摸了摸他的腦袋問：「你就這麼確定是妹妹了？」

在旁人面前張青世總能理直氣壯，可是到了張安夷面前，他就被問住了，高高地仰著小腦袋，有幾分不滿地看著張安夷。

怎麼好像說的不是妹妹一樣？

張安夷看向阮慕陽問：「夫人可覺得哪裡不適？」

阮慕陽搖了搖頭。

面前是自己的夫君，身邊是自己的長子，肚子裡還有一個沒出生的孩子，她覺得此時的自己格外幸福滿足。

晚上，夜深人靜，阮慕陽被張安夷從背後擁著，摟在了懷裡。

後背感受著他胸膛的溫度和厚實，阮慕陽舒適極了，同時心裡的擔心和憂慮也再次湧了上來。

似乎是感受到了阮慕陽的情緒，張安夷貼著她的脖子，極為溫和地問：「夫人有心事？」

阮慕陽想了想，道：「我在擔心廿一。」

張安夷立即明白了阮慕陽在擔心什麼。

張青世病弱的身體多半是因為他們造成的，所以他們對他虧欠極了。

「我怕我到時候顧及不上他。」阮慕陽說道。她原來不是這麼多愁善感的人，大約是因為懷孕了。

張安夷摟著阮慕陽的手緊了緊，吻了吻她的頭髮，低聲說：「夫人放心，青世是我的長子，即便我們往後有更多的孩子，他依舊是我最疼惜、最寵愛的一個。無論如何，他這一生都會無憂。」

他在用平和的語調做著鄭重的承諾。他那雙悠遠的眼睛裡流動著的是當年他們的猜疑、爭執、還有那年夏天許多年不遇的大雨。

張安夷的話讓阮慕陽的不安定的心終於落了下來。她的心像是被他的承諾所裝滿，都要溢出來了。他知道她的心情，知道她只希望張青世能平安長大，無憂無慮，喜樂一聲。

阮慕陽翻了個身，面朝張安夷，抬起頭吻了吻他。

張安夷輕笑，依舊緊緊地摟著她。

享受了一會兒夫妻之間繾綣的情意之後，他開口道：「聖上對太后越來越不滿，恐怕他忍耐的底線就在明年，到時候必定又是一番動盪，只盼著我們的孩子能平安出生。」

懷上張青世的時候，正逢靈帝駕崩之前朝局動盪的時候，好巧不巧的是，他們的第二個孩子來時，朝中也即將迎來元帝登基以來第一個真正的風雨。

或許這就是宿命，他們都是脫離不了朝政的人，一生的起起落落也都跟著朝局的變化。

穿雲院在阮慕陽懷有身孕的喜氣下，今年過年也格外熱鬧。

正月十五，上元節燈會。

阮慕陽懷上不久，沒有害喜反應，便與張安夷一同帶著張青世去逛燈會了。

張青世性格跳脫，格外喜歡這樣熱鬧的氣氛，看到琳琅滿目的花燈，更是吵著每個都要。路上阮慕陽給他買了個老虎的帽子，帶著格外的可愛。

他們身旁沒有跟著許多護衛，只有莫見莫聞還有紅釉遠遠地跟著。

張安夷、阮慕陽還有張青世他們看起來就是普通的一家三口，只是兩個大人十分養眼，孩子格外可愛，頻頻引人注目罷了。

畢竟年紀還小，腿也短，再加上身子弱，走了一會兒張青世就累了。

尋常都是阮慕陽抱他的，可是現在她懷了身孕，不方便抱他。她想了想，看了眼張安夷，對張青世說：「廿一，娘的肚子裡懷了妹妹，抱不了你，讓你爹抱你吧。」

張安夷一愣，看了看阮慕陽。

她朝他笑了笑，此舉目的再明顯不過。從張青世出生到現在，他都沒有機會抱過他。

張安夷嬌慣地看了看她，隨後看向張青世。他浮動著溫和的眼睛裡映著上元節不會熄滅的燈火，星星點點的如同浩瀚的夜空，璀璨幽深。

不得不承認此刻的他有些緊張，恐怕當年參加會試、再到殿試、以及放榜的時候，他都沒有像現在這樣緊張過。這種感覺讓他回憶起了剛剛讀書的時候，想要得到夫子的認可的感覺。

聽到阮慕陽的話，張青世的眉毛就皺了起來，小臉上寫滿了複雜到讓人發笑的情緒。

他先看了看阮慕陽，隨後又糾結地看向張安夷，與他對視。

兩人一大一小，一高一矮，一個低著頭，一個仰著腦袋，極為相似的兩雙眼睛對視著。

小小的張青世帶著老虎帽，仰著腦袋的樣子可愛極了。

「我爹抱我？」張青世似乎有幾分不相信的樣子。

他大伯家和三叔家的哥哥們都說他們的父親從來不抱他們。

張安夷什麼也沒說，俯下身子朝他張開了手。

張青世的眼睛轉了轉，一下子撲進了張安夷的懷裡，似乎十分不習慣跟他爹這樣相處，覺得怪怪的，他爹平日裡總是有些嚴肅的。「金珠和銀寶說我這些日子長胖了一些。」小小的他還不知道這種感覺叫做彆扭。

張安夷輕而易舉地將他抱了起來，微不可見地勾了勾唇，道：「確實胖了些。」

張青世哼了一聲。

阮慕陽終於看到了想看的畫面，心裡高興極了，目光裡滿是溫柔說：「走吧。」

張安夷一隻手抱著張青世，一隻手牽著阮慕陽。

沒走幾步，隨著一聲響聲，半個夜空亮了起來。每個上元節，皇家都會在城樓上放煙火。

他們駐足觀看。乍然而起的煙火將他們的臉都照亮了。

「爹，你抱得真高。」煙火迸裂的聲音裡，夾雜著張青世奶聲奶氣的聲音，親切極了。

第九十三章　借宿一宿

過了年就是新德六年了，這一年恰好是三年一度的會試之年。

過完年，禮部、順天府等就開始籌備起了會試。而會試主考官、同考官，以及殿試讀卷官的名額遲遲沒有定下來。

每一屆會試都會有許多新的學子走進朝堂，他們或許就是未來朝廷的肱股之臣。作為考官，可以將這些學子收入自己門下，讓他們成為自己的門生，這是擴大實力的好機會，還能暗中提拔自己看重的人，是以裘太后一派十分看重會試考官的名額。

元帝自然也不會妥協，讓即將踏入朝堂的學子成為裘太后的人。

後來，張安夷提議道：「皇上，這主考官之位不如讓孫大學士擔任。」

這個孫大學士是個一心鑽研學術的大儒，對聖上也是忠心耿耿。

元帝想了想覺得這個提議不錯，道：「孫大學士也是三朝大儒了，可有人有異議？」

其實原本張安夷擔任主考官的呼聲很高。

張安夷是本朝第四個連中三元的，也是最年輕的一個，從武帝在位時期開始，相繼纂修了《光華崇帝實錄》、《光華聖典》等，還擔任了《平樂大典》的總修纂，若論才學，除了一些年邁的大儒之外，無人能及他。而他之所以還略遜色於那幾位大儒，不是才學不夠，而是年紀不夠，相比那些已過花甲的大儒，他還太年輕了。

讓一個直觀學術，不問黨派之爭的大儒擔任主考官再合適不過，接下來同考官就是元帝和裘太后這邊互相爭名額，幾乎是一半一半。

其中，沈未也在同考官之列。

當知道張安夷不是這次會試的主考官，也不在同考官之列，張府有一個人十分高興——張安朝。

兩屆落榜，一屆迴避，他始終與金榜無緣。可是他心裡依然存著幾分念想，不甘心就這樣放棄，想要繼續考。

阮慕陽聽說張安朝還要參加會試，不知道說什麼好。

「三弟看來是瞞著府裡所有人準備了許久。」與張安夷提起這件事的時候，她說道。

她下意識地覺得張安朝和陳氏先前一點風聲都沒有透露出來，是在防著他們。

張安夷笑了笑，動作溫柔地撫摸著阮慕陽還未隆起的肚子說：「其實他大可不必這樣。若是他真的能憑本事考上，我也不會阻止他。」阮慕陽懷張青世的時候，一開始他並不在她身旁，這一回像是要彌補一樣，把所有的溫柔和寵溺都給了她。

享受著此刻的溫情，阮慕陽勾了勾唇。這一次有喜，早早就開始調養身子，她的氣色倒是比平時還要好一些了，臉上也比以前稍微圓潤了些，皮膚白皙剔透。

她知道張安朝若是真的能考上，張安夷必然不會阻止他。她知道他對張家的人都是存著比對旁人更多的包容的。

張安朝和陳氏的這番舉動未免太小家子氣。

可是會試結果出來的時候，張安朝依舊榜上無名。

阮慕陽聽到這個消息的時候，心中微微地嘆息了一聲。

第二日她在府裡找張青世回去喝藥的時候，遇上了陳氏。張青世頑皮，十分不愛喝藥，每回喝藥都要鬧上好一陣，要阮慕陽親自哄才行。

「二嫂。」陳氏看著阮慕陽的目光有些閃躲，似乎十分尷尬，又似乎還夾雜著別的情緒。

阮慕陽看破也不點穿，點了點頭，也不提會試的事情，而是問：「三弟妹可有看到廿一？」

陳氏搖了搖頭。

阮慕陽也沒有跟她多說，打了聲招呼就去找張青世了。走著走著，她回味起了陳氏剛剛的眼神，除了尷尬之外似乎還有一絲怨懟。

莫不是她跟張安朝將落榜的事情怪在了張安夷頭上？

今年的會試和殿試尤其讓人關注。最後殿試金榜出來的時候，朝中眾人更是翹首以待。

一甲三人之中：新科狀元吳貞來自寒門，苦讀了十年終於熬出了頭，榜眼來自金陵周家，與裘氏一族沾親帶故，顯然是裘太后的人，探花姓楚，國子監監生，浙江餘姚人，在當地也是個大戶。

將所有金榜題名的學子安排好後已經是大半個月之後的事情了。

一甲三人自然是進了翰林院，另外，二甲、三甲之中也有兩人被點進了翰林。

吏部和禮部忙了大半個月終於輕鬆了下來。傍晚時候，張安夷和沈未一同從文淵閣出來，聊起了這一科金榜題名的學子。

「一甲三人之中榜眼是裘太后的人，裘太后現在正在用各種辦法拉攏這些即將入仕的人，妳作為這屆的同考官，覺得誰更堪大用？」張安夷問道。

作為同考官，她的確比張安夷更了解這些人，沈未想了想道：「吳貞性格淳厚耿直，定不會為太后所用，只是他這性子一開始肯定會吃一些虧。比起他，我覺得那個姓楚的探花更適合官場。他是國子監的監生，在京中人脈稍微多一些，接觸的人也多，做事更加圓滑。只是他能不能經受得住太后的人的蠱惑就未可知了。」

「那就再看看吧。」張安夷抬頭看向還未黑透的天際，有幾分感慨地說，「白駒過隙，一眨眼，妳我當年參加會試已經是許多年前的事情了。」

「是啊。」沈未也是心緒湧動。他們二人應當是他們那一年現在最榮光的。剩下的人，有的依舊在朝堂之上蠅營狗苟，在如今的局勢之中或明哲保身，或站在他們這邊，也有被裘太后拉攏過去的，還有的一些，早就在武帝、靈帝兩朝的動盪之中人頭落地、身首異處了。倒是那些一直被外派，不得重用的如今最清閒愜意。

沈未因為張安夷的一番話心中有些沉重，回官舍的路上一直沒有說話。

回到官舍，她發現隔壁空著的院子熱鬧了起來。

原先那個院子是尹濟住的，自從尹濟自己有了府邸之後，那裡便空了出來。

「隔壁是誰要住進來？」沈未叫來一個管事問道。她與尹濟這個官職的才能獨自住一個院子，想當年很長一段時間她都是只有一間房的。思來想去，品級能在官舍之中住一個院子的人都在上京有府邸，不會住過來的。

管事對尹濟畢恭畢敬，回答道：「回沈大人，尹大人搬走後那個院子就空了來，正好這一屆的貢士們要搬進來，就讓他們四個人住一個院子。」

「原來是這樣。」沈未點了點頭，「空著也是空著，給他們住也挺好。」

說完，沈未正準備回自己的院子的時候，聽得管事叫了聲「楚探花」，便停下了腳步。

此人正是晚上離宮之時，她與張安夷提到的一甲第三，那個姓楚的探花楚棲。

「學生拜見沈大人。」沈未是這一次的同考官，楚棲自稱一聲學生沒有什麼錯，還顯得有幾分親近之意。

沈未存了將他拉攏至門下的心思，勾唇笑了笑，道：「楚編修。」

楚棲看了眼隔壁的院子，道：「沒想到沈大人就住在隔壁，往後學生有什麼不懂的地方恐怕還要叨擾沈大人。」楚棲雖然是讀書人，但是身材高大，渾身帶著一股尋常讀書人沒有的侵略氣息。

這種異樣的感覺讓沈未不自覺的後退了一些。

「楚編修客氣了。」她問道，「楚編修是哪裡人？」

「浙江餘姚人。」

沈未的目光微動，笑道：「這麼巧，我祖籍也是浙江餘姚，看來是同鄉。」沈濂是餘姚人，後來至上京做官，才舉家搬遷到了上京。

楚棲顯然也有幾分意外，臉上的笑意很濃，一雙眼睛盯著沈未：「確實是巧，往後還請沈大人多多關照。」

張安夷的五官在讀書人之中算凌厲的了，但是這個楚棲更甚，一點都看不出來書生氣。

因為是同鄉，沈未對楚棲多了幾分親切，也忽略了他身上散發出的讓她有些不適的侵略氣息。

「好。」她點了點頭，負著手離開了。

不知為何，她總覺得這個楚棲看她的眼神有些奇怪。

就這樣，沈未的隔壁就多出來了四個鄰居，其中也包括今年的新科狀元吳貞。

第二日，因為有些事耽擱，沈未從宮中回來的時候有些晚。正在她有些餓的時候，路過隔壁聞到了一陣香味。她住了官舍這麼多年，都沒聞到過這種菜香，顯然是這幾個新來的開小灶。

到底還年輕。

沈未十分包容地勾起唇，回了自己的院子。

沒一會兒，隔壁就有人來了，是楚棲。

「沈大人可是剛剛回來？學生幾人為了慶祝喬遷，特意弄了一桌酒菜，不知沈大人可否賞臉？」

楚棲往門口一站幾乎就將整個門給擋住了，這讓剛剛打開門，手還搭在門上的沈未不由地後退了幾步。畢竟男女授受不親。

對著他，沈未沒由來的想拒絕，可是剛剛被菜香勾起了肚子裡的饞蟲，此時確實是餓。

楚棲像是從沈未的臉上看出了猶豫，失笑道：「沈大人，學生們又不會吃了你。」

這語氣聽上去著實有些奇怪。

覺得自己無端落了下風，沈未皺起了眉。明明她是內閣大學士、禮部尚書，品級不知道比這些剛剛進翰林的後生高出多少。

她端起了自己二品大元的架子，精緻白皙的臉上一片嚴肅和高高在上：「那就多謝了。」

吳貞他們三人看到楚棲出去了一會兒回來就把沈大人給帶回來了，嚇了一跳，紛紛站了起來，恭敬地朝沈未行禮道：「參見沈大人。」

看著他們拘束的樣子，沈未心中滿意。這才是剛剛入仕的學子應有的態度。

「坐下吧，你們不用拘束。」沈未道。

一旁的楚棲道：「是啊，沈大人十分和善的，大家坐下繼續吧。」

吳貞看了看沈未又看了看楚棲，白淨的臉上泛起了紅暈。

其他二人的神色在他們二人身上來回了一下，也露出了別有深意的笑容，隨後相視一笑。

沈未皺了皺眉，一臉莫名，懷疑地看了看楚棲。

楚棲他們不僅弄了一桌菜，還弄了些酒。

沈未同他們四人坐在一起，絲毫沒有架子，沒一會兒他們也不這麼拘束了，紛紛開始朝沈未敬酒。

沈未本來就不怎麼能喝酒，再加上身上藏著欺君的大祕密，極為謹慎，平日裡應酬的時候大多是跟張安夷一起，他即便還不如她能喝，也會幫她擋酒，以防萬一。

覺得差不多到自己的量了，沈未便推辭了起來，道：「不能喝了，明日我還要去內閣，你們繼續。」

覺得再坐下去鐵定會被這幾個學生灌醉，她想要離開。

「沈大人。」楚棲笑著攔住了她道，「沈大人，至少再喝完學生敬的酒再走。」

看楚棲一副不喝不肯放過她的樣子，沈未想了想，再喝一杯酒還不至於醉，便點了點頭，拿起了酒杯說：「好，那就再喝一杯，喝完了我就回去了，你們繼續。」

「誰說是一杯了？」楚棲的目光落在沈未的臉上，笑著道，「沈大人，我們是同鄉，同鄉之情必須要三杯。」

最後，沈未推辭不過喝了三杯。

「好了，你們繼續。」她的意識還是清醒的，只是腳下有些飄。

她本來就很白，現在因為喝了酒，臉上泛起了紅暈，就像抹了胭脂一樣，再加上身上那股子強撐出來的氣勢因為喝多了消失不見，使得她變得雌雄莫辯了起來，看起來就是一個長得十分女氣精緻的公子。

楚棲忽然拉住了她的手臂。

沈未一驚，手臂上感覺到的力量讓她下意識有些不安想要掙脫。

她回頭，對上楚棲滿臉笑容。

「學生送沈大人回去。」

「不必。」

「沈大人腳下都不穩了，反正就在隔壁，學生送一送大人。」

楚棲的力氣有些大，沈未推辭不過，只能由他送一送自己。路上好幾次她腳下不穩，都直接摔進了他的懷裡。

「好了，我要到了，你回去吧。」終於到了房門口，沈未的感覺有幾分奇異。

楚棲笑了笑：「不如下官送您進去？」

沈未敏銳得覺得不能讓楚棲送進去，他侵略性的目光和偶爾顯得有幾分親昵曖昧的動作讓她心中警鈴大作。「不用了，我叫下人來就好了。」說著，她大聲喊下人。

「那沈大人早些休息，學生告辭。」

沈未點了點頭。

看著楚棲離開，她鬆了口氣，隨即又皺起了眉。

這個楚棲有幾分奇怪。

第二日去內閣處理事務，張安夷看到沈未眉眼之間帶著疲憊，問道：「昨日做什麼去了？」

沈未揉了揉發疼的腦袋，昨夜確實喝多了，今天起來不僅口乾，頭還疼得不行。她放下了奏摺，喝了口濃茶道：「昨晚回去，住在官舍的吳貞、楚棲他們幾個拉著我喝了頓酒，喝得有些多。」

「妳自己應當小心一些。」張安夷低聲提醒道。

他這提醒讓沈未想起了什麼，朝張安夷勾了勾手，低聲問道：「你說，我平時這樣看得出我是個女子嗎？」

張安夷皺起了眉，神色之中帶著冷意和危險：「可是有誰發現了什麼？」

沈未搖了搖頭：「應該沒什麼事。」

她女扮男裝在朝中這麼多年，早就丟掉了舉止間的女氣，就連武帝那樣多疑的人都沒看出來端倪，不可能讓一個剛剛踏入官場的後生察覺出來的。

「這不是小事，妳還是要謹慎一些，若是發生了什麼事，趁早告訴我，好商討解決的辦法。」張安夷的語氣裡帶著幾分嚴肅。

沈未女扮男裝參加科舉，進入朝堂，最後還成了天子近臣，若是這是被發現了，會使朝野震驚，無法收場。

到時候不光他們，許多人都會受到牽連，又將是一場極大的風波，牽連甚廣。

沈未點了點頭道：「我知道。」

雖然一個剛剛踏入朝堂的後生不可能知道她的身分，可是她為了謹慎，還是決定派人去徹底查一查這個楚棲。

當晚回到官舍後沒多久，守著她院子的護衛來報，楚棲求見。

沈未的心一跳，為了探一探他的虛實，還是見了他。

「沈大人，學生是來賠罪的，昨夜學生們有些忘形，讓沈大人多喝了幾杯酒，沈大人可有大礙？」楚棲一副恭敬的樣子，可是那雙眼睛卻時不時地在沈未身上逡巡。

這種感覺讓沈未很不適，這眼神似乎有些曖昧，而且似乎她只要露出一絲怯懦和退縮，他就更加得寸進尺。

「沒什麼事，只是有些頭疼，你先下去吧，我要休息了。」沈未一邊逐客，一邊決定催促查楚棲的人速度加快。

很快，結果就出來了。

楚棲的背景沒什麼特別的，很乾淨，唯一特殊的是——他居然是個斷袖。

怪不得他看自己的眼神那樣。

沈未長得本就比尋常男子精緻纖細，早就過了二十五歲卻始終沒有成親，當年靈帝賞的兩個姬妾也被尋了個藉口打發走了，這麼多年始終沒人見過他接觸女色，朝中的官員紛紛懷疑沈未是個斷袖，喜歡男子。

沈未想，楚棲大概把自己當成了有龍陽之好的人了。

這讓她鬆了口氣，同時又有些頭疼。

她沒有別的辦法，開始早出晚歸，躲著楚棲。
幾日之後，張安夷想起了之前擔憂的事情，問道：「妳可查過了？有沒有人發現妳的身分？」
沈未搖了搖頭：「是我多疑了。」
她沒有將楚棲看上自己的事情告訴張安夷，因為她覺得被個斷袖看上，肯定會被他嘲笑，太丟人了。
躲了楚棲幾日，沈未終於覺得清淨了一些。
可是畢竟是住在隔壁，都是早出晚歸，還是有遇上的時候。
「沈大人。」
聽到楚棲的聲音，沈未的心裡一跳。但好在他只是斷袖，沒有發現她是個女子。沈未沉住了氣，轉過身勾起了一抹不親密也不疏離的笑容問：「有什麼事？」
楚棲打量了沈未一下問道：「沈大人這幾日似乎在躲著學生？」
「我躲著你做什麼？楚編修這話說的有幾分莫名其妙。」沈未表面上還是十分鎮定的。楚棲比起在朝堂中浮沉了這麼多年的沈未，還是嫩了些。但是她對情事上幾乎沒有經驗，楚棲渾身散發出的氣息也很有侵略性，若是個女子投懷送抱，她還能有些應對的經驗，可是楚棲是個男子，還是個喜歡男子的男子，這是她從來沒有遇到過的情形。
她在心態上稍微落了些下風。
沈未不知道，尋常男子對男子的接觸時十分反感的，而她表現出的卻不是那種反感，而是驚慌，這一番表現，再加上朝中的傳言，在楚棲心中就是坐實了她有龍陽之好。
顯然，楚棲是這方面的老手，格外有一套。

楚棲笑了笑，轉移了話題道：「沈大人，學生今日在翰林院整理《平樂大典》的資料的時候遇上了些疑惑，沈大人可否指點指點學生？」

這個沈未沒有拒絕的理由。她自己也是《平樂大典》的副修纂。

「楚編修遇上了什麼問題？」她問。

「沈大人，咱們在路上談論這些不太好吧，是去沈大人那裡，還是學生那裡？」楚棲這番話說得格外曖昧。

沈未心中警鈴大作，覺得不管去哪都十分不好，若是他認定她是欲拒還迎，對她動手動腳，她反抗不了不說，還會暴露身分。

「我忽然想起來我還有件事未處理完，要回一趟文淵閣，你先回去，我回來了自會去找你。」

這官舍感覺住不下去了。

以公事為由，楚棲自然是不敢阻止的。

離開了官舍，沈未走在大街上，忽然不知道該去哪好。

張安夷那邊不便打擾，而且知道了恐怕還會被笑話，其他人那裡，她又不放心，怕睡覺的時候不小心被發現。

在幾乎看不到人的街上駐足了一會兒，她忽然想到了一個人。

尹府。

尹濟正聽監視尹月的人彙報著這幾日尹月的動向，忽然一個小廝走了進來，道：「大人，沈大人來了。」

「這麼晚她來幹什麼?」尹濟挑了挑眉，「請沈大人進來。」

沒一會兒，沈末進來了。

她與尹濟同一品級，論在內閣的資歷還要比尹濟深一些。他們先前當了好一陣子的政敵，沈末幫張

安夷給尹濟暗中使絆子也不少，兩人心照不宣，是以她見到尹濟也不客氣，端的是一副在朝廷裡的樣子。

尹濟帶著幾分警惕，心思下意識飛快地轉著，嘴上道:「尹大人深夜來訪所為何事?」

沈末開門見山:「尹大人，我來借宿一宿。」

第九十四章　他得罪妳了？

留宿？

尹濟意外地打量著沈未，眼中帶著探究。

「沈大人為何忽然要留宿我這裡？」

他與沈未除了朝堂上一些必要的來往之外，沒有私交，根本不熟。而且他還敢肯定，沈未一度還想殺了他滅口。

沈未不想解釋那麼多，語氣有些不好：「尹濟，你到底答不答應？」

「沈大人還是另尋別處吧。」尹濟心中存著幾分警惕。

「你！」沈未氣得指著尹濟，恨不能動手打他一頓。

身為一個女子竟然生氣了想動手？尹濟在心裡搖了搖頭。畢竟是當慣了男子，連女子的儀態都沒有了。

見沈未的神色似乎是真的生氣了，他懷疑地看著她問：「沈大人為何不留在官舍，要來我這裡借宿？莫不是覺得我這府邸不錯？那沈大人為何不向聖上請旨，修造一座府邸呢？」

「自然有不能回官舍的道理，我遇上了麻煩。你到底能不能讓我留宿？」沈未是想不到別人了才來尹府的，論資歷尹濟還不及她，到底有幾分拉不下面子。

聽到她說「遇到麻煩」，尹濟想當然想到了她女子的身分，挑了挑眉毛，心中思索著。

見他猶豫，沈未的臉徹底黑了。

大不了去客棧住一晚。

她揮袖就要離開，可誰知正好這時候廚娘尹月端著給尹濟的湯走了過來。沈未一揮手正好打在了托盤上，熱湯灑了她一手。

「啊！」她忍不住叫了出來，白皙的手被燙得發紅。

尹濟看了過去，問：「沈大人可有大礙？」從他那裡看過去，正好看到沈未的一雙手，比尋常女子的手要纖細一些，很是修長，骨節分明，一看就是常年拿筆桿子的文人的手，偏偏又很白皙，看上去帶著幾分雅致。

「奴婢該死。」尹月跪了下來，滿臉惶恐。

沈未見只是個十五六歲的小丫鬟，也不好計較，無奈地朝她揮了揮手說：「沒事，妳下去吧。」

「去叫大夫。」尹濟朝身邊的小廝吩咐了一聲，隨後又跟另一個小廝吩咐道，「去給沈大人準備一間客房。」

聽到聲音，沈未捂著自己的手，回頭瞪了尹濟一眼。

尹濟站了起來，走到她面前，一副理直氣壯的樣子道：「沈大人可真不小心，嚇壞了太后賞賜的小廚娘。」

「你！」聽到他說起「小廚娘」三個字的時候臉上的輕佻，沈未不屑極了，「無恥！」

果然大部分男人都不是好東西，像張二那樣的太少了。

尹濟欣然接受了「無恥」二字。

沒多久，下人來說給沈未準備的客房弄好了，沈未也不想再搭理尹濟，便跟著去了客房，等大夫看了看簡單地包紮了一下。她的左手被燙得不輕。

不過好在今晚不用回官舍，也不用去客棧了。

尹濟這府邸是聖上賜的，工部監造的，可是裡面的陳設是他自己後來改的，看著不起眼，實際上十分奢華舒適，比起官舍不知道要好多少了。

第二日一大早，沈未梳洗完畢，出了客房。

因為怕暴露女子的身分，所以平日裡她很少要人伺候，身邊只有兩個充當護衛作用的小廝，一切都是靠自己。

她走到廳堂的時候正好看到尹濟坐在桌前準備用早飯，便走過去坐了下來。看到所有的東西都準備了兩份，她勾了勾唇道：「多謝尹大人。」

尹府對待客人倒是從來不吝嗇的。

尹濟一邊喝著粥，一邊打量著沈未。原先接觸的少沒發現，現在仔細看看才發現她的舉止投足之間還是帶著女氣的。

因為左手受了傷，她的動作有些扭捏，那拿起勺子的動作放在一個男人身上簡直沒眼看了，雖然只是一瞬間的事情。

沈未隱藏的很好，若不是故意仔細去看，旁人真的難以發現她是個女子。

察覺到尹濟的目光，沈未皺了皺眉，警告地瞪了他一眼。因為楚棲的事情，她現在對男人的目光有些敏感，生怕再出現第二個楚棲。不過好在尹濟知道她是個女子。

當初謝昭進宮想要向靈帝檢舉揭發沈未的欺君之罪，最後被尹濟拿下。最後張安夷跟沈未說起此事的時候，將事情都推在了尹濟身上，沒有跟阮慕陽沾上半點關係，到現在沈未仍然想不明白為何尹濟會看出她的女子身分。

尹濟和沈未都是頭一回跟對方一起用早飯，兩人各懷心思。

用過早飯之後，便要進宮了。尹濟和沈未皆換上了官服，兩人品級相同，穿的都是二品大元的官服，一模一樣。

隨後，兩人又上了同一輛馬車。

沈未的馬車停在了官舍，要她走去宮裡自然是不可能的。

伴隨著馬車車輪滾過地面發出的聲音，馬車動了起來。車廂之中只有尹濟和沈未二人。

原先尹濟一個人坐的時候，這馬車很是寬敞，現在多了一個人，顯得有些擠了。他們兩人本就不是特別熟稔，能講的話太少，只能面對面坐著，大眼瞪小眼。

車廂裡的氛圍有些尷尬。

尹濟笑了笑，最先開口：「沈大人的手可好些了？」

沈未的左手上還包著紗布。

提起這事，沈未心裡就有些不高興。她的手都燙得微微起了水泡了，往後會不會留下疤痕還不知道，雖然她現在以男子形象示人，卻還是要好看的。想起那個廚娘，她道：「尹大人倒是心寬，什麼人都敢留在身邊。」

「本官現在身邊的不是沈大人嗎？」尹濟笑起來的時候就自然而然地帶上了幾分輕佻，那種從骨子裡透出來的輕佻之中帶著婉約和朦朧，是北方男子身上永遠沒有的，是以這種輕佻並不顯得輕浮，也不讓人反感，反而有一種風流勾人的意味。

「本官確實心大，竟然讓一個曾經有心殺了本官的人留宿，現在還坐在一輛馬車裡。」

沈未冷哼了一聲：「那是因為尹大人知道了不該知道的。」

沒一會兒，馬車停了下來。

到了宮門口了。

沈未先行下車，整了整官服，尹濟在她後面。

整好了官服之後，沈未回過了身對尹濟說：「別把我留宿在你府上的事情說出去。」

尹濟漫不經心地點了點頭說：「知道，沈大人是怕讓張閣老知道。只是啊，人家很快連第二個孩子都要有了。」

「你住嘴！」那點藏在心底的心思被人直接點穿，沈未覺得有些難堪，白皙的臉上出現了紅暈，眼中閃過一絲冷意。

他知道的太多了。

其實這兩年她對張安夷已經慢慢放下了。

「別跟著我！」說完，沈未大步朝前，先行一步。

尹濟站在原地勾唇笑了笑，待她走遠了一些，才慢悠悠地邁開步子，像是在逛集市一樣。

一前一後走了一段路後，他們分道揚鑣。沈未直接去了文淵閣，而尹濟則往元帝的書房，皇極殿去了。

沈未到文淵閣的時候張安夷早就到了，在處理摺子了。聽到聲音，他抬起頭看了沈未一眼，目光又落在了她的左手上問：「妳的手怎麼了？」

「燙了一下，沒事。」

張安夷看了眼沈未眉眼之中掩飾不住的煩躁和氣憤，看破卻不說破，不動聲色地繼續處理摺子了。

沈未也沒再說話，拿起桌子上的摺子，翻看了起來，右手拿起了筆，寫上幾個字。

沒過多久，她又停了下來，看向張安夷問：「張二，我想搬出官舍了。」

「官舍人多眼雜，妳早該搬出來了。」說到這裡，張安夷似乎想起了些什麼，抬眼看向她問，「先是尹濟，現在又是妳，為何忽然一個兩個都要搬了？」

提到尹濟，沈未皺了皺眉，撇清道：「就是忽然想要搬出去了，再者說，官舍又來了一批後生，我一個人占著一個院子也不好，該給他們騰地方了。」

她原先覺得自己孤家寡人一個，住一個府邸太過清冷，不如官舍來得有人氣，可現在隔壁住了個段數很高的斷袖，這官舍她自然住不下去了。

沈未這番理由倒也沒什麼問題，張安夷點了點頭道：「那妳便同聖上提一提，讓工部督造吧。」

像沈未這樣的二品大元兼內閣大臣，得聖上賞賜一座府邸也沒什麼大不了的。

她這個身分確實不應該再住官舍了。

沈未正想著找個合適的機會與元帝提一提，沒一會兒，元帝便派人來，說宣她與張安夷二人過去。

他們二人到皇極殿的時候尹濟也在。

行完禮站起來後，沈未看了尹濟一眼，目光正好與他對上，然後冷冷地移開了眼。

「張閣老，沈愛卿，朕想要廢后。」元帝直接說明了找他們來的用意。

張安夷幽深的眼睛裡閃過一絲波動。

沈未微微地皺了皺眉。元帝大婚不到一年，這時候廢后是十分不合適的。她看了尹濟一眼。肯定是聖上先與他說了想要廢后另立的事情，他知道此時這樣做十分不合適，又不想惹得聖上不高興，便將事情推到了張安夷身上，讓他來做這個壞人。

當真是弄權之人，極盡阿諛奉承之能。

「皇上，可是馮皇后有何失德之處？」張安夷溫和平靜的聲音響起。

元帝皺起了眉，還帶著少年氣的臉上寫滿了不滿：「沒有朕就不能廢了她嗎？憑她是太后的人朕就能廢了她。」自登上皇位之後他便被壓抑著，前有輔政大臣，後有太后垂簾聽政，當了那麼多年的傀儡，他迫不及待地想要親政，想要擺脫裘太后的控制。

面對元帝的不滿，張安夷神色不變，說道：「皇上，此時廢后恐怕不妥。沒有合適的理由會授人以柄，還會惹得太后不滿。皇上還是要學會忍耐一些。」

此時毫無緣由地廢后是十分不妥的，即便廢了個馮氏，裘太后恐怕還會扶持別的女子，根本沒有區別，倒不如現在假裝按兵不動，趁太后鬆懈，找個機會拿回權力親政。沈未在心中嘆了口氣，聖上到底還是太年輕了。

「太后管著朕，你也要管著朕嗎？」不知道被哪句話觸動了心弦，元帝忽然勃然大怒，手一揮將桌上的硯臺打落在地，發出了巨大的聲響，「朕廢個后都不行？」

張安夷、沈未、尹濟以及服侍的宮人全都跪了下來。

張安夷的語氣依舊平靜：「皇上息怒，即便是沒了皇后馮氏，還會出現旁人。皇上成親不到一年便廢后，會引起朝野之中的議論，說皇上到底還是年輕，沒有定性，正好落了口實。」

唯恐急於親政掌權的元帝對張安夷也有所不滿，沈未附和道：「皇上，張閣老是在為皇上考慮，還請皇上三思。」

一直沉默著的尹濟也終於開口了：「皇上，張閣老所言極是，此時還是需要忍耐。」

沈未看了眼尹濟，眼中閃過不屑。

這時候才站出來說話。

尹濟的話音落下之後就是一陣沉默。

元帝只是還太年輕，耐不住那種束縛，冷靜下來思索了一番，就發現張安夷說的話不無道理了。

他的臉色漸漸緩和：「張閣老和兩位愛卿都起來吧。」

張安夷三人站了起來。

「朕今年已經十四歲了，今年之內是一定要親政的。」元帝年少的臉上寫滿了堅決。

「朝中支持皇上的官員已經占了大多數，現在皇上需要韜光養晦，尋找合適的時機，親政也就是今年的事情了。」張安夷的語調很平緩，聲音也不大。雖然現在一切還沒有眉目，可是他說出來的話還是讓人不自覺地想要相信。他平靜的語氣正是一種高深和篤定的體現，彷彿他已經看到了將來一樣。

元帝點了點頭。

張安夷和沈未從皇極殿離開返回文淵閣，路上，尹濟回想起剛剛元帝發怒的情景。這是他登基之後第一次朝著他們發怒。

想起尹濟明哲保身的樣子，她不屑極了：「這個尹濟是知道聖上被勸阻後會勃然大怒，故意將事情推到你身上的，恐怕長此以往下去，聖上會對你也不滿。等裘太后失勢，聖上掌權之後，下一個恐怕就是你了。到時候還不是便宜了尹濟？」尹濟此人一直野心勃勃。

張安夷自然也看得出來。

「或許他有這個意思，可是他未必有這個能耐。」他的臉上寫滿了高深，微微勾唇的樣子無端地透著幾分倨傲。

與張安夷認識這麼多年，沈未自然知道他那溫和的外表下包藏了多少壞水，自然是相信他的。只是想起尹濟，她又皺了皺眉：「還是小心些好。」

張安夷點了點頭，忽然停下腳步轉過身審視地看著她。

「怎麼了？」沈未被他看得心頭一跳。

張安夷道：「妳今天似乎對尹濟格外不滿，他得罪妳了？」

「沒有。」沈未否認道。

張安夷和沈未離開皇極殿沒多久，元帝在皇極殿中朝張安夷發火的事情就傳到了裘太后那裡。

聽完了事情的具體經過之後，裘太后那形狀經過仔細勾勒的唇彎了彎，眼中閃過精光。

傍晚，尹濟從宮中回到府邸，淨了手，換了身衣服，正準備讓人去叫尹月將飯菜端上來的時候，一個小廝跑了進來，道：「公子，沈大人又來了。」

又來了？

尹濟挑了挑眉毛。

沒一會兒，沈未的腳步聲就傳來了。

「沈大人這是要——」看見沈未身後跟著兩個小廝，手裡拿著包袱，尹濟問。

「繼續借宿一晚。」今日元帝傳召的時候沈未本來想提一下造府邸的事情的，可是元帝發了那麼大一通火，實在不適合提。她覺得這都是尹濟的錯，再加上還沒想好怎麼應對楚棲那個後生，想了想還是來了尹府。

這架勢可不像是借宿一晚的。尹濟笑了笑道：「今日在皇極殿，沈大人看我那眼神像是要殺了我一樣，轉而到了傍晚就要來借宿，是不是變得太快了？」

沈未抬了抬自己被燙傷的左手，道：「要不是你府上的廚娘，我的手會燙傷？再者你今日存的什麼心思別以為我不知道，弄權小人的做派！」

被人找上門罵了一頓，尹濟氣笑了，站了起來說道：「我的勸阻聖上未必會聽，何必白遭一頓罵？聖上心中敬重張閣老，會聽他的話，自然是要張閣老來勸的。」明知勸了沒作用會被罵一通還要勸，這不是聰明人的做法，他何必要去做？

「巧舌如簧！」沈未冷聲道。

尹濟走到她面前微微一笑，語氣輕佻：「不及沈大人厚顏。一邊罵我，一邊還要在我這兒借宿。沈大人還未用飯吧？來人，讓廚房多準備一副碗筷。」

沈未被尹濟說得臉都紅了。他哪裡是好心要讓她吃飯？分明想借此再嘲笑她厚顏無恥。

「不必！尹大人自己慢用。」說完，她帶著小廝轉身走去了客房方向。

她自認為是能屈能伸，在朝中這麼多年也歷練得夠圓滑了，可是剛剛差點被尹濟氣得掉頭就離開尹府。

好在最後她還是忍了下來。

回到客房裡，讓兩個小廝將東西放下離開後，沈未便關上了門換了一身常服，拿著書在燈下看了起來。

看了一個多時辰後，她覺得有些餓了，慢慢地書就看不進去了。

尹府的飯菜她自然是不會再吃的。

熬了一會兒，她放下了書，決定去外面館子裡解決。

理了理衣擺，正準備出去的時候，她忽然看到窗下有個身影蹲在那裡。

沈未的臉色一冷，走到門口猛然打開了門：「誰！」

蹲在窗下的人猝不及防，驚呼了一聲。

「是妳？」沈未皺起了眉，「妳在這裡鬼鬼祟祟地幹什麼？」

躲在外面的人正是尹月。

「奴婢奉公子之命來給沈大人送吃的。」尹月的手上確實拿著托盤，托盤上面放著一碗白飯和兩碟菜。

「是嗎？」沈未冷笑了一聲。

不知是不是因為沈未的氣場太強了，尹月的眼睛竟然紅了起來。她跪了下來，低著頭惶恐地道：「沈大人，真的是公子讓我給您送吃的。」

沈未極其看不上普通女子哭哭啼啼，怯弱的樣子，但是眼前這個有幾分真假，還不知道。她伸手抬起了尹月的下巴，打量著她的神色，冷著聲音道：「還不肯說實話嗎？」

尹月楚楚可憐地看著她，眼睛紅紅的就像隻小兔子一樣。

「沈大人，我府上的廚娘特意來給送吃的，不知如何惹惱了沈大人？」尹濟出現在了月色之下，步伐懶散，語氣輕佻。

沈未皺了皺眉。她不知道尹濟留下這個廚娘做什麼。

尹月看見尹濟過來，眼淚就掉了下來，說：「公子，奴婢按您的吩咐來給沈大人送飯，沈大人竟然懷疑奴婢有什麼不軌的心思，還——還對奴婢動手動腳，想要輕薄奴婢。」

沈未挑高了眉毛，收回了手，看向尹濟。

她原本還想要說幾句，可是尹月最後那句話徹底將自己暴露了，根本不用她跟尹濟說什麼了。

尹濟的目光跟沈未的對上，隨即走近看了看尹月，伸手替她抹掉了眼角的眼淚，然後從她手裡把托盤拿了過來，說道：「哭得怪叫人心疼的，起來吧，下去好好將臉擦擦。」

尹月的臉紅了紅。

原來是被美色所惑。沈未在一旁看得皺了皺眉，十分不屑他的輕佻。

尹月走後，尹濟看向冷著臉、眼中滿是嫌厭的沈未，打量了一番她的衣著問：「沈大人準備去哪？」明知故問。

像是知道沈未不會回答自己，尹濟也沒有等她的答案，而是一隻手托著托盤，另一隻手拉著她的手臂把她往房裡帶，嘴裡說道：「沈大人現在不用出去了。」

沈未甩開了他的手：「別動手動腳的。」

尹濟失笑。

進了門將托盤放在桌上後，他回身將門關了上。

聽到關門的聲音，沈未再次皺了皺眉：「你關上門做什麼？」

「沈大人緊張了？」尹濟打量著站得筆直、臉上帶著怒意的她，忍不住打趣道：「沒想到沈大人竟然對我府上的小廚娘感興趣。」

他沒想到沈未生氣的時候倒是有幾分女子的嬌態的。

第九十五章　骨子裡的賤格作祟

明知道她是女兒身還要說這樣的話？

沈未從尹濟戲謔的言語之中聽出了輕佻之感。她向來對輕佻之人是十分反感的。

「真不知尹大人將太后的人留在府裡是什麼意思，難不成尹大人只是表面上支持聖上親政，實際上是太后派在聖上身邊的細作？」沈未一隻手背在身後，語氣十分嚴肅。

「沈大人給我扣了好大一頂帽子。」尹濟不在意地笑了笑，看向桌上的菜說，「我將尹月留下來自有用意，不勞沈大人費心，沈大人還是快些用飯吧。」

「美色誤人。」沈未冷哼了一聲，也不跟自己的肚子過不去，坐了下來。

尹濟摸了摸鼻子，看著沈未一臉嚴肅的樣子不知為何就是想撩一撩讓她生氣對自己冷語相向，下意識地就說道：「尹月才十五六歲，太稚嫩了一些，要論美色，恐怕不及沈大人。」

說完這番話，他才反應過來，有些後悔。

這已經不是找打了，而是找殺。

果然，沈未看過來，眼中帶著殺意：「尹大人，請注意你的言辭。」若是被人聽見了，不管是她要死，許多人都要受牽連而死。這是她最不能提的事情。以前只有張安夷一個人知道，現在還多了個尹濟。

不知為何，尹濟就是覺得沈未生氣的時候柳眉倒豎的樣子十分有女人味，被她罵心裡倒是一點也不生氣，反而有種難以言喻的愉快。

似乎許久沒有這種感覺了。

察覺到尹濟的目光落在自己身上，想起了先前的楚棲，沈未身上一陣顫慄，十分不自在，就像炸了毛的貓一樣警告道：「尹濟！再看我挖了你的眼珠子！」

尹濟回過神來收回了目光，暗自把剛才的感覺歸咎於他骨子裡的賤格在作祟。

「那沈大人慢慢吃，我先告辭。」

尹濟離開後，沈未的臉慢慢紅了起來。

第二日恰逢早朝，沈未和尹濟都早早地起來，各自穿戴整齊才出來。

晨曦照在尹濟身上，將他那張俊逸的臉照得更加清晰了，那輕佻的笑容看起來竟然十分乾淨溫暖：「沈大人早。」

回應他的是一陣沉默。沈未將他漠視了。

尹濟也不在意，眼中的笑意更深。

兩人坐在一起用早飯的時候，沈未亦是一句話都沒有說。

用過早飯後，兩人一前一後出門，尹濟原本想邀請沈未先上馬車，可是一轉身卻看見她已經上了另一輛馬車，只留下一片與他相同的衣擺。

原來她讓人將自己的馬車弄來了。

兩輛馬車一前一後的駛離尹府。

因為元帝還沒有親政，所以早朝每月只有初一十五兩次，而且幾乎只是走形式，大多數事情都是內閣和裘太后兩邊在處理。

今日早朝，一些大臣將繁瑣的事務奏明之後，按照原本的慣例沒有大事發生就要退朝了，可誰知一個御史站了出來，道：「皇上，臣有本要奏。上林苑左、右監正楊子升和張吉私自挪用公款。」

滿朝譁然，紛紛看向張安夷。

張吉是張安夷的父親。

沈未皺起了眉頭。她的直覺告訴她這件事是有預謀的，可是他們居然一點風聲都沒有聽到。而且這位御史平日裡十分低調，與裘太后的人似乎並無往來接觸。

「哦？」元帝看了張安夷一眼，看向那個御史道：「聶大人可有證據？」

隨後，證據便被呈了上去，十分清晰。

畢竟是張安夷的父親，元帝沒有直接定奪，而是讓人將摺子給了張安夷說：「張閣老，事關你父親，這件事你看如何處置？」

張安夷接過摺子不動聲色地看了看，跪下道：「自然是要秉公處理。」在這波譎雲詭的宦海浮浮沉沉這麼多年，彷彿什麼事都無法讓他驚訝了。

這個摺子寫的還是十分公允的，主要挪用公款的是左監正，張吉是少有參與。

「那好。」元帝道，「刑部尚書、大理寺卿，這件事就交於你們處理。」

「是。」

下朝之後，沈未與張安夷走在一起落在了最後。見他一直沉默不語，她直覺他心情不好，心中一陣無奈與感慨。他這父親也是個拎不清的，恐怕明日開始，消停了沒多久的御史們又要因為這件事開始彈劾張安夷了。

他這一家子也是不讓他省心。

「你覺得這事是誰指使的？」沈未打破了沉默問。

張安夷搖了搖頭，又說道：「雖然暫時瞧不出，但是多半是太后。」

沈未第一反應也是裘太后，可是當時刑部尚書並未落井下石。

刑部尚書是裘太后的親信。

正當她思索著這件事的時候，忽然斜前方不遠處兩個走在一起的身影，皺起了眉。

一個是尹濟，一個是今日在朝堂上彈劾張吉的聶大人。他們居然走在了一起。

「難道是他？」沈未皺起了眉。

如果是尹濟，也不無可能。

張安夷也看到了。「此事來得突然，再看看吧。」

跟張安夷和沈未一樣看到的還有別的大臣。

察覺周圍的目光似乎有些異樣，彷彿正在與聶大人說著什麼的尹濟微微回頭，一下子就看到了張安夷和沈未。他再看了看身旁的聶大人，皺起了眉，覺得自己似乎中了圈套。

刑部和大理寺辦案很快，不到一天就將上林苑的左右監正徹查了一番，將結果上報。

左監正黃永義被革職抄家，押入大牢，右監正張吉罪行較輕，被革職，另外杖責二十。

張吉的罪行其實可大可小，如今這樣的結果雖然重了些，但不失公允。

「這似乎不像是裘太后的做事風格。」看到結果的時候，沈未皺起了眉。裘太后若是要拿張吉下手，必定不會這麼簡單，看上去她似乎也是臨時知道此事，並沒有長遠的打算，只是趁機加重了對張吉的懲罰罷了。

難道真的是尹濟？沈未的眼神之中帶著冷意，心中莫名地有幾分沉重。

張安夷不語，顯然也是在思索此事。

沈未嘆了口氣。張安夷的父親她是知道些的，今晚他回去，張府怕是有得鬧了。

張府。

傍晚的時候，阮慕陽聽紅釉說張吉被架著回來的時候嚇了一跳。她立即意識到張吉恐怕是出了事。沒多久，紅釉就去打聽來了消息，說張吉因為挪用公款被革職了。

阮慕陽的心沉了下來。

她沒想到張吉會做這樣的事情。他已經快到知天命的年紀了，也算是兒孫滿堂，一門榮耀了，而且自己也做了個五品的官員。她不知道他有什麼不滿意的，竟然要去挪用公款。

當真是糊塗至極。

再一想，阮慕陽的心裡更沉重了。張吉是張安夷的父親，尋常官員看在他的面子上也不會乍然檢舉張吉。這件事來得太突然，多半是別人有所預謀的。而且此人多半是裘太后。

紅釉看著阮慕陽臉色微沉出神，不由擔心地提醒道：「夫人，您此時不宜思慮過重啊。」

阮慕陽現在已經有五個月的身孕了。

她回過神來點了點頭。又是多事之時。

「廿一呢？」

紅釉搖了搖頭：「小少爺不知道跑去哪裡玩了。」

阮慕陽皺了皺眉說：「叫人去找回來，現在府中亂的很。」她怕以張青世的性格會跑去湊熱鬧。

知子莫若母，張青世確實是聽到張吉被架著回來以後就吵著要去看看。

「小少爺，咱們還是回去吧，現在大老爺那邊恐怕亂的很。」金珠勸道。

張青世不為所動，肉肉的小臉上寫滿了疑惑：「我剛才聽見祖父回來的時候嘴裡在罵著乾爹，我得去看看。」說著，他不顧金珠和銀寶兩個小廝的阻攔，邁著小短腿就朝張吉和李氏的院子去了。

「怎麼會這樣？」看見張吉，李氏嚇了一跳，立即派人去找大夫。

杖責二十下著實要了張吉小半條命，疼得他臉上發白。

被革職杖責的原因實在不光彩，他也不願意說，只是冷著一張臉。其實，即使他不說，消息很快也就會傳到張府的。

其他幾個院子的人聽到消息都趕過來了。

張青世的腿短，跑過來的時候慢了一些。他剛剛到，就看見張安夷遠遠地走了過來。他下意識地躲在了一旁。

他覺得此時他的父親雖然看起來跟往日沒什麼區別，卻讓他覺得有些害怕。

張青世不顧小廝的阻攔，悄悄地跟在張安夷後面進去了。

張安夷進去的時候，李氏正在一旁抹眼淚。

看到他，李氏立即上前問道：「到底發生了什麼事情，你父親居然被打成了這樣！你不是很能耐嗎？怎麼不保一保你父親？」她的語氣裡充滿著埋怨和質問。

張安夷沒有立即回答她，而是對旁邊看熱鬧的人說道：「大嫂，三弟、三弟妹，你們先回去吧。」

王氏的臉上帶著不甘心，可是她就是怕這個二叔，不敢多說什麼。

張安朝和陳氏更是不敢。

他們一走，再加上下人離開，人一下子少了好多。金珠和銀寶正準備趁張安夷沒發現的時候帶著張青世離開，一眨眼卻發現張青世不見了。兩人看了看四周，並沒有發現張青世，又怕被張安夷看見，就偷偷退了出來，四處尋找不見了的張青世。

他們不知，此事張青世已經找了個絕佳的角落躲了起來，偷偷看熱鬧。

第九十六章　下不為例

待看熱鬧的人都走乾淨、屋中只剩張安夷、李氏還有躺在床上的張吉的時候，張安夷終於開口了：「父親，您太糊塗了。」

張安夷等人都走了才說，實際上已經給足了張吉面子了。但是張吉仍然覺得臉上無光，覺得張安夷這時候還要說他，實在是太不給他面子了。屁股上的疼痛讓他的心情很差，皺起了眉。

「到底發生了什麼事了？」李氏還被蒙在鼓裡。她的消息不如阮慕陽靈通，或者說張府大部分人的消息都沒有阮慕陽靈通，許多人到現在還不知道發生了什麼事。

張安夷看著張吉道：「父親私自挪用公款，今日在朝堂上被御史彈劾，已經被革職了。」

「什麼？」李氏不敢相信，「被革職？怎麼會這樣？」

想想很快所有人都會知道，張吉的臉色更差了。

李氏看向張安夷，問道：「你為何不從中周旋一下？」

李氏只是後宅無知的夫人，幾乎什麼都不懂，這番話問出來實際上可笑之極，可是張吉沒有出言阻止，可見他心裡對張安夷也是有些埋怨的。

張安夷的臉上出現了笑容，卻是被氣的：「母親覺得我該如何周旋？摺子當著滿朝文武呈到了聖上面前，母親要我如何？不要命地當堂包庇嗎？」他的語氣淡淡的，是對張吉和李氏失望至極了。

「你——」李氏被張安夷說得臉上一紅，覺得他好像在嘲笑自己無知一樣，「你這是怎麼跟我說話的？」

張安夷也不搭理李氏，而是看向張吉，輕輕地嘆了口氣說：「父親，現在府上吃穿用度是少了你的嗎？需要你去挪用公款？父親這番作為實在糊塗，將自己的前程給斷送了。」

張吉被張安夷說得臉上一陣白一陣紅，卻沒有反駁的理由。

他畢竟是比李氏懂一些的。

「都是尹濟在背後算計我！」他的語氣氣憤極了，「他那個無恥小人！虧得慕陽先前還讓廿一認他做乾爹，不知道她安的什麼心，怎麼跟這樣一個人認識的。」

聽到張吉埋怨阮慕陽，張安夷的眉頭皺了皺，道：「父親，這事還沒查清楚，不一定是尹濟幹的。」

張吉冷笑了一聲，隨即牽動了屁股上的傷口疼得倒吸了一口冷氣，緩了一會兒才說道：「怎麼不是他？滿朝官員都看見他下朝後跟聶大人走在一起了，現在傳得沸沸揚揚。說來我也是受你連累，這個尹濟不能放過。」

聽到那句「受你連累」，張安夷眸光微動，沒有說話。

他的沉默讓張吉有些不滿，說道：「你是內閣首輔，尹濟的存在始終對你是個威脅，難道為了自己的前程，你不該將尹濟這顆絆腳石踢開？」

「父親，我自有分寸。您還是要好好養傷才行。」

李氏一直就不喜歡張安夷這種溫溫吞吞又疏離的性子。看著趴在床上疼得皺眉的張吉，她的眼淚又掉了下來，不禁對張安夷說道：「都是你！自從你當了官開始，先是你大哥，又是你三弟，最後是你爹，沒一個人好過的。」

這些原本是壓在她心底的話，因為看到張吉傷成這樣，她再也忍不住了。

張安夷像是早就感覺到了李氏的不滿，臉上的神色未變。

「祖母，怎麼能怪我爹？」忽然，一個奶聲奶氣的聲音突兀地出現，讓他們三人愣了愣。隨即，只見張青世艱難地從角落裡鑽了出來，圓圓的小臉上都是不滿。

李氏意外地看著張青世，問道：「廿一，你怎麼在這裡？」

張青世察覺到張安夷的目光，縮了縮腦袋，有些害怕地說道：「我先前想來找祖母玩，結果不小心在角落裡睡著了。」

剛剛所有的話都被個孩子聽去了，張吉和李氏都覺得面上無光，一時說不出話來。

張安夷走到張青世面前。

張青世仰起頭看向他。因為他很矮，他的爹很高，所以他必須把頭仰得高高的才能看到。他仰得整個人似乎都要朝後面倒下去了，十分可愛。

「爹。」知道自己做錯了事，張青世格外地乖巧。

張安夷低著頭輕笑了一聲，不知道是真笑還是假笑：「地上涼，睡得難不難受？」

從來沒在張安夷面前撒謊成功的張青世愣了愣，傻傻地點了點頭。

「父親，母親，青世身體不好，我先帶他回去了。」

張吉和李氏沒有說話。

張安夷也不在意，朝張青世伸出了手。

張青世猶豫了一下，然後乖乖地把小手放到了張安夷的手裡，跟著張安夷離開了屋子。

「爹，我錯了。」出了張吉和李氏的院子，張青世立即抬頭看了看張安夷。

張安夷腳下的步子沒有停。因為照顧到腿短的張青世，他走得特別慢。

出乎張青世的預料，張安夷居然沒有訓斥他，這反倒讓他更加不安了。

而實際上，在他看不到的地方，張安夷的唇邊勾著一抹極淡的弧度。那種獨自一人對自己的父母心灰意冷時，兒子忽然出現的感覺就像是身邊忽然有人支持了一樣，格外的好。他即便習慣了這樣的父母，還是會失望，但好在另一個與他有著血緣的另一個人慰藉了他。

「太沒規矩了，下不為例。」張安夷溫和之中帶著嚴肅的聲音想起。

張青世鬆了口氣，用力點頭。

另一邊，穿雲院。

金珠和銀寶弄丟了小少爺，正在跟阮慕陽請罪。

「夫人，咱們找遍了府裡也沒找到小少爺。」金珠惶恐地說道。

誰不知道小少爺是二爺和夫人的心頭寶？

「你們說廿一是在大老爺和大夫人的院子裡不見的？」阮慕陽問道。

金珠和銀寶點頭。

以阮慕陽對自己兒子的了解，估計他八成還在那裡。

「紅釉，陪我去一趟父親母親那裡。」

正當阮慕陽挺著個肚子要去找張青世的時候，門外傳來了動靜。

「娘！」

只見張安夷牽著張青世回來了。他們長著一雙相似的眼睛，恍然間阮慕陽彷彿看到了一大一小兩個張安夷，覺得這情景養眼極了。

「你們怎麼一起回來了？」她問。

張安夷鬆開了張青世的手，張青世立即跑向阮慕陽。

一旁的紅釉看得心都提了起來，立即要上前攔住張青世。她們家夫人五個多月的身孕了，被小少爺一撲，撲出個好歹來怎麼辦？

好在張青世雖然調皮，但是還是有分寸的，提前停了下來。

阮慕陽摸了摸他的腦袋，看著他小臉因為奔跑染上了紅暈，不由地道：「跑什麼，一會兒又要喘了。」

張青世點了點頭，靠在阮慕陽身上撒了會兒嬌，然後小心翼翼地摸了摸她的肚子，老神在在地跟他的妹妹說話。可見他對阮慕陽肚子裡的妹妹十分的期盼。

阮慕陽失笑，由他去了，然後看向張安夷問：「二爺去看過父親了？」

她稍微想了想就猜出來張安夷能跟張青世一起回來，多半是去張吉那裡，然後正好逮住了張青世。

旁人都是一孕傻三年，她懷了兩胎，到目前都沒有這個跡象。

張安夷點了點頭說：「夫人不必擔心。」隨後，他看了看紅釉等人。

下人們都極有眼力。

正好這時候張青世也跟阮慕陽肚子裡的妹妹說完話了，紅釉道：「小少爺，奴婢帶您去換一身乾淨衣服吧。」

張青世點了點頭。

下人們都退下去後，張安夷在阮慕陽身旁坐了下來。

阮慕陽問道：「怎麼回事，是不是裘太后所為？」

張安夷沒有下定論：「現在朝中大部分人都在傳是尹濟所為。」

「尹濟？」阮慕陽有些意外。

「不過這件事我始終覺得有些蹊蹺，還要再查一查，夫人不必擔心。」張安夷的聲音十分溫和。

阮慕陽對他自然是十分信任的，想起他剛剛從張吉那裡回來，關心地問道：「父親和母親有沒有為難你？」張吉和李氏是什麼性子，她最清楚不過。

張安夷搖了搖頭，將阮慕陽摟進了懷中說：「父親和母親如何能為難我？我只不過是去看了看父親的傷勢罷了，夫人不要思慮過多。正逢多事之時，我恐怕能陪著夫人的時間不多，夫人要自己小心身子才是。」他將對張吉和李氏的所有失望都隱藏在了溫柔的動作之下，將所有的不好和容易讓她擔心的事情都隔絕在他寬大筆直的背後，懷中留給阮慕陽的，只有繾綣與情意。

阮慕陽又何嘗猜不到他的用心？

「二爺只管放心。」她心中感動，卻配合著不說破，只是更加心疼這個男人。

也就是這一日，尹濟頂著各種異樣和猜疑的目光從宮中回到了府邸，獨自一人在房中思索了好一陣，將今日發生的事情理了一理，深深地皺起了眉。

他跟張安夷都被算計了。

只是他與張安夷本來就說不上很好，所以也犯不著去解釋這些，弄得好像他極力要跟他示好一樣。

只是想到沈未那鄙夷的目光，尹濟皺起了眉。

房門忽然被敲響。

「公子，天已經黑了，要不要用飯了？」

尹濟恍然才發現天都黑了。他走到門口打開了門，看了看黑透了的天色，問小廝：「沈大人呢？」

小廝愣了愣：「沈大人——沈大人，不知道啊。」他怎麼知道沈大人在哪。

尹濟被小廝一臉無辜的樣子氣得說不出話來，自己又什麼都說不出來，最後舒了口氣道：「派人去官舍看看沈大人在不在。」

看小廝依舊一臉疑惑，他又補充道：「公子我有事找沈大人商談。」

「是。」

隨後，尹濟便去了廳堂用飯。

尹月將飯菜端上來的時候看了尹濟一眼，臉色微紅，一雙眼睛一會兒羞怯，一會兒緊張，像是會說話一樣。「昨晚多謝公子。」

提起昨晚，尹濟眼中閃過一絲意味不明的笑意，轉瞬即逝，隨即看向尹月，勾起一抹輕佻動人的笑容說：「謝什麼，妳不僅是太后娘娘賞賜的，也是我的人，區區沈未怎麼動得了。」

尹月的臉更紅了。到底是十五六歲的少女，臉皮薄，逃也似地下去了。

她離開後，尹濟的臉上就收起了笑意。他無端想起了沈未，同樣是臉皮薄的，沈未卻從不會示弱，也更加有趣一些。

用過飯後，派去找沈未的小廝回來了。

「公子，沈大人並沒有回官舍。」

尹濟挑了挑眉毛。

「公子，要不要派人去找找沈大人？」小廝這番話問得很是奇異。

尹濟的眉毛挑得更高了。他大晚上滿上京派人找個男人做什麼？「這時候你倒是機靈，算了，這麼晚了，我明日再找他說。」

小廝惶恐地點了點頭，覺得他家公子今晚有些奇怪。

第二日一早去宮中，尹濟和沈未在宮門口相遇。

「沈大人，真是巧啊。」

沈未看了尹濟一眼沒有說話。昨日張吉之事雖然有疑點，但是所有矛頭都指向了尹濟，若是他真的想要在裘太后視張安夷為眼中釘的時候離間元帝和張安夷的關係，他們自然是要防備著的。

既然道不同就不相為謀。

尹濟見沈未不搭理他，便加快了腳步與她走在了一起，臉上帶著笑意說：「不知沈大人昨晚又去誰家借宿了？」

沈未皺起了眉看向他：「你怎麼知道我沒回官舍？」她昨晚去客棧住了一晚。只是客棧人多眼雜，她這樣的身分住進去，惹了不小的動靜，根本沒有睡好。

問完她就反應過來了，眼中帶著警惕篤定地說：「你跟蹤我！」

「沒有。」尹濟否認道，「我府上的客房還空著等沈大人，沈大人卻跑去住了客棧，莫不是因為昨天朝堂上的事情記恨著我？」

記恨？她犯得著？

他們本來就只是暫時在一條船上而已，而現在船可能要翻了。

「尹濟，聶大人在朝上彈劾可是你授意？」沈未到現在也沒確定是不是真的是尹濟授意。

尹濟挑了挑眉毛，無端覺得心裡有些不痛快，臉上卻沒有表現出來，而是別有深意地說道：「沈大人倒是真心為張閣老著想。」

他這句話暗指的意味太過明顯，正戳沈未心底的痛處。她的臉色頓時冷到了極點，眸中閃過寒光：「你住嘴！」隨即，她大步甩開了他，朝文淵閣去了。

尹濟在原地停了停，再想追上去說什麼，沈未已經拐彎朝文淵閣去了，而他得先去皇極殿。

沈未到文淵閣外遇上了張安夷。

「怎麼了？」張安夷看了看她氣沖沖的樣子問道。

「沒什麼。」沈未搖了搖頭問道，「你父親可還好？」

張安夷點了點頭，似乎不想多說。「昨晚胡大人遇刺了。」他的語氣有些凝重。

這個胡大人就是胡雲喜的哥哥，自江寒雲被外派之後，他便成了國子監祭酒，掌管國子監。

沈未神色一變：「怎麼回事？胡大人怎麼樣？」

「還好只是受了些輕傷。行刺的人還沒查到。」

先是張吉被彈劾，現在胡大人遇刺，局勢越發撲朔迷離了起來。

「這行事作風不像是裘太后，你說，會不會真的是尹濟？」沈未低聲問道。

如果不是裘太后的話除了尹濟也沒有別人了，但是尹濟這麼做也說不上有多高明。

張安夷看著遠處，眼中一片漆黑像是在思量著什麼，說道：「現在不好說，不過我們都要小心一些，妳身邊的護衛應該多增加一些，不過好在妳住在官舍，那裡守衛森嚴，還算安全。」

提到「官舍」沈未莫名地心虛。她到現在都沒跟張安夷說自己已經好幾日沒有住在官舍了。

「我知道了。」看來為了安全起見，她只能再次回到官舍去住了。

想到這裡，她又想起了到現在還未上奏想要修建府邸。

在文淵閣中處理了一天的摺子，到了傍晚，沈未終於得空去了趟元帝那裡，提起了想要修造府邸的事情。

正好尹濟也在。他聽到沈未說想要修造府邸的時候，眼中閃過探究，隨即笑了起來。

沈未感覺到了，卻不想搭理他。

對此，元帝自然是沒有意見的。「沈大人為朝廷忙碌，到現在還是孤家寡人一個，而且到現在還住在官舍之中，確實是委屈了。」

尹濟在一旁附和道：「是啊，沈大人一心為光華的江山社稷，連自己的終身大事也耽誤了。」

他知道她是女子，不能成親還故意說？沈未心中冷笑了一聲，嘴上客氣地說道：「彼此彼此，尹大人不也是？」她未成家還情有可原，尹濟一個大男人到現在還是孤家寡人，府中連個姬妾都沒有，這就有待深究了。

元帝沒有意識到他們之間暗中的較量。

最後，沈未和尹濟一同出了皇極殿。皇宮之中的道路都極寬敞，兩邊皆是琉璃瓦和紅牆，恰好這時候這條路上沒有旁人，不管是紅牆、地面還是天際都乾淨極了，只有他們穿著同樣二品大元官服的身影。

「沈大人接下來要去哪？」尹濟的聲音很是輕佻。

沈未只疏離地說了兩個字：「出宮。」

「剛好，我也要出宮，可以一起走。」

出了皇宮，天色已經黑了。看到沈未要上馬車了，尹濟來到她馬車旁邊，伸手扶了一下她的手臂，嘴裡說道：「沈大人官舍住得好好的，為何忽然要建府邸搬出來？」

沈未收回了手，嫌棄地看著尹濟：「與尹大人何干？」

「我是想說若是沈大人因為什麼原因不想住在官舍，可以來我府上住上一陣。」

沈未奇異地看著尹濟。她覺得此人甚是奇怪。先前她去借宿的時候，他百般不肯，現在不去了他居然請她去。「尹濟，你這人是不是天生就這樣？」

尹濟臉上難得出現了疑惑：「哪樣？」

沈未輕笑了一聲，進了馬車，拉下了簾子。她剛剛坐定，想讓車夫走，簾子卻被拉了開，露出來的是尹濟。隨著他拉開簾子，宮門口的光亮透了進來，他的臉在光下被照得個徹底，確沒有一點瑕疵，淺黃色的光讓他眉眼之中的輕佻多了幾分風流。

「這幾日似乎不是很太平，沈大人為了安全，就不要再住客棧了。」

沈未收回了目光，眼中閃過一絲疑惑，問：「難道真的不是你？」

「真的不是我。」

沈未點了點頭：「我知道了。」雖然她的語氣之中未表現出任何信任，可是心裡卻沒由來地相信了。因為女扮男裝，所以她的警惕性極強，對旁人也難以信任，總是存著幾分防備，可是這次她的直覺相信了尹濟。

這是第一次。她自己也覺得有些莫名。

簾子被放下後，沈未壓下了心中的疑惑，道：「走吧。」

為了避免碰到楚棲，沈未在外面用了飯才坐上馬車慢慢悠悠地往官舍去。

只是從酒樓出來坐上馬車沒多久，伴隨著馬的一聲嘶鳴，馬車忽然停了下來。

意識到一絲不尋常，沈未的心沉了下來，問道：「怎麼回事？」

「大人，有刺客。」護衛語氣嚴肅地說道。

沈未撩開車簾果然見到馬車被黑衣人包圍了起來。「你們是誰派來的？」她的語氣之中帶著冷意。

黑衣人們不答，而是舉起了劍就朝她的馬車而來。

沈未立即放下了簾子。她身邊除了兩個跟著的護衛之外，還有四個武功高強的暗衛在保護。

很快，馬車外傳來了廝殺的聲音。

馬的嘶鳴聲不斷響起，透露著不安，坐在車裡的沈未能夠聽到刀劍砍在馬車上的聲音。馬車左右晃動了起來，似乎要散架了一樣。忽然，車頂上傳來一陣響聲，沈未心中暗道不好，立即不顧一切地撲向馬車外。在她從馬車上滾下來的那一刻，有黑衣人從上而下刺穿了馬車，馬車頓時四分五裂。馬收到了驚嚇，飛快地狂奔跑走了。

街上除了他們沒有旁人。

護衛們立即將沈未保護了起來。沈未抿著唇看著局勢。倏地，其中一個蒙面人的面巾被打落，露出的那張臉讓她覺得很是熟悉，隨即就想了起來。

這是尹濟府上的人，她見過！

難道真的是他？

現在想起離宮時尹濟的關照，甚是假惺惺，沈未的心沉到了谷底，說不出來是生氣還是失望又或者是其他。

他們這是在大街上，很快就會有巡夜的官兵看到，只要努力拖延就好。等脫險之後，她定然會立即反擊，讓尹濟永無翻身之地！

第九十七章　你給我出去

巡夜的官兵遲遲不來，沈未忽然有種十分不好的預感。

四下都是殺機，若是尋常女子，此刻定然已經花容失色，她的眼中並無慌亂，彷彿未聞到那慢慢彌散開的血腥味，也未看到有人倒下，而是時刻注意著周圍，那張素淨白皙的臉上滿是嚴肅。

這一點，即便是阮慕陽也比不上的。

在等待的時候，時辰過得總是異常的慢。好不容易在刀劍聲相碰之中聽到了不一樣的動靜，沈未以為是巡夜的官兵，可是循聲看過去之後發現並不是。

這些人是騎著馬來的。

當看清為首的人的時候，沈未臉上出現驚訝之色，心中不知該是喜還是憂。來的居然是尹濟。

沈未的幾個護衛顯然也聽到了動靜，在分神分辨是敵是友的時候，正好給了黑衣人可趁之機。他們鑽了空子，從沈未背後而來。

「小心！」

沈未聽到提醒的時候已經晚了，背後的力量和刀鋒觸及皮膚的疼痛讓她的身體頃刻之間失去了平衡，踉蹌了幾步朝前摔了下去，好在被護衛及時扶住。

「大人！」

背後火辣辣的疼痛讓沈未皺起了眉，額頭上冒起了冷汗。皎潔的月光照得她的臉色慘白。

她搖了搖頭。

隨即，另一隻手扶住了她。

「沒事吧？」

是尹濟。

尹濟的人早就下馬加入了混戰之中。人多了起來，黑衣人立即落了下風。

沈未忍著疼痛，想要甩開他的手，卻沒有甩掉。她站得筆直，一陣冷笑道：「尹大人好手段，我已經看到其中一個黑衣人是你府上的人了，你也不必惺惺作態了。」若不是他忽然出現吸引了她護衛們的注意力，黑衣人也不至於能鑽到空子刺傷她。

尹濟顯然也看到了那個他府上的人。

「真的不是我派來的。」他的語氣很是嚴肅，連眼角眉梢那股輕佻都變了味，「我是來救妳的。」

隨後，他下令道：「不管活的死的，一個都不能放過！」

能感覺到背後的傷口在流血，血沿著她筆直的脊柱向下，沈未強撐著，臉色卻越來越差。

起先尹濟見她還能說話，以為她傷得不重，可隨後察覺到她不對勁，拉過她去看她的背，才發現後面一片血跡。

「你幹什麼！」被尹濟一拉，原本疼得身體都僵硬了的沈未倏地力氣就像被抽乾了一樣，再也堅持不住，身體搖晃了起來。

尹濟見狀，皺了皺眉，立即避開了她的傷口將她橫抱了起來。

雙腳離地，沈末的心猛然提了起來，聲音虛弱氣勢卻十足：「尹濟！你做什麼！」一個大男人、堂堂內閣大學士、禮部尚書被人抱在懷裡像什麼樣子？

尹濟卻不搭理她。

這時那邊的黑衣人幾乎都被拿下了。

「幾個人跟我回去，剩下的人善後，不得走漏任何風聲，不能讓任何人發現。」留下命令後，尹濟便抱著沈末上馬。

沈末是個連睡夢中都不允許自己放鬆警惕的人，雖然傷口疼得她什麼力氣都沒有了，卻還保持著清醒的意識。聽到尹濟這樣下令，她心中閃過疑惑。難道真的不是他？

這裡離尹府不遠。

尹濟帶著沈末到了尹府的後門。正準備進去的時候，他忽然想起了什麼，將自己的外衣脫了下來，將她的臉蓋住，然後問身旁的人：「尹月呢？」

「回公子，在府上。」

「今晚我出去的事情不能讓別人知道，尤其是尹月。」

「是。」

「去叫大夫來。」

尹濟的話音剛剛落下，衣服下就伸出了一隻修長纖細的手，拉住了他的胳膊。

「不能叫大夫。」沈末的聲音很輕。

尹濟皺起了眉，猶豫了一下，叫住了正準備去叫大夫的護衛，說：「不必了。」隨後，他大步將沈末抱進了尹府，而且直接抱回了自己的房間。

回身將門踢上後，尹濟將沈未放在了床上。

看著趴在床上，臉色白得像紙，官服被染成了深色的沈未，尹濟的語氣格外嚴肅：「妳這傷口一直在流血，不找大夫來，不怕血流乾了？」

沈未搖了搖頭：「大夫來了，我的女兒身就瞞不住了。我不想濫殺無辜。」被人發現了就是滔天的欺君之罪，她為了謹慎就必須要殺人滅口。

此時的沈未因為忍著背後的疼痛，皺著眉，唇色因為失血過多也變成了淡粉色，沒了平日裡那股撐出來的氣勢，她此刻看起來柔弱極了，就是一個女子，皮膚白皙得似乎連青色的血脈都能看見。

沈未的長相是清冷型的，平時除了張安夷之外，她與朝中大部分人都保持著距離。同朝共事這麼多年，尹濟見過她在朝堂上與人據理力爭，見過她處理案情殺伐果斷，見過她玩起權術時的難以揣測，卻還是第一次看到她這麼脆弱的樣子，心中生出了憐惜之感。

在他的印象中，女子都該是嬌氣地被養在後宅的。在知道沈未是女子之前，尹濟從未想過一個女子也有能金榜題名的才氣和踏入宦海的膽量。

他不知道這天下還有沈未這樣膽大包天、混在男人堆裡的女子。

「早知今日，何必當初。」雖然是責備與冷眼旁觀的話語，可是他的語氣之中卻帶著一絲心疼與憐惜。從前尹濟總覺得有那樣想置他於死地的兄弟姐妹已經是他的命不好了，可是這世上比他身世淒苦、比他活得還要膽戰心驚的，大有人在。

看了一眼倔強著不肯叫大夫來的沈未，他走到門口打開了門，對著守在外面的護衛說：「去拿些止血的傷藥來。」

「是。」

沒一會兒，傷藥就送來了。

尹濟拿來了傷藥，又將門關了起來，然後在床邊坐了下來。

沈未皺起了眉，聲音無力地說道：「你要做什麼？」

看著她蒼白的臉上因為羞憤而泛起的紅暈，尹濟沉著的心情忽然好了起來。

她這麼聰明，怎麼可能不知道？

「做什麼？自然是給妳上藥啊，沈大人。」他的眼中出現了笑意，骨子裡的輕佻再次浮現了上來。

沈未下意識地說道：「不需要你！出去！」

第九十八章　沈大人莫不是吃醋了？

尹濟懶懶地倚在了床柱上沒有要動的意思，看著沈耒道：「沈大人骨骼清奇，背上的傷都能自己上到藥嗎？內閣大學士兼禮部尚書若是在我府上、我的房間之中血流致死，我可事擔待不了的。」

他的這句嘲諷讓沈耒的眼神裡都浸入了冷意：「不勞尹大人費心！我現在就走。」

意識到自己這句話惹得沈耒生氣了，見她真的要起來，尹濟按住她的肩膀，語氣立即軟了下來：「沈大人息怒，是我嘴不好。我將妳救回來，自然是要救妳到底的。旁人妳怕暴露身分，我的話早就知道了，要揭發也早就去了，妳不用擔心。」

沈耒僵硬的肩膀慢慢放鬆了下來。

尹濟勾了勾唇。他終於摸清了沈耒的性子。原來是個吃軟不吃硬的。

那接下來就更好辦了。

「放心，我就是幫妳上一下藥，別的不會亂看。」尹濟的語氣溫和了起來。

沈耒喝道：「你閉嘴！」

比起剛才，她現在的語氣算是外強中乾，毫無威脅力了，不過尹濟也沒有說穿。

他勾著唇，再也不說話。面對著沈耒的後背，他忽然不知道要如何將手伸到她前襟去解開她的官服。

雖然沈耒是個女子，但是官服是男子穿的，就像是要去解一個大老爺們的衣服，尹濟覺得有些彆扭。沈耒在他心中一會兒男一會兒女的樣子讓他無從下手。

就在他默默在心裡猶豫起來的時候，沈未咬了咬牙，艱難地撐著床面坐了起來。

尹濟立即去扶她。

沈未假扮了那麼多年的男子，也什麼也沒說，解開了官服。她泛白的唇都要咬破了，因為失血過多而蒼白的臉上充血。

房中忽然安靜極了，只有衣服摩挲和沈未因為忍著疼痛而喘氣的聲音。

艱難地將外袍拉開，外袍由她的肩頭緩緩落下，掛在了她的臂彎之處。沒了外袍，只剩一件背後染了血的中衣，她的肩頭變得特別纖細，彷彿一隻手就能握住。

沈未咬了咬牙，解開了自己的中衣。衣襟敞開，衣領從她的脖子上沿著她脖子到肩膀柔和的曲線慢慢向下，在那圓滑細膩的肩頭頓了頓，隨後順著手臂滑下，跟外袍一起掛在了臂彎之處。

女子獨有的優美的曲線暴露在空氣之中。因為害怕被發現，沈未常年都穿得很多，致使身上的肌膚白得像發光一樣，讓人移不開眼。

她背後長長的一道刀口已經露出來了一些，中間那一段被一層一層的布包裹著，正是她平日裡用的束胸。

束胸不解不行，剛剛脫下衣服已經耗費了她許多力氣，偏偏後面的尹濟像啞了一樣沒了聲音，沈未沒臉開口讓他幫忙，只好勉力再去解束胸。

她後背的有些地方的血漬已經乾了，傷口和束胸的布條黏在了一起。布條繞到後面的時候，她疼得倒吸了一口冷氣，豆大的冷汗從額頭上掉了下來，身體搖搖欲墜。

「我來吧。」噤聲許久的尹濟終於開口。他的聲音與往日的輕佻有些不同，微微有些低啞。

聽到他的聲音，沈未的臉莫名地更紅了。

從沈未手中接過布條，尹濟將自己的注意力集中到她的傷口上去。布條從她的背後繞到她身前，他一隻手在她的左側，一隻手在她的右側，像是將她虛虛地環住了一樣，手時不時交會。

一圈，一圈，一開始還好，越到後來越接近她的皮肉，就越要小心。隨著布條一層層被解開，沈未胸前的柔軟也越來越明顯。當手臂不經意觸碰到、感受到那隨著他的動作微微跳動的地方的時候，尹濟只覺得自沈未動手解開外袍那一刻開始自己心中產生的異樣化作了一股熱流，湧向了小腹處。

有了第一下，就有第二下，既是他身體的本能驅使，也是他自己有意識地放縱。背對著他的沈未臉已經紅透了，眼中滿是難以啟齒的羞憤，支在床上的手緊緊地攥著錦被。她以為他是無意的，若是此刻說出來，反而會將氣氛弄得尷尬。

驀地，沈未疼得「嘶」了一聲，尹濟猛然回過神來。

就在這時，束縛著沈未胸前的最後一縷布條終於落了下來。

兩人皆是一身的汗。沈未主要是因為疼的，而尹濟，就不得而知了。

回過神來的尹濟有些後怕，差點他就要控制不住了，畢竟他是個身強體健的男人。此時雖然看不到她前胸，但是光憑剛剛手臂的觸感都能想像出前面他看不到的地方是何等旖旎的風光。

他努力把思緒收了回來，想要做個君子。誰知他剛把注意力移到她的後背上，剛剛好不容易產生的一點自制力瞬間就破功了。

那是一對極漂亮的蝴蝶骨。清冷的模樣，白得發光的肌膚，那樣一對漂亮的蝴蝶骨，當真是冰肌玉骨。

源源不斷的熱流衝向小腹，尹濟的目光變得幽深了起來，就連呼吸也在不知不覺中急促了起來。

沈未雖然背對著他什麼都看不見，但是本能地覺得有種危險正在逼近，還有兩道存在感極強的視線停留在她的後背上，讓她不自在極了，心像是驟然被捏住了一樣，一下子又被鬆開，忽上忽下地跳了起來，身子不知道是因為疼的還是因為其他，不由自主地顫抖了起來。

「尹濟！還不給我上藥！」一開口，冰冷的語氣掩飾不住她聲音裡的顫抖。

在她開口的那一刻，尹濟的手將要落到她那蝴蝶骨上。被她呵斥了一下，尹濟猛然改變手落下的方向，改為落在了她傷口旁。

白皙無暇的脊背上這一條刀傷觸目驚心。

就像上好的名家之作被人一筆毀了一樣，尹濟心疼遺憾極了，同時心底還有隱隱憐惜之感。

當後背被尹濟的手指觸碰上的時候，敏感的沈未一下子緊繃了身體。牽扯到了傷口，她疼得再次倒吸了一口氣。

「別動。」伴隨著她倒吸氣的聲音，尹濟的眉頭也被牽動，皺了起來。

沈未果然不動了。

尹濟收回手，拿起旁邊準備好的水，將帕子浸溼後擰乾，替她清理傷口周圍的血漬。

因為靠近傷口的地方很疼，沈未的身體控制不住地想要躲開、想要前傾，尹濟的手不得不握住了她的肩頭將她固定。肩頭圓潤的曲線，細膩的肌膚觸感真的好極，如同撫上了最柔軟的綢緞一樣，唯一與綢緞不同的是她的肌膚是涼的，當真是冰肌。

觸手是涼涼的感覺，可是尹濟的掌心卻像產生了熱流一樣，湧向他全身。

「尹濟！你碰哪裡！」沈未艱難地微微扭過頭去瞪他。

她卻不知自己的身體也微微扭了過來，胸前的飽滿隱隱露出了個弧度，直到發現尹濟的雙眼幽深，順著他的視線看過來她才發現他看的是哪裡。

沈未立即轉過了身子，將手掩在身前，身體繃得如同拉滿的弓一樣。從未被人這樣輕薄過，從未覺得如此的恥辱，她的聲音裡帶著濃濃的殺意，叫道：「再看我把你眼珠子挖下來！」

尹濟狀似不在意地收回了目光，用那輕佻的語氣掩飾住了自己聲音裡的低啞，說道：「妳有什麼好看的？跟尋常男人也沒什麼區別。」

「你！」沈未恨不得殺了他，奈何現在受了傷渾身無力，太過被動。

拉了拉衣擺遮住了自己身體某處的變化後，他將帶著她血跡的帕子扔進了盆裡，帕子上的血漬立即在水中化開，妖豔極了。他拿起藥，繼續一隻手按著她的肩頭，另一隻手慢慢地將藥粉灑在了她的傷口處。

傷口處一陣一陣地疼，一陣一陣的辣，沈未緊緊咬著唇忍耐著。隨著上藥落下來，她的身子輕輕地顫抖，極力壓抑著的輕吟從她雙唇間隙之中溢出，十分細碎。

明明是那麼痛苦的，可是那聲音卻引人遐想。

不知何時，尹濟已是滿頭大汗，一滴汗水從他的額上順著他的側臉滑落了下來。握著沈未肩頭的那隻手的手心也出了汗，微微一動就能感覺到一陣滑膩。

「沈大人可真是天賦異稟，上個藥都這樣，不知道的還以為妳我在房中做了什麼。」

尹濟的話音落下，要強的沈未救緊緊咬住了唇，再也不肯出聲。她所有的注意力和力氣都用來控制住自己不發出聲音了，根本沒辦法說話。她心裡恨極了尹濟的輕佻。

這樣的一道刀傷就是在男子身上都夠受的了，何況是個女子。尹濟輕聲嘆了口氣，心中的旖旎與浮想逐漸被憐惜所取代，不再調笑了。

好不容易將上藥上好了包紮上，沈未的頭髮都幾乎溼透了。

尹濟也好不到哪去。

聽到尹濟說「好了」，她便立即要將掛在臂彎上的中衣拉上。

尹濟按住了她的手說：「妳現在一身的汗，等汗乾一乾再披上。」

「那你還不出去？」沈未冷冷地問他。若不是他在，她也不必著急把中衣拉上。她也知道要讓汗乾一乾。

尹濟失笑：「我剛剛伺候完了沈大人，沈大人轉眼就要將我踢出去了？」

沈未那張蒼白的臉上紅暈始終沒有落下：「閉嘴！你還想說什麼？」

「自然是要與沈大人說說這兩日發生的事情。現在沈大人應該相信了，不是我。」

談起正事，沈未的表情嚴肅了起來，心中很沉。從受傷到現在，她都沒來得及將事情好好理一理。

如果不是尹濟，那麼只能是裘太后。今夜的刺殺恐怕本就沒打算取她的性命，而是想讓她看見尹濟府中的人的臉，好更加確定是尹濟派人刺殺她的。裘太后所做的一切，是為了挑撥他們。

既然裘太后動手了，他們也不能坐以待斃，是該好好商量一下應對之策。

回過神來，想起尹濟還在身後看著自己，沈未的表情立即變了：「把床帳拉下來，我們再談正事。」

裘太后暗中挑撥他們確實是件很大的事情，若是棋差一招，他們說不定都會死在這宦海之中，當務之急是想好應對之策。要談正事，尹濟也不再調笑了。他站起了身。

站起來後，他即便站在沈未背後，也能微微地看到她身前。

「你幹什麼！」沈未冷著的聲音裡帶著些羞憤。

尹濟失笑：「拉床帳啊。」

「把眼睛閉上拉！」

尹濟只好把眼睛閉上，摸索著將床帳落了下來，然後坐在床帳外的床邊，與沈未只有一層床帳相隔。

隔著床帳，不知道沈未在裡面如何，尹濟便先開口說道：「我留著尹月就是懷疑府上還有裘太后的人，想靠她把其他裘太后的人找出來，可誰知她格外的謹慎，不跟任何人聯繫。不過我今夜好歹也抓出來了一個。」

床帳落下，狹小的空間裡只剩自己一人，沈未終於鬆了口氣。活到現在，大部分時間都是以男子的身分示人，一變成了女子就幾乎被人看光了。她心中竟然真的像女兒家一樣委屈了起來，鼻子有些發酸。

半天聽不到沈未的回應，他皺了皺眉，看向床帳。別是暈過去了。

「沈大人？」

沈未回過神來，將心裡那不屬於內閣大學士、禮部尚書的脆弱收了起來，問道：「尹大人覺得應該如何？」

沈未的心思飛快地轉著。

平日裡與裘氏外戚的較量都是暗中的你來我往，他們雙方都很謹慎，不留下破綻給對方。這次裘太后終於出手了。

她顧著出手，或許就會在某一處露出破綻。

「今夜我遇刺被你救的事情可有被傳出去？」沈未問道，「若是沒有，我們不妨將計就計？」

沉浸在深思之中的她終於自在了起來，也不再護著自己的胸前以及肩頭。

可是她不知自己的影子完全清晰地投在了床帳上。

尹濟自從發現那一刻，就開始意馬心猿了起來。雖然只是剪影，但是她頸項到肩頭的曲線卻被勾勒得更加清晰。她是側著坐著的，就連先前他未看清楚的胸前的弧度都清晰展現了出來，十分飽滿，更要命的是她還不知這一切，遮住的手臂一鬆，連拿頂端的突起都變得真切了起來。

這跟看光了幾乎沒有什麼區別了。

觸手可及的距離，一伸手彷彿就能碰到。尹濟只覺得腦子裡「嗡」地一聲，像是有什麼不受控制地炸開了一樣，全身的熱氣翻滾，直衝小腹。

「尹濟！你有沒有在聽我說話？」想了個自認為不錯的計策，可是半天沒有等到尹濟的回應，沈未不耐煩了起來。

看來她真的毫不自知。

「妳跟我想的一樣，不如我們將計就計。」嘴裡說出來的話先於了頭腦，幾乎是本能的，尹濟沒有把她的窘境說穿，又或者說是故意任之。大約他真的像她說的一樣，有些無恥。

床帳外之人終於靠譜些了，沈未滿意地點了點頭：「嗯。」隨即，她便思索了起來。

「我們將計就計，等到深夜，你偷偷將我送回官舍，第二日我遇刺的消息出來，我便對人說看見是你的人行刺的。」

沈未受著傷還要想這麼多，完全是強撐著的，說話有氣無力的，尹濟每個字都聽真切了，可是她一句話說下來他竟然覺得沒明白。

他不得不移開了眼，甚至站了起來，後退了幾步轉身背對著她看向別處。

聽到床帳外的腳步聲，沈未的聲音更冷了：「尹濟！你亂走什麼？你到底有沒有在仔細聽？」她覺得自己被他戲弄了，可是又不好意思拉開床帳去看。

元帝還未登基之前，沈未就已經是內閣大臣了，而尹濟還只是個右中允兼太子講師，官階差了許多。就是現在，兩人品級相同，尹濟在內閣的資歷還是不如沈未，總是要比沈未要低上那麼一丁點兒，是以脾氣上來的時候，沈未一口一個「尹濟」喊得也十分順口。

尹濟被她氣笑了。

他忍著小腹處的反應，努力平息著氣息想認真聽，可是竟然被懷疑沒有在聽。

他深吸了口氣，道：「我在聽。」

沈未沒有察覺到任何異樣，清冷的臉上冷意緩和了一些，繼續說道：「不過今晚你府上好些護衛看見你救我了，你得確定不走漏風聲，我們的計策才能成功。你我先假裝反目，然後具體的等我明日告訴了張二，我們再商討接下來該如何。」

「妳今晚要回官舍？」尹濟皺起了眉。

床帳另一邊，沈未的眉頭也緊緊皺了起來。她覺得今夜的尹濟蠢得可以，耐著性子道：「不回官舍，第二日讓人看見了，別人還怎麼相信我們反目？」其實，她不知道尹濟的那句話不是疑惑，而是不樂意，不樂意她受了傷這麼晚還要回官舍。

這其中的彎彎道道尹濟如何能不懂？

聽著她語氣裡略帶嫌棄之意，他氣得搖了搖頭，唇卻是不自覺勾著的。

她想的跟他想的一樣。他原先得知沈未遇刺的時候也是這麼打算的，可是剛剛上完藥後，他忽然不想這麼做了。

聽到她冷靜的聲音和理所當然的語氣，尹濟心中的憐惜之意再次湧了上來，只是現在只能這麼辦。誰讓她選擇了這條路，誰讓她要扮作男兒入仕。這一條路，外人看來風光無限，光耀門楣，只有走在這條路上的他們知道這其中有多少艱難險阻。

「放心，跟我去救妳的都是我的親信，而且方才是從後門進來的，沒有驚動別人。」

沈未滿意地「嗯」了一聲，又道：「先前尹月不是說我輕薄她嗎？正好你又喜歡她，正好裝作為了他與我爭風吃醋，再激化矛盾。她既然是太后的人，到時候自然會將這些稟報給太后。」

「我什麼時候喜歡她了？」尹濟挑高了眉毛，微微回身，視線在觸及床帳的時候又收了回去。他從不欣賞柔柔弱弱，遇事只會哭哭啼啼的女子。裘太后沒弄清喜好就派這麼個人來他身邊簡直是個敗筆。

沈未不屑地輕笑了一聲，反問：「上回替她抹眼淚的不是你？」

尹濟張了張嘴沒說出話來。

還真是他。

隨即，他笑了笑，用慣有的輕佻的語氣問：「沈大人記性真好，莫不是吃醋了？若是哪日沈大人也掉上幾顆金豆子，我定然用我那二品的官服替沈大人擦擦。」

到底都是進士，三言兩語便能將一副旖旎曖昧的場面說得繪聲繪色。

沈未活了二十多年，只有前面不到十年是以女子的身分示人，後來全都是男子的身分，所以也從來沒有這樣被人出言調戲過。不知是氣的還是羞的，她的臉更紅了，就連語氣裡也帶了幾分女子才有的嬌羞與憤怒：「尹濟，小心我傷好了撕爛你的嘴！」

敏銳地察覺到她語氣的變化，尹濟那雙輕佻的眼睛裡笑意更深，也不戳破。明明知道此刻沈未不適宜動氣，他心中也是存著憐惜的，可是聽到她對自己冷語相向，他心裡竟然格外的愉悅。

確實是像她罵的那樣，太無恥了。

這邊尹濟正在因為自己這點兒無恥微妙地高興著，那邊床帳裡傳來了動靜。

沈未在艱難地穿衣服。再留下來她即便沒有流血至死，也要被氣死了。

聽到聲音，尹濟收起了臉上的笑容：「妳要回去？」

「是，有勞尹大人替我弄一輛馬車來。」沈未的語氣堅決。

尹濟終於回過了身。

此時沈未已經將掛在臂彎處的中衣和外袍拉上了。傷口被牽動，疼得她再次流出了汗。

床帳上的投影已經不再窈窕柔美了，透過影子看著她緩慢的動作，尹濟問：「沈大人，需不需要幫忙？」

沈未的語氣有些緊張：「不用！你敢掀開床帳我就讓人殺了你！」

尹濟無奈地搖了搖頭。尋常女子哪有這麼凶狠、動不動就指揮人打打殺殺的？再者，該看的剛剛他都已經看過了。

他不再說話，而是透過映在床簾上的影子，看著她緩慢的動作。文人的風骨之中透著一點女子的嬌氣，倒也賞心悅目。

過了許久，床帳裡終於伸出了一隻纖細修長的手，撩開了帳子。

當看到沈未將官服穿得歪歪扭扭、衣襟處微微敞開，胸前的飽滿使得官服上的禽鳥略微變形的時候，尹濟暗暗吸了口氣。

他從來不知道還能有人將官服穿得這般撩人的。

第九十九章　難以入眠

這簡直要命。

尹濟覺得自己往後恐怕都無法心中平靜無波地對著穿著官服的沈未了。她方才撩起床帳出現的那一刻，清冷蒼白、像往日那樣不容直視的臉上偏偏泛著紅暈，明明身上穿著嚴肅的官服，卻成歪歪扭扭的樣子，禁欲端正的樣子混合著女子獨有的柔軟和嬌態，病態、矛盾，卻又美極，叫人見之難忘。

滿朝文武也就她有能耐將二品大員官服穿得這般引人遐想了。

尹濟看不下去了。

一句話也沒說，走到她面前，在她還沒反應過來的時候，伸手替她整理了一下衣襟。

隱隱從他的動作裡察覺出一股強勢之感，沈未一下子沒反應過來，只是本能地身體站得筆直，顧不上背後的傷口了。等她意識到他的動作太過輕浮，剛剛挑起眉毛想要開口告誡他的時候，尹濟已經收回了手。

沈未到了嘴邊的話沒來得及說出來。

意識到沈未差點要發作，尹濟懶散地笑了笑，語氣輕佻地笑著問道：「沈大人是不是想砍了我的手？」

沈未啞口無言。

她剛剛確實是想這麼說的。

看她的反應尹濟就知道自己猜對了。他失笑：「若是沈大人像剛才那樣出去，若是被人看見，還當你我有龍陽之好，在這房中行了什麼見不得人的事。」

「你住嘴！」沈耒的臉黑了。她最近對「龍陽之好」、「斷袖之癖」這樣的詞十分敏感。

「好，好——沈大人請，我派人將您送去官舍。」

馬車早就在尹府的後門處備好了。沈耒行動不便，尹濟親自將她送上了馬車。

沈耒走後，尹濟回到府中，將身邊的人吩咐了一番，然後洗漱了一番，拿起了書一邊看著，一邊等著送沈耒的人回來覆命。不知為何，書上的字他一個都看不進去，腦中浮現的都是她那副冰肌玉骨，那清晰的剪影以及她穿著歪歪扭扭的官服出來的時候樣子。

這樣胡思亂想，時間竟然過得比看書還要快。

護送沈耒的護衛們回來的時候已經是丑時了，尹濟點了點頭，這才準備去睡。

沈耒被他救回來的時候為了防止驚動客房的下人，暴露了她的身分，他直接將她抱回了自己的房中。先前坐著看書看得渾身燥熱，尹濟將門和窗子都敞了開。此時房裡的血腥味已經散了，外面的風吹進來吹得垂著的床帳搖曳生姿。

將門和窗子關上，尹濟穿著中衣來到了床前，將腦中亂七八糟的畫面丟開才撩開床帳睡了下去。

睡不了幾個時辰他便要起來去宮裡了，可偏偏沈耒趴過、碰過的錦被上帶著淡淡的荷香。毫無疑問那是她身上的香味，清冷的荷香倒是與她的人格外相符，那味道縈繞在他鼻尖讓他難以入眠。

同朝共事這麼多年，平日裡也沒聞到過她身上有什麼香味，這夜深人靜時刻，香味卻揮之不散，擾著他。

輾轉反側了許久，尹濟終於睡著了。

可要命的是他做了極長極香豔的夢。夢裡他與一個冰肌玉骨的女子極致地纏綿著，那種帶著些冷意卻十分細膩的觸感讓他喟嘆。起先，他看不見與他交纏的女子的長相。直到一場酣暢淋漓的情愛之後，他終於看清了身下女子的臉。

是沈未。

他們的身體依然毫無阻隔地緊貼著，而鋪在他們身下的紅衣，正是光華二品文官才能穿的官服。那時的她，清冷的臉上染上了紅暈，一雙平日裡冷然的眼睛被迷離之色取代。

尹濟先是驚訝得愣了愣，隨後捧起了她的臉吻上了她的唇，翻來覆去地要了她好多回。

清晨，外面的光亮照進了屋裡，尹濟緩緩睜眼。

昨晚的夢清晰地浮現在腦中，感覺到自己身下一片黏膩，他先是臉色奇異地沉默了一會兒，隨後破天荒罵了句不符合身分的髒話。

見到個女人就這樣，他什麼時候這麼沒出息了？

換了條褲子，收拾了一下後，尹濟打開門讓小廝去廚房通知尹月將早飯送到他房中來。

尹月的動作很快。尹濟剛剛洗漱好，她就端著一碗粥，一籠包子，兩碟小菜來了。

晨曦之中，尹濟那張如同南方戲曲裡的風流書生一樣的臉英俊極了。

「昨晚睡得可好？」他看著尹月，聲音裡含著笑意。

尹月羞赧地垂了垂頭，將托盤放在桌子上後，隱隱地聞到房中有一股味道，臉紅了起來，不敢抬頭去看尹濟。

「低著頭做什麼？公子我又不會像沈未那樣輕薄妳。」

尹月聞言慢慢抬起頭，一雙會說話一樣的眼睛時不時偷偷看著尹濟，臉漲得通紅小聲說道：「公子與沈大人……是不一樣的。」

尹濟失笑，走到她身邊微微俯下身子低聲問：「妳是說可以給公子我輕薄嗎？」

尹月「呀」了一聲，身體朝後退了退，一副少女情竇初開，懵懂又動人的樣子。

「沈未此人心術不正，往後若是再碰上，妳小心一些。不過往後我也不會讓他來了。」尹濟模樣俊朗神色之中輕佻卻不輕浮的樣子格外招女人喜歡。此時他的語氣更是溫柔極了了，彷彿為了尹月要跟沈未鬧翻一樣。

尹月一副受寵若驚的樣子：「多謝公子。」

待尹月離開了之後，尹濟收起了眼中的溫柔，取而代之的是嘲弄與冷靜。尹月的容貌確實不錯，青澀之中帶著嬌態的樣子確實容易得男人喜歡，可他偏偏欣賞不來這樣的。

他的腦中驀地閃過沈未的樣子。

愣是隔了一會兒，他才發現十分不妥。

他瘋魔了不成？

另一邊，官舍之中，天剛亮沈未便派人去傳遞消息給張府，說她昨晚遇刺受了傷，指使之人是尹濟，讓他抽空來官舍一趟。

她並沒有告訴張安夷這是裘太后的挑撥。表面上她是想將計就計讓旁人都知道是尹濟指使手下刺殺的她，讓裘太后以為得手了，實際上出於對尹濟昨晚輕佻的報復，想讓他今日吃點苦頭。

畢竟張二那睚眥必報的性子她再清楚不過。

第一百章　誰給沈大人上的藥？

沈未遇刺之事很快就弄得滿朝譁然。

皇極殿之中，元帝大怒：「什麼人膽大包天，竟然連朝廷命官都還行刺，沈愛卿現在如何？朕要傳太醫去看看沈愛卿。」

除了元帝之外，在場的只有尹濟和張安夷二人。

聽到元帝說要傳太醫，兩人皆是眸色微動。

張安夷道：「皇上，沈大人雖然受了不輕的傷，但是據臣所知，昨夜已經叫了大夫處理過了，現在應該並無大礙，只需要好好靜養。當務之急是要查出行刺之人，以免朝中人心惶惶。」說到這裡，他看了尹濟一眼，溫和幽深的眼睛裡閃過一絲寒光。

尹濟感覺到了很明顯的殺意，挑了挑眉毛。

元帝點了點頭，深以為然地說道：「張閣老說的甚是。張閣老抽空替朕去好好探望沈愛卿，讓他好好養傷。追查行刺之人的事情就交給二位愛卿了，朕懷疑這件事是與太后有關。」

尹濟心中甚是欣慰。

教導元帝他也有一份功勞，現在元帝雖然還有些稚嫩，但是足以親政了。假以時日，他必將能成為超過他父親、他祖父的君王。

可讓他意外的是，張安夷竟然道：「皇上，此時不宜輕易下定論，這不像是裘太后的作風，或許是有別的狼子野心之人。」

在他話音落下的時候，尹濟與他的視線對上。

實際上若不是沈耒派人告訴他行刺之人是尹濟的人，張安夷頂多是結合之前張吉被彈劾的事情懷疑一下他，並不會像現在這樣。

他的話讓元帝深深地皺起了眉毛：「還會有誰？」

「這就要待微臣去查了。」

沈耒與張安夷相識多年，對張安夷的性子很清楚，知道他在沒有見到她的面將事情了解清楚之前不會輕舉妄動的。他是那種不動則已，一動必叫人毫無還手之力的人。

元帝點了點頭：「若是讓朕查到行刺沈愛卿的另有其人，朕必將砍了他的腦袋替沈愛卿出這口氣。」

明明這件事跟自己沒關係，自己是救人做好事的那個，可是當元帝把這句話說出來的時候，尹濟還是覺得脖子隱隱地發涼。

說完了沈耒遇刺受傷的事情後，張安夷對元帝道：「皇上，近日時常有官員上奏檢舉地方官員貪汙上繳的糧食，恐怕不是空穴來風。武帝在位時的齊有光一案震驚朝野，為了防止再出現一個齊有光，臣懇請徹查皇上登基來六年戶部的所有帳目。」

自從元帝表明了親政的決心之後，張安夷這個內閣首輔便會在有重大決策之前請示元帝的旨意。

提到戶部，尹濟直覺張安夷此事是衝自己來的。

張安夷的請示讓年少且敏感的元帝十分滿意，思量了一下點了點頭道：「張閣老所言有理。」

隨即，他看向尹濟道：「既然尹愛卿是戶部尚書，這件事就交給尹愛卿吧。」

元帝的話都說了，尹濟自然不能違抗聖意。

只是這件事遠比元帝想像的複雜。

要徹查元帝登基六年以來的帳目，內容浩大。帳目繁雜不說，還涉及到許多京中和地方的官員。貪汙之事歷朝歷代都有，尤其是涉及到徵收這塊的，沒幾個官員是乾淨的，大家都心中有數。小貪實際上不要緊，只要沒有像當年齊有光一樣貪到震驚朝野的就行。

此次要查帳的消息一傳出去，恐怕許多官員都要心中不安，尹濟府邸的門檻恐怕很快就要被踏破了。

這事太容易得罪人了，幾乎是將他放在了朝中和地方大部分官員的對立面。

就如同當初去兩江兩淮一帶巡查一樣，是個吃力不討好的活。

這一次，他又被張安夷坑了。

見尹濟沉默，張安夷忽然看向他問道：「尹大人為何不說話？」

尹濟立即跪了下來，對元帝道：「臣遵旨。」

他有預感，這背後真正坑他的人是昨夜受了傷現在正躺在官舍之中養傷的沈未。大約是記恨他昨夜的輕薄之言，在這兒擺了他一道。

當真是個不知感恩，心腸狠毒、手段老辣的女子。

心裡雖然是這樣想的，但是尹濟的唇邊卻勾起了一抹不易察覺的微笑，乍一看似乎還挺高興的。

從元帝的皇極殿出來，尹濟便要匆匆趕去戶部。而張安夷要去文淵閣，正好有一段同路。

「張閣老今日為何屢屢針對下官？」尹濟吃了個暗虧，心裡終是有些不暢快的。

張安夷神色之間並無冷然，就像往常一樣溫和，老神在在地說：「尹大人心知肚明。」

果然是沈未。

尹濟無端又想起了昨夜香豔的夢，有一瞬間走神了。迅速將思緒拉了回來，他苦笑著道：「張閣老應該去當面問問沈大人具體是怎麼回事。」

「不勞尹大人提醒。」張安夷的語調溫和，用詞卻狂妄極了，「若不是如此，現在尹大人可能去的不是戶部，而是在刑部等待受審了。」

尹濟氣笑了，決定不與他逞口舌之強。

下午，處理完了送到內閣的摺子之後，張安夷便帶著莫見和莫聞去了官舍。

官舍的人看見張安夷來了，點頭哈腰，十分恭敬地說道：「張閣老是來看沈大人的吧？」

張安夷點了點頭道：「沈大人受了傷需要靜養，吩咐下去沒事任何人不得去打擾她。」

「是，沈大人已經這樣吩咐過小人了。」

張安夷來到沈未住的院子，敲響了門。

即便是在官舍，沈未還是存著警惕，身上的衣服穿得完好。「進來吧。」

張安夷吩咐莫見和莫聞在外守著，一個人走了進去。看見沈未趴在床上，臉色蒼白，他皺了皺眉：「傷了後背？」

沈未點了點頭，說道：「只是流了許多血，已經上過藥好多了。」她雖然女扮男裝了那麼多年，但是裡面的芯子依舊是個女子，有人關心一下心裡還是覺得十分柔軟的。

她不由地就將張安夷溫和的語氣和微微皺眉的神情與尹濟那輕佻的態度作比較，心中對尹濟越發不滿了起來，直到張安夷的一句話讓她猛然回過神來。

「誰給妳上的藥？」心細如張安夷，自然發現了沈未傷在背後不能自己上藥這個細節。事關欺君的大事，他的語氣不由地有些嚴肅。

誰給她上的藥？

這個問題把沈未問住了。想起昨夜上藥的情景，她難以啟齒。活了這麼多年，她的身子第一次被一個男子看到了。

努力讓自己表現得平靜再平靜，她語氣之中故意帶著幾分不耐煩，道：「放心吧，是個靠得住的人，你現在怎麼婆婆媽媽的？」

他們相交多年，都對彼此了解極了。

看到沈未臉上閃過的一絲紅暈，和眼中一閃而過的不自然，張安夷心中有一絲疑慮。

很快，沈未轉移了話題，說：「對了，今日我讓你來是要跟你說正事的。其實派人行刺我的不是尹濟。」

即便是張安夷這樣沉著的人也被沈未這早上一個說法傍晚一個說法給弄得有些糊塗了。他覺得沈未有幾分不對勁，挑高了眉毛打量著她問：「不是妳一大早派人來告訴我指使的人是尹濟的？」

在他打量的目光下，沈未努力保持著鎮定和理直氣壯，回答道：「實際上昨晚是尹濟救了我。實際上那是裘太后派來的人，她想要挑撥我們的關係，這是我跟他商量的結果，決定將計就計。」

「妳不怕我當即將他抓起來？」張安夷想起今天在皇極殿中強加給尹濟的差事，心中卻沒有半點愧疚之意。

「我還不知道你？」沈未說得十分自信，一切都在她的掌控之中，「你今日給他使絆子了？」

張安夷點了點頭，坦然地說道：「我讓他的戶部清理聖上登基以來的帳目了。」

沈未驚嘆：「張二，你太狠了。」她的語氣裡帶著一絲幸災樂禍。

恐怕接下來尹濟有得受了。

從他的語氣裡，張安夷聽不出誇獎之意。他審視著有些不對勁的沈未。

他的眼睛深不見底，彷彿世間任何事情都瞞不過他一樣，沈未被他看得無端地有些心虛，皺了皺眉說：「張二，你可是連兒子都有了的人了，這麼看著我似乎不太好吧？」說完，她愣了愣。

她忽然發現自己可以心中毫無波瀾地說出張安夷成家這件事了。

從前她雖然放下了，但是偶爾想起來的時候還是會有幾分悵然與感慨，總是故意忽略。

如今卻像是終於釋然了。

拋下了心中的胡思亂想，沈未嚴肅了起來：「來說說你接下來打算怎麼辦吧？裘太后挑撥我們與尹濟的關係，多半是想我們兩敗俱傷，她趁機一網打盡。這於我們來說也是個機會。」

她和阮慕陽同為女子，卻因為她女扮男裝在朝中多年，所以還是與阮慕陽有許多地方不一樣的。

阮慕陽實際上不擅長謀權之術，大多時候是被逼無奈。而沈未卻擅長此道，且大多時候是主動而不是被動。她為的不僅是生存，更是跟許多有志向才入朝為官的男子一樣，為的是江山社稷和黎民百姓。

「不錯。」張安夷點了點頭，「既然裘太后想挑撥我們，將計就計，以不變應萬變是最好的。如此一來，戶部那邊清查帳目正好成了我們徹查裘氏外戚的機會。」

沈未再次在心中感嘆張安夷多智近妖。

讓戶部徹查帳目之事，若是尹濟真的想對付他們，就能給他添亂，讓他抽不開身，若是他沒有想對付他們的想法，正好趁這個機會徹查與裘太后有關的官員。

「張二啊張二。」沈未搖著頭，有氣無力。

張安夷不為所動，臉上的神情都沒有發生變化，繼續道：「妳先好好養傷要緊，其他的事情交給我。明日我便會回稟聖上說，行刺妳的人是尹濟，然後假意與尹濟對峙，讓裘太后覺得是真的。」

「好。」

兩人的神情都極為嚴肅。聖上只是想要親政，裘太后無論做什麼，都還是元帝的生母、是當年扶他上位的人，無論如何，元帝都不會傷害裘太后，所以他們只能想盡辦法將裘太后的黨羽剷除，讓她無可用之人，最後被迫放權。

張安夷走後沒多久，守在門外的護衛道：「大人，楚編修來了。」

聽到楚棲的名字，沈未皺了皺眉。

他來幹什麼？

「我有些乏了，要休息了，讓他回去吧。」她自然是不會見楚棲的。

大約到了酉時，外面夜深人靜，房門再次被敲響了。

這時沈未正趴著看書。白日裡她睡得太多了，這個時候並沒有什麼睡意。

「又怎麼了？」她皺著眉問門外。

這麼晚了，難道是那個楚棲不死心又來了？

可是門外聽不見護衛的回應。

就在沈未有些疑惑，覺得很是不對勁的時候，房門忽然被從外面推開。

她驚得冷聲問道：「誰！好大的膽子，連我的房中也敢硬闖？」

房門被徹底推開，一個穿著頭蓬遮著臉的人走了起來。在沈未警惕的目光之下，他回身關上門，脫下了深色的斗篷，笑著道：「沈大人的房間未免守得太嚴了一些，比深宅大院中小姐的閨房還要難近。」斗篷下露出來的正是尹濟那張帶著輕佻笑意、精緻俊朗得如同江南戲曲之中書生一樣的臉。他輕佻的言語，懶散的笑容彷彿真的是個夜探女子閨房的風流書生。

看到是他，沈未鬆了口氣，隨即冷著一張臉說道：「尹大人倒是對深宅小姐的閨房熟悉得很，想來是去的不少。」

忽然有種搬起石頭砸自己的腳的感覺，尹濟失笑道：「深宅小姐的房間沒去過，今夜我倒是探了探沈大人的閨房。」

「大人」與「閨房」兩個詞矛盾極了，沈未從中聽出了調戲之意，聲音不由地更冷了：「我的護衛呢？」

士可殺不可辱。

而且將她這欺君之罪掛在嘴上，不是想害她嗎？

「不方便讓人看到我的臉，護衛又始終守在門口，我只好派人將沈大人的護衛給迷暈了，多有得罪，還請沈大人見諒。」

將她的護衛迷暈？這般肆意妄為，沈未氣得背後的傷口都疼了起來。

「你來做什麼？」

尹濟勾唇笑了笑，緩步走到了床邊低頭看著趴在床上的沈未。看著她仰頭看自己，臉色蒼白，眸光卻很冷的樣子，不由地想到了昨夜那個極長的夢，夢裡確實有她趴在床上的姿勢，身下紅色的官服襯得她的肌膚白得發光，身前的柔軟被壓得變形……

感覺到有汩汩熱流開始慢慢朝小腹彙集，他立即收回了神思，語氣中帶著幾分咬牙切齒道：「我是來找沈大算帳的。」從上午去了戶部開始，他忙到了現在才得空，想找他打點的官員更是絡繹不絕，讓他連一點清靜都沒有了。

提起這件事，沈未蒼白清冷的臉上閃過得意之色，道：「尹大人這是說的什麼話，我們不是說好將計就計嗎？」

尹濟被她氣笑了。分明就是她先前故意沒有告訴張安夷這件事，讓張安夷誤以為真的是他，才有了清查這六年來的帳目這一齣，當他不知道？

「巧言令色！」他道。

沈未不甘示弱地回道：「不及尹大人之萬一。」

從昨夜遇到行刺被尹濟救了開始心中的鬱結終於在此刻消失了，沈未的心裡格外地暢快，眼中隱隱地出現了幾分快意，嘴上解釋道：「尹大人正好借清查帳目一事徹查裘太后的黨羽，想必那些人之中沒幾個是乾淨的，可以抓出來一大片，難道不是將計就計？」

尹濟可以確定今日在皇極殿之中張安夷是真的想整他，所以並不聽沈未的解釋。

他的注意力不知何時已經被她那張淡粉色的唇吸引。他站在床前，她趴在床上仰著頭跟他說話，正好像是對著他小腹下的某處。隨著她說話時那張小嘴一張一合，他那熱流彙集的地方似乎能感覺到她氣吐如蘭一樣。

沈未絲毫沒有意識到尹濟腦中在想著什麼，只是莫名地覺得他那視線有些不對勁，瞧得她不自在。她本能地覺得他此刻想的一定不是什麼好事。

「尹大人，三更半夜的，您是不是該走了？」她道。

尹濟回過神來，對上她皺著眉一副懷疑的樣子，尷尬地勾了勾唇，隨即若無其事地說道：「時辰是不早了。那沈大人好好養傷，我明日再來。」

「你明日還來做什麼？」沈未的語氣之中滿是嫌棄之意。

尹濟自己其實也不知道明日要來幹什麼，是以也沒有解釋，只是道：「明晚沈大人還是將門外的護衛撤了。」

在沈未想要拒絕的時候，他繼續補充道：「省得我還得讓人將他們迷暈，一次還能說是睡著了，次數多了，恐怕那些護衛也會懷疑。」

穿上斗篷，將臉和身形全部遮住後，尹濟打開門出了房間。

晚風將他身上的燥熱吹散了不少。回身看了眼緊閉的門，他瞇了瞇眼睛。

大約真的是這兩年過得太自在了一些，沒有什麼要擔心的事情，竟然閒得思起淫欲來了。

回去之後，夜裡尹濟又做了個夢。他夢見了沈未跪在他身前，那張淡粉色的唇吞吞吐吐。清晨醒來，他臉色發黑，又換了條褲子。

起來後，他直接去了戶部。到了戶部不過一個時辰，宮裡就來人傳他進宮。

尹濟到皇極殿的時候，張安夷也在。

「尹愛卿，張閣老都與朕說了，太后竟然買通了你府上的人去行刺沈愛卿，意圖挑撥。」元帝的語氣難得的有些嚴肅。

關於要將這件事告訴元帝還是瞞著元帝，張安夷與尹濟事先並未通氣，卻不約而同地認為該告訴元帝。

因為將來總有一天，元帝會知道他們是假意反目，雖然是為了將計就計清除裘太后的黨羽，但是畢竟是瞞著元帝了。君心難測，待裘太后退居後宮，元帝親政之後，難免會翻舊帳。

尹濟跪了下來道：「回皇上，確實如此。臣從未派人去刺殺過沈大人。」

「尹愛卿快起來，朕是相信愛卿的。」元帝看向張安夷道，「接下來的日子恐怕要委屈張閣老了。」

雖然張安夷是先帝欽點的輔政大臣，但是尹濟在元帝還是太子的時候就是太子講師，與元帝的關係更加親密。而且裘太后想要看到的就是元帝信任一個，疏遠另外一個，所以疏遠的那個自然是張安夷了。

張安夷恭敬地說道：「皇上言重了。」

達成共識之後，元帝猛然拍了下桌子，對外面的太監道：「給朕把刑部尚書、大理寺卿、還有左都御史叫來！朕要好好徹查此事。」

沒一會兒，三法司的長官就匆匆忙忙趕來了。

「皇上，沈大人親口說遇刺那晚看到了刺客是尹大人府上的人，這件事與尹濟脫不了干係。」張安夷道。

尹濟看向張安夷道：「張大人空口無憑就要冤枉朝廷命官？」

兩人針鋒相對。

三法司長官看得心中惶恐。

最後元帝對他們三人道：「沈愛卿遇刺之事十分蹊蹺，這件事就交給三法司徹查，不得有誤！」

「是。」

不到半日，張安夷狀告尹濟派人刺殺沈未、兩人針鋒相對的事情就傳開了。

刑部尚書是裘太后的人，親自將在皇極殿所見之事告訴了裘太后。

裘太后妝容精緻的臉上出現了笑容：「你說的可是真的？他們之間原先就有嫌隙，這下有好戲看了。」

「太后娘娘英明。」

裘太后又對身邊的人吩咐道：「讓安插在尹濟府上的人仔細盯著點，以防他們玩什麼花樣。」

在這波譎雲詭的朝堂上，沒有一個人不是小心謹慎的。

官舍之中，沈未雖然在養傷，卻一直讓人在打聽著外面的動靜。天色慢慢黑了下來，她想起了昨夜尹濟的話，猶豫了一下還是讓護衛們下去了。

她知道尹濟那樣的人做得出來再將她的護衛迷暈的事情。可是到了昨日這個時候，尹濟並沒有來。

沈未的臉色有些難看。她懷疑自己被尹濟戲耍了。

直到戌時，她的房門終於被敲響，只是來的人並不是尹濟。

第一百零一章　動手動腳

「學生聽聞沈大人遇刺受傷，甚是擔心，特意前來探望。」

聽到是楚棲的聲音，沈未愣了愣。

等她想開口阻止他進來的時候，楚棲已經推開了門。「沈大人，學生進來了。」

沒有護衛守著的房門口就如同毫不設防的關隘，任何人都能輕而易舉地進來。昨天被護衛擋在了門外始終沒有機會，今晚門外竟然沒有人守衛，就給了楚棲進來的機會。

沈未換上了一副淡漠的神色，語氣疏離地說道：「楚修撰的好意本官心領了，這麼晚了，本官要休息了，楚修撰還是早些回去吧。」

此時的她雖是男裝打扮，卻透著一股弱氣。因為撐著氣勢，他的弱氣並不顯女態，而是像一個病弱的書生。

楚棲並沒有離開，而是朝床前走來，嘴裡恭敬地說道：「沈大人一個人在官舍，身邊連個照顧的人都沒有，學生放心不下。沈大人可有什麼需要學生做的？」

隨著他的靠近，沈未感覺到了一股讓她十分不適的侵略性氣息。

「不必了。」她微微皺起了眉，冷著聲音道。為了撐起氣勢，她將脊背挺得很直，牽動了傷口，疼得她倒吸了一口冷氣。

楚棲見了，臉上露出了關懷的神色，伸手就要去碰她：「沈大人如何了？」

沈未下意識地往裡側靠了靠，氣急敗壞地道：「你別碰我！」

楚棲失笑，將手收了回來說：「沈大人為何如此怕學生？學生又不會吃了您。前幾日始終不見沈大人，沈大人是否在躲著學生？」顯然楚棲在這方面是老手，沈未唯一的經驗便是許多年了來對張安夷存的那份心思，還是藏在心底的，比起楚棲來實在太青澀了。

心中所想被猜中，她自然是不願意承認了。「楚修撰想多了，本官躲著你做什麼？不過是先前內閣和禮部的事情過多，讓我不得不每日早出晚歸罷了。」

她不知道自己這副假裝強硬的樣子可愛極了，加上是女子的身分男子的打扮，簡直是喜歡男子的男子和喜歡女子的男子通吃。

楚棲看得眸色都深了些。

「沈大人受了這麼重的傷，身邊怎麼能連照顧的人都沒有？若是沈大人不介意，學生願意留下來侍奉沈大人。」

沈未知道以自己的身分，他就算真的留下來也不敢胡來，可是就是不想與楚棲在一起。她拒絕道：「不必，本官不習慣有人在一旁打擾，楚修撰還是回去吧，本官要睡了。護衛只是被我派了出去，一會兒也該回來了。」若是護衛回來了，她一定讓護衛把他丟出去。

沈未是禮部尚書，內閣大學士，楚棲只是個剛剛入翰林的修撰。沈未真的要對付他，十分容易，楚棲雖然心裡存著心思，卻也不敢亂來惹惱了沈未自斷前程。

知道沈未對自己沒有那樣的意思心中略微遺憾，他朝後退了一步，朝沈未恭敬地行了個禮道：「既然如此，學生便不打擾沈大人休息了，改日再來。」他心中早就斷定了沈未好南風，而且以他的經驗來看還是在下面的那個，是以並不願意放棄。

沈未點了點頭，只想他快點走。

等楚棲走了以後，她鬆了口氣。楚棲的長相自然是十分俊朗的，這種俊朗之中還有一種凌厲的攻擊性，叫她如果不以官階來壓他就會處於弱勢。

忽然，門又被敲響了。

想到楚棲去而復返，沈未的心提了起來。

「本官要休息了。」她的語氣很是煩躁。

「沈大人恐怕是睡不著的。」伴隨著一個輕佻的聲音，房門再次未經過允許被推開。

看到寬大的深色斗篷下尹濟的那張藏在陰影下的臉被屋子裡的光照亮，沈未的語氣格外的冷：「你來做什麼？」若不是因為他，楚棲就不會有機會趁機而入。想到這裡，她將一切都怪在了尹濟身上。

尹濟翻身關上門。

「我終於知道沈大人先前為何厚著臉皮要來我府上借宿了，原來是為了躲情債，沒想到新科探花竟然有龍陽之好。」

沈未聽得眼皮直跳，道：「你給我住嘴！堂堂戶部尚書內閣大學士竟然在聽牆角。」

尹濟輕笑了一聲，朝沈未的床前走來說道：「不聽牆角也不知道沈大人有這麼大的祕密啊。沈大人堂堂禮部尚書內閣大學士竟然連個小小的翰林修撰都對付不了。」他的語氣裡帶著輕蔑和嘲笑。

他惡劣的樣子讓沈未恨不得叫來護衛把他打出去。

可是畢竟他也是朝廷命官，她只要忍下這口氣。

她氣憤地抬頭看了眼尹濟，皺了皺眉，忽然覺得他今天有些不對勁。

「你今天怎麼陰陽怪氣的？」沈耒的眼中帶著探究和懷疑。他今天說話格外氣人，進來到現在一共說了四句話，每一句話都能氣死人。

尹濟現在心裡只有一個字——酸！

連著兩晚夢的都是些亂七八糟的東西，他不得不承認自己對沈耒起了色心。不管是出於什麼原因，這都是十分可怕的。若是尋常女子或者世家小姐也就罷了，可偏偏是女扮男裝入朝為官的沈耒。欺君之罪是要誅九族的。

而像尹濟這樣能在宦海中活下來，並且在權力的最頂峰占有一席之地的人，都是十分冷靜的。是以，他為了打消自己那份不該有的色心，決定從此遠離沈耒那個害人害己的女人。

原先一切都想的好好的，也沒覺得有什麼打消不了的，可是從戶部忙完回到了府中，空了下來，尹濟就開始想起不該想的了。

做什麼事都靜不下心，糾結了許久他還是來了。

來了以後，他發現沈耒房中還有別人。原先以為是張安夷，可是他仔細一聽發現不是，隨後便聽到了許多有意思的事情。

她倒好，對著他的時候色厲內荏，對著一個小小的翰林院修撰卻跟個任人宰割的兔子一樣。

「沈大人說笑了，我有什麼好陰陽怪氣的？」聲音還是原來的聲音，只是尹濟的語調確實有些怪，隱隱透著一股不知哪裡來的憤怒，「我只是感嘆沈大人真的是太出息了。」

沈耒本來就因為楚棲的出現不痛快，現在尹濟又在這兒嘲諷他，她心裡更加不痛快了。

她覺得尹濟今夜就是來找事的。

「尹大人可以走了。」她冷著聲音逐客。已經是春天，屋子裡一點都不冷，再加上她傷在背上，覺得錦被壓著有些疼，便只有一條當初先帝賞的番邦進貢的薄毯搭在後背之上。

尹濟不客氣地在她床邊坐了下來，把沈未那後背到腰到臀的曲線看在眼裡，笑了起來，說道：「我今夜來是有正事的，差點忘了。」

他的語氣意味深長，沈未不禁皺了皺眉說：「什麼正事？」她如今臥床養傷，手裡的事務都暫時停了下來，他有什麼正事不去找張安夷談而要找她的？

尹濟從袖子裡拿出了一瓶藥。

沈未看見那瓶藥，立即想起了遇刺那晚尹濟給她上藥的事情，蒼白的臉上浮現出了紅暈，眼神也變得不自然了。

「我是特意來給沈大人換藥的。」尹濟手裡把玩著白色的藥品說道：「我問過大夫了，受了刀傷需要兩到三日換一趟藥。想到沈大人情況特殊，我估摸著沒人給沈大人換藥，只好勉為其難了。」

至於這話是不是真的是大夫說的，就不得而知了。

明明知道自己對沈未起了色心，也是猶豫了好久才決定來的，竟然還想要給她換藥。對於自己的這番作為，尹濟有一個很貼切的詞——不懷好意。

已經被他將後背都看去了，不想再有第二次，沈未皺著眉拒絕道：「不需要。」

她哪裡知道自己被尹濟看到的根本不僅僅只有後背。

尹濟似乎早就料到了沈未的反應，也不著急，問她道：「妳想背上的傷口潰爛不成？」

沈末先前從來沒有受過這樣的傷，沒什麼經驗，但是她的直覺告訴她這是尹濟在危言聳聽。她端著在朝堂上的與那些御史們據理力爭的架勢道：「不勞尹大人費心，換藥之事我可以自行解決。」

「如何解決？叫那個楚探花給替妳換？」尹濟挑著眉問道。

「尹濟！信不信我讓人將你打出去？」沈末氣得咬牙切齒，只覺得身上的氣血翻滾，背後的傷口都要裂開流血了。她從前就覺得尹濟說話招人煩，但是從來沒有像今晚這麼煩過。看到沈末的臉色一下子白了起來，尹濟皺了皺眉，眼中的輕佻被關切所取代，伸手按住了她的肩膀不讓她再動。

感覺到肩膀被他的手握住，沈末的身體緊繃了起來，氣急敗壞地道：「尹濟！你做什麼動手動腳的！」

尹濟沒有與她針鋒相對，彷彿沒有聽到她羞憤的聲音，手伸向她的後領：「我瞧瞧妳的傷口。」

他的動作明明很輕柔，卻又有一種說不出的強勢。沈末被他忽然轉變的態度弄得有一瞬間發愣。感覺到他在拉自己的領子，她的臉一下子又漲紅了：「你給我鬆手！不需要你！」

「噓——」尹濟讓她噤聲，手下的動作卻沒有停下。見沈末真的下意識噤聲了，他覺得這種反差甚至可愛，輕笑了一聲，隨後跟她分析道：「恐怕知道妳祕密的人除了妳自己之外，只有我跟張閣老兩人，妳這藥總是要有人換的。張閣老已經有了家室有了孩子，妳讓他幫妳的話我先替我乾兒子不願意。至於我，至今還未娶妻，而且先前……也看過了。沈大人何必如此忸怩？」

他知道對於像他們這樣冷靜理智的人，還是分析情況更有說服力。在加上他摸清了沈末要強的性格，最後稍加刺激——十有八九能成。

果然沈末聽完了尹濟的分析，覺得確實是這樣，不再抗拒了，而是沉默著不說話。

唯獨讓她耿耿於懷的是最後兩句。

咬了咬牙，心中做了決定，沈未撐起了身子抿著唇去解自己的衣襟。意識到尹濟就坐在床邊，她手上的動作立即停住，皺著眉對他道：「往後面坐，要是敢亂看我叫人挖出你的眼珠子。」

她的聲音虛弱，氣勢卻很冷然，明明臉上因為失血而蒼白，兩頰處卻偏偏泛著紅暈。這樣的矛盾和病態實際上撩人極了。

知道再刺激兩句恐怕她真的會翻臉，尹濟將到了嘴邊的話吞了回去。

隨著她單薄圓潤的肩頭露了出來，尹濟眼中的笑意漸漸消失，取而代之的是眸光越來越深邃、越來越火熱。

他對自己十分了解。他不是個色欲熏心的人，所以對沈未的這份色心——多半是走心的。

只是他自己都覺得不可思議。

他試著找出走心的緣由。

沈未背後受了傷，所以沒辦法束胸，是以很快整個線條柔美、白得發光一樣的後背就露了出來，那一道刀傷觸目驚心。

因為沒有看過大夫，傷口簡單的處理了一下，所以兩日過去了，雖然有好轉，但是好得很慢。

這樣一副冰肌玉骨上若是留下傷疤，著實讓人覺得遺憾和心疼。尹濟的眉頭皺了起來，提議道：「我們家是做藥材生意起家的，在上京也有藥房、有大夫，很可靠，不如還是讓大夫看看吧。」

沈未沒有注意到尹濟語氣的變化，只是聲音堅定平靜地說：「我信不過任何人。」

女扮男裝參加科舉入仕，若是被人發現了不僅她自己會死，而且會連累許多人。事關那麼多條人命，她不得不謹慎，少一個人知道就多一份安全。

她的戒心和警惕讓尹濟心疼極了，有種想將她摟入懷中好好安慰一番的衝動。只有身在宦海才知道在其中浮沉多麼艱辛，男子尚且如此，何況她一個女子？既然選了這條路，她就沒有回頭路了。

「還不快上藥？」沈未背著尹濟，看不到他的神色，不知道他在想什麼，只是見他半天沒動靜，自己這副樣子又實在窘迫，便不耐煩地催促。

既然她信不過大夫，只能他去自家的藥房裡找大夫請教了。

尹濟剛要給她清理傷口的時候，忽然傳來了敲門聲。

「沈大人，學生剛剛想起來有一瓶從家鄉帶來的療傷聖藥。」

竟然是楚棲去而復返。

房中的兩人皆是一副震驚的樣子。現在沈未的衣服都掛在了手臂上，若是他進來了，那就什麼都看見了。

沈未緊張得後背那對蝴蝶骨都收縮了一下。

坐在床邊的尹濟反應很快，鞋都沒脫就上了床飛快地拉下了床帳，然後伸手捂住了沈未差點驚呼出聲的嘴。

「沈大人，學生進來了。」楚棲推門進來的時候剛好看到床帳微微晃動了一下。

床帳拉下後，床上彷彿就是一個狹小昏暗的空間。尹濟在沈未背後，一隻手環過她的脖子捂著她的嘴，手臂輕輕地壓在了她胸前起伏的地方。

唇被捂著，身上最柔軟的地方被壓著，隔著衣服似乎都能感覺到那手臂的線條和力量，沈未緊緊皺著眉，那雙眼睛閃過慌張與羞憤。她一邊要注意著外面的楚棲，一邊被尹濟輕浮的動作氣得渾身充血，腦中混亂極了。

聽到楚棲進來，估摸著沈未已經冷靜了下來，尹濟鬆開了手。

沈未漲紅了臉，狠狠地瞪了他一眼，像是恨不得殺了他一樣。只是現在不是發作的時候，楚棲就在外面。她壓下心裡的情緒，控制著氣息想要平復自己的心跳，讓聲音聽不出異樣：「楚修撰有心了，傷藥你放下回去吧。本官已經歇下了。」

楚棲卻似乎並沒有要走的意思，朝裡面走了幾步，站在了床前。「沈大人身邊連個照顧的人都沒有，可要學生幫忙？這傷藥是學生家裡的，學生知道如何用是最好的。」

尹濟聽到這裡挑起了眉。

這楚棲竟然跟他的來意一樣。

沈未自然是不會讓他幫忙的。她冷聲拒絕道：「不用了。」

隨後，她又補充道：「楚修撰，注意你的身分。你是新科探花，翰林院修撰，只需好好在翰林即可，諂媚攀附之事還是不要做了。」

尹濟聽得勾起了唇。原先他覺得沈未那副清冷嚴肅的樣子太沒有女人味了，現在卻覺得她這樣端著官腔說話有種尋常女子無法比及的英氣和貴氣，吸引人極了。

心情好，鼻尖又有她身上淡淡的荷香撩撥著，他的目光順著沈未單薄圓潤的肩頭，沿著脊柱的曲線往下一處處欣賞了起來。當目光落在那不盈一握的腰上的時候，他鬼使神差地伸出了手，用手指在她的腰窩出畫了個圈，又收了回來。

他一直覺得女子的腰窩格外撩人。想不到沈未這樣一身冰肌玉骨、容貌清冷的人兒竟然還有腰窩。

沈未的身體猛然顫抖了一下，好不容易才咬住唇沒有罵出來。若說之前都是形勢所逼，那麼這次她能夠確定尹濟是故意輕薄她了。他手指的動作太過曖昧了。

偏偏這時候楚棲還在跟她說話。

「沈大人恐怕誤會了。學生並沒有攀附之意，只是純粹的對沈大人關心。」楚棲的語氣聽起來並沒有被沈未嚇到。

沈未此時只想早點把楚棲打發走，讓自己不再身處這樣窘迫的環境之中。

可誰知正當她要開口的時候，門外又傳來了腳步聲。

因為門是敞著的，所以這次的腳步聲格外清晰，似乎不止一個人。

「下官參見沈大人。」

聽聲音竟然是吳貞他們三人。

吳貞他們剛剛從外面回來，是來尋楚棲的，順便趁這個機會問候一下沈未。

隔壁的四人居然一下子湊齊了，沈未的臉色差極了。

倒是尹濟似乎一點也不緊張。趁著這個時候，他想起了一直攥在另一隻手裡的帕子，靜悄悄地靠近了沈未的後背，替她清理傷口。

他的動作又引得沈未顫抖了一下。

因為床帳外站了四個人，她格外的緊張，渾身都緊繃著，所以背後也十分敏感。隨著他的動作，傷口處傳來微微的疼痛，這種疼痛在她的緊張之下竟然生出了異樣的感覺，又是疼又是麻還很癢，一陣一陣地沿著她的脊柱往上竄，讓她忍得額上都冒汗了才沒有發出聲音來。

長時間沉默又怕被他們發現端倪，她一隻手向後伸去，抓住了尹濟那隻作亂的手讓他停了下來，趁著這個時候開口道：「好了，你們的好意我都心領了，這麼晚了還是回去吧，本官要休息了。」

尹濟早就注意過沈耒那雙兼具文人的修長和女人的纖細的手了。她的手涼涼的，正好他身上有些燥熱，觸碰上去格外的舒適，給了他一絲緩解和慰藉。

看著沈耒緊張的樣子，他心中甚是憐惜。她到底是個女子，在這樣的情況下會慌張，實際上以她這麼高的官階，這幾個學生，包括楚棲，都是不敢輕易惹怒她的，除非他們都不要仕途不要命了。辛辛苦苦參加科舉，誰不是為了入仕呢？怎麼會這麼輕易毀掉自己的仕途。

吳貞他們比起楚棲來要規矩多了。沈耒開口了他們自然不敢違抗。

「既然如此，下官們告退了，沈大人好好休息。」

吳貞他們都要走了，楚棲自然也不能單獨留下了，只能跟著他們一起走了。

他們離開，門被關上的瞬間，沈耒鬆開了手，眼中徹底被冷意充斥。正當她要開口趕他下去的時候，忽然一隻手從背後伸了過來，手指虛虛地抵在了她的唇上，耳畔傳來了一陣溫熱的氣息：「噓——」

沈耒盤腿坐在錦被上，而尹濟不知何時跪坐在了她的背後，直起身子的時候正好比她高出了一大截，一隻手從她背後繞過來彷彿將她整個人攬在了懷中一樣。這樣曖昧的姿勢，可偏偏細節處他卻前所未有的規矩。

因為顧及到沈耒的傷勢，他從背後貼過來的時候並未碰到她，隔著三指寬的距離，而那只繞到前面的手臂也是懸著的，並未壓在她最柔軟的地方。

這時的尹濟彷彿一個坐懷不亂、十分正值的君子。

「我先替妳將藥上好。」

第一百零二章　卻之不恭

上好了藥，沈未二話不說忍著疼痛將衣服穿了起來，拉進了衣襟，將那一身的冰肌玉骨和女子獨有的曲線給隱藏了起來。

尹濟絲毫沒有一點自覺性，未從床上下去，床帳依舊垂著，圍著他們的一方昏暗狹小的天地。

出乎他意料的是沈未在拉上衣服之後並未在第一時間趕他離開。

鼻尖依然被淡淡的荷香撩撥著，他的目光落在沈未的身上，越發覺得她這副清冷虛弱的樣子格外容易勾起男人的色心。

忽然，沈未回過了頭，動作緩慢地將身子側過來了一些說道：「尹濟，你不要忘了我的身分，若是你需要女人，相信光華上上下下那麼多女子，大多都是願意跟隨你的。何必要為了一時的欲望冒天下之大不韙、害人害己？」

即便是將衣襟拉上了，她此刻也跟衣冠整齊搭不上邊。可是她的眼睛裡已經絲毫不見慌張和羞憤，平靜得彷彿換了個人一樣。

方才楚棲在外面的時候，尹濟的手撫摸上了她的腰、還故意在那個時候替她清理傷口，動作之中處處透著曖昧。她不是十幾歲懵懂的小姑娘，也不是被藏在深閨之中的大家閨秀，而是在驚險、多變甚至骯髒的朝廷上一步步走到今天的內閣大學士兼禮部尚書沈未，不可能什麼都不懂。

近些日子尹濟對她的關注勝過從前許多年，她不是沒有察覺。她可以確定他對自己是沒有任何情的。

雖然她是女扮男裝，但畢竟身子還是個女子。他一個正當壯年的男子看到了她的身子，有一些反應是正常的。

聽到那句「若是你需要女人，相信光華上上下下那麼多女子，大多是願意跟隨你」的時候，尹濟挑了挑眉毛。發現自己的色心被發現了之後，他的眉毛就挑得更高了。

他不得不承認沈未不僅聰明，還有尋常女子沒有的敞亮大方，她的內心的格局很大。

只是看著沈未清冷蒼白的臉上沒有了先前的羞憤，他心裡十分不痛快。

他輕笑了一聲，言語之中帶著嘲諷之意，道：「沈大人倒是大方坦然。」

聽著尹濟對她說的話一點都不反駁，相當於是默認了她的說法，沈未的心裡莫名地煩悶，聲音在不經意之間更冷了：「待我傷好後，會派人去尋找十名既有容貌又有才華的女子送到尹大人府上，以報尹大人相救之恩。」

送女人？還是十個？

當真以為他一身的火沒地方發洩嗎？

尹濟被沈未這副官場做派氣得不輕，挑高的眉毛始終不曾落下。

對著沈未平靜的目光，莫名地有種在較勁的感覺。倏地，他惡劣地笑了笑，語氣之中的嘲諷更加明顯：「沈大人的手筆這麼大，那麼我就卻之不恭了。」

「還請尹大人往後管好下半身，三思而後行。」沈未蒼白的臉如同一塊冷光之下的白玉一樣。

尹濟挑高的眉毛落了下來：「多謝沈大人提醒，告辭。」

他的忍耐力一向是極強的。當年知道身世回到尹家那個龍潭虎穴的時候，起先無論兄長們如何打壓他、為難他、害他，他都能沉住氣，直到最後反擊，拿下了尹家的掌家之權。後來，他參加科舉金榜題名，面對著武帝晚年複雜的局勢，與他一起入翰林的那些人一個個都迫不及待投身朝堂，只有他一直在蟄伏著，在帝王兩度更替後成了同時期入仕的那群人中最成功的那個。

自負能忍常人之不能忍，他鮮少有被氣成這樣的時候。

看他終於下了床要走，沈未自然不會留他。

尹濟重新將披風穿了上，眼中的笑意不知在何時完全消失了。臨走之時，他看見桌上擺著的楚棲帶來的藥，腳下頓了頓，眼中閃過危險的光芒，伸手將那瓶藥給拿走了，出了門便將那瓶藥隨手扔在了門外的花叢之中。

另一邊，張府，穿雲院。

有了懷張青世的時候那樣的波折，這一胎阮慕陽為了能安心養胎，對於朝政上的事情已經關心得很少了。是以知道這一天傍晚的時候才知道沈未前天晚上遇刺的事情。

知道沈未傷得不輕的時候，她的心提了起來，當聽說主使是尹濟的時候，她更是驚訝不已。

如今正是需要他們聯手將裘太后的黨羽從朝中剔除，讓裘太后退居後宮的時候，他為什麼突然倒戈相向？她覺得尹濟不是這麼愚蠢的人。

張安夷去官舍看望過沈未回來的時候，一眼就看出了阮慕陽眼中的憂慮，隨即就猜到了她知道沈未遇刺的事情了。

這一次養得好，比起懷張青世的時候，她的臉圓潤了一些，看起來不再那麼憔悴了，但是身上除了那突起的肚子之外，還是那樣纖細。

張安夷她身旁坐了下來，看著桌上擺著的還冒著熱氣的湯，目光格外柔和。無論白日在朝堂上經歷怎樣驚險的暗算或者是御史們言之鑿鑿的彈劾，晚上他卻總是帶著一身的溫和與包容回來，將那些明爭暗鬥都隔絕在了她觸及不到的地方。

「聽琺瑯說，夫人今日又沒吃多少東西。」

隨著天慢慢熱了起來，再加上孕吐，阮慕陽近些日子的胃口不太好。

「沒什麼胃口。」阮慕陽想了想，開始開口問道，「沈大人遇刺是怎麼回事？真的是尹濟所為？」

張安夷早就料到阮慕陽會開口問。待她問了，他卻又不著急回答，而是語氣之中帶著幾分誘哄說道：「這湯琺瑯燉了幾個時辰，也是一片苦心。夫人好歹喝上一口，喝了我便告訴夫人這其中內情。」他說話極有技巧，最後透露出這件事是有內情的。

阮慕陽本就關心著這件事，又被他最後的「內情」二字徹底吊起了好奇心。

看著張安夷一副拿她當小孩子哄的樣子，她不滿地皺了皺眉，心裡又是柔軟，又是有些窘迫。她馬上都要當第二個孩子的母親了，居然還被他當成孩子一樣嬌慣。

對上阮慕陽略帶不滿的目光，張安夷眼中繾綣的溫情浮動，唇邊勾起一抹笑意：「夫人？」上揚的聲音像是在跟她做著一樁她穩賺不賠的交易一樣。

阮慕陽確實沒什麼胃口，拿起湯匙舀了一勺喝了下去，然後看向張安夷，意思是她喝了，他可以說了。

張安夷笑了笑，也沒有逼迫她再多喝一些，而是叫來了下人將湯碗收走。

待下人離開，將門帶上後，他終於開口說道：「沈四空確實被人刺殺了，幕後主使是裘太后，尹濟是被陷害的。」

阮慕陽眼中帶著驚訝：「裘太后想挑撥你們？」

張安夷點了點頭，眼中帶著欣賞。即便在府中安心養胎，不接觸朝中那些勾心鬥角，她還是剔透得一點就通。

聰明人總是喜歡跟聰明人說話的。

「我們決定將計就計。」張安夷的聲音裡透著一股讓人心安的平靜與溫和，「裘太后也是個謹慎的人，斷不會這樣就放心了，接下來恐怕還會有別的事。」

看到阮慕陽眼中的擔憂，他頓了頓，眼中含著暖人的笑意說道：「放心，我自會多加注意。夫人無需擔憂，安心在府中養胎便可。」她的一方天地，他自會撐起。為了他自己，為了光華的江山不落在外姓手中，為了張府，他定然會小心謹慎，步步為營。

「好。」當年他們成親第二日去敬茶，他當著張家所有人的面拒絕了老尚書給他安排前程，表明想要參加科舉、入翰林、做天子近臣，在所有人都覺得他是異想天開的時候，唯獨嫁過來第二天的她站在了他身邊，相信他。現在他已經不再是當初那個被人嘲笑的張解元，而是內閣首輔了，她更加沒有不相信他的理由。

「二爺只管放心，我會照顧好自己和腹中胎兒，更會看好廿一。」她現在能做的就是讓他沒有後顧之憂。

從前，兩次的帝位更迭，他們都是各自謀劃，互相隱瞞，這一次終於能同舟共濟，互相扶持了。

第二日，因為刺殺沈未之人是否為尹濟還沒有定奪，許多大臣都在暗自觀望。

許多在政事上有遠見、在宦海浮沉多年的大臣敏感地意識到這或將是元帝登基以來第一次暴風雨來臨的前兆。

在這敏感、各自謀劃著站隊時候，也有人收到了好消息。

翰林院中，編修楚棲今日一來就得到了通知兼任戶部檢校，讓他去戶部報到。

戶部檢校雖然只是正九品，而且是個虛職，但是還是讓很多跟他同時進入翰林院的人心中羨慕。尋常通過科舉進入翰林院的，都是要在這裡做修撰、編修的工作的，得熬上少則兩三年，多則六七年、七八年才有機會進六部或者得到其他機遇，而且像張安夷那樣直接進內閣的少之又少。

若論才學，楚棲是探花，並不是這一屆裡最優秀的，上面還有吳貞這個新科狀元，若論背景，不如榜眼背後是裘太后，他卻先了所有人一步，早早地有機會接觸六部。

「楚編修，恭喜。」

聽著眾人的祝賀，楚棲輪廓剛硬的臉上露出了春風得意的笑容。這份好運來得太過突然，實際上他自己心中也很是疑惑。

倒是與他一同住在院子裡的另外三個，心中像是有數了。

他們估摸著楚棲能去戶部，多半是因為真的攀上了好男風的沈大人。只是隨即又有人覺得不對。沈大人若是要提拔照顧楚棲，為何不直接讓他去他所執掌的禮部，而是讓他去尹大人的戶部？而且到今日，所有人都知道沈大人跟張閣老親口指證暗殺他的是尹大人身邊的人。

在這樣一個關頭，楚棲忽然的升遷也變得撲朔迷離了起來。

但是，大家不約而同地都覺得楚棲是走了好運了。

因為要清查聖上登基六年以來的所有帳目，戶部大小官員這幾日都開始格外的忙碌，每個人都行色匆匆。

戶部。

他們不僅忙碌，而且心中不安。

外面給他們塞錢想要打點、探聽風聲的官員不在少數，這讓戶部的許多官員很是為難。大部分戶部的官員這幾日都開始躲著人，府上也是不接受任何禮品，不接受任何人拜訪的。

戶部正堂，聽見腳步聲傳來，尹濟從案上那麼多卷宗帳目之中抬起頭來。即便一直在忙碌，他的神色之中始終不見疲憊，那與生俱來的輕佻十分養眼。長相之中帶著輕佻的人實際上是很難有威嚴的，可是一身官服的尹濟坐在那裡，就是讓人心生敬畏，不敢造次。

「大人，楚編修來了，可要帶他來見您？」

尹濟忽然提拔一個入翰林短短幾個月的人來戶部，下面的人不由地要猜測一番他的心思。

「不用。」尹濟說道，「給他安排些事情做吧，戶部現在事務繁多，人手不夠，多給他安排些事情替你們分擔分擔。若是讓我看到他什麼時候閒著，那就說明你們的事情還不夠多。」

在朝中做官的就沒有一個是沒有眼力的。下面的人一聽尹濟的意思，立即明白了。尹大人提拔他不是因為看好他或是其他原因，而是因為要收拾他。

那個楚棲不知何時得罪了尚書大人，尚書大人不喜歡這個楚棲。

「是，大人放心，屬下明白。」

看到下面的人離開，尹濟的唇邊勾起一抹意味深長的笑容，隨後想起了昨夜將他氣得不輕的沈未，唇邊的笑容凝了凝，然後繼續低下了頭。

這一晚，幾乎戶部的所有人都在挑燈夜戰。

這一夜，住在官舍的沈未迎來了受傷以來最安靜的一晚，張安夷沒有來看望她，楚棲沒有來獻殷勤撩撥她，連尹濟也沒有來騷擾她。一個來打擾的人也沒有，安靜得讓她有些不習慣。

明明不只是尹濟一個人沒有出現，她卻在心裡將一切怪在了尹濟身上。

輾轉反側沒有一點睡意，書也看不進去，心中莫名地煩躁，她床帳拉了下來將自己遮住，然後對外面道：「來人。」

很快就有護衛進來了。

「大人有何吩咐？」

沈未想起昨夜尹濟離開時候的樣子，越想越氣，語氣裡幾乎帶著幾分咬牙切齒說道：「這些日子去給我找十個不僅容貌絕色還要精通琴棋書畫的女子來。」

床帳外，低著頭恭敬等候著吩咐的護衛聽了，表情不由地變得奇異。

大人，您這麼單薄的身板，一下子十個，不怕被榨乾了嗎？

即便心裡是這樣想的，護衛也不敢說出來，表面上依然十分恭敬地道：「是，大人，屬下這就讓人去辦。」

幾天過去之後，又到了上早朝的日子。

此次早朝上最大的事情便是沈未遇刺之事。

「皇上，沈大人說遇刺當晚親自看見了刺客的面容，正是尹大人身邊的人。請皇上還沈大人一個公道，將有不軌之心的人繩之以法。」張安夷位列百官之首，說話時語氣溫和卻讓滿朝的官員心生敬畏。

這時候，也只有尹濟敢說話了。「張閣老，空口無憑，不知沈大人見到的是我府上的哪個人？若真有這樣一個人，為何三法司查了好幾日都沒有查到沈大人口中所說的那個人？」

說到這裡，他又看向元帝：「皇上，沈大人遇刺之事絕非臣指使，與臣毫無干係，請皇上明察。」

元帝看了看張安夷，又看了看尹濟，顯然十分為難。

而簾子後面靜靜看著一切的裘太后彎了彎唇，無聲地笑了笑。

一邊是先帝欽點的輔政大臣，一邊是自己的親信，元帝年少的臉顯露出了幾分兩難，不由地將氣撒在了三法司長官的頭上。「三法司的人都在做什麼？這麼多天了竟然一點進展都沒有嗎？」

刑部尚書、大理寺卿、都察院御史三人跪在了地上。

他們確實沒有找到那樣一個人，可是去拜訪沈未的時候沈未又說得十分仔細，像是真的確有其人。唯一的線索就是那個沈未親眼見到的臉的人，可是就是找不到，線索像是中斷了一樣。刑部尚書是裘太后的人，而大理寺卿與張安夷交好，唯獨都察院御史是哪邊都不偏向的，如此看來還算平衡。

其實案子已經陷入了僵局，可是事關兩位內閣大學士，又怕惹怒元帝，他們不敢說。

這時，張安夷的聲音再次響起：「做賊之人從來是不會認的。以尹大人的精明自然也不會將暴露的人留下來，三法司的人怎麼可能找得到？」這麼多年，他鮮少在朝堂上這麼咄咄逼人，但是受傷的是沈未，那也可以理解了。

誰不知道張閣老和沈大人是相識多年的同窗？

旁人都能看出來，他這次是真的想治尹濟的罪。

尹濟也不著急，而是嘲諷地勾了勾唇看向張安夷道：「張閣老的意思是毫無證據也要拿下我？雖然沈大人受傷不假，但如此一來我就要懷疑張閣老是否是為了趁機剷除異己了。」他的話也會處處指著張安夷要黨同伐異。

朝中重臣黨同伐異向來是帝王最忌諱的事情。

旁觀的大臣們不由地冒了一身冷汗。實際上官員之中互相暗算暗害的事情發生的不少，但是因為不會輕易留下證據，所以即便私下裡你死我活，刺客派了一批又一批，在朝堂上也會假裝什麼事情都沒有，鮮少有張安夷和尹濟這麼針鋒相對的了。

這樣的事情就算拿到靈帝、甚至武帝的時候，都沒有發生過。

張安夷看向尹濟：「黨同伐異的或許是尹大人吧。」

兩人的目光相觸，電光火石之間盡是殺機，你死我活。

其他人都知道這兩方中間必有一方說的是假話，可是看了一會兒他們竟然都看不出兩個人的真假。很多時候需要在朝堂上爭辯的事情，實際上大家心裡都很清楚。很多時候真相並不重要，重要的是聖上相信誰。

「好了。」元帝皺起了眉，面露不滿地想要接觸這場無休止的爭辯。他看向依舊跪在地上的三法司長官說道：「朕再給你們一些時日，還查不清楚就自己來請罪吧！」

三法司的長官額上皆冒出了汗：「臣遵旨。」

自此，所有人都看得出來，之前張、尹聯合對抗裘氏外戚的局面被打破了，朝中接下來的風向誰也看不清楚。

下朝之後，原本要回刑部的刑部尚書遮遮掩掩去了裘太后處。

「大人做的很好。」

「太后娘娘嚴重了，能替太后娘娘分憂，臣自然是求之不得。」刑部尚書在說話的時候不由自主地抬起頭偷偷看了裘太后兩眼。

現在的裘太后也不過三十歲，可以說是本朝最年輕的皇太后了，再加上保養得好，看上去就像二十多歲，還擁有別的女人在這個年紀無法有的雍容的氣質。年紀輕輕，又是這樣的容貌，卻在靈帝在世的時候就開始守活寡……

裘太后不是尋常的後妃，刑部尚書即使有那個色心，也不敢表現出來，只能在心中肖想一下。

其實，裘太后未必看不出來。

對上刑部尚書還未來得及收回了的目光，她勾起了形狀被勾勒得很精緻的唇，有一種懾人心魄的美豔。「接下來，尚書大人可以隱隱查出來些『線索』，但不能做得太刻意讓張安夷懷疑。」

刑部尚書穩住了心神，心領神會地點頭道：「是，太后娘娘放心。」

每隔幾日，張安夷便會在從宮裡出來的時候順道去官舍看看沈未，將朝中發生的事情跟她說一說。

「今日逢著上朝，情況如何？」沈未的臉色比起之前已經好些了，也能坐起來，傷勢有所恢復。

張安夷負手站在那裡，深不見底的雙眼看著十分莫測，說道：「自然是演了一場戲給裘太后看。」

沈未點了點頭，眼珠子動得很快，像是有什麼心事一樣，有幾分心不在焉。張安夷簡單的一句回答似乎並不讓她滿意，她張口問道：「那——你與尹濟商討好了計策了嗎？」

提到「尹濟」的時候，她的眉毛微不可見地蹙了蹙，似乎很是緊張。

第一百零三章　鬼使神差

張安夷回過神來看向沈未。

沈未對上他那雙深不可測的眼睛，下意識心虛地移開了目光，像是有什麼祕密怕被他看出來一樣。隨即她又覺得自己心虛的沒道理，她到底心虛個什麼勁兒？

張安夷何等敏銳何等聰明的人？再加上對沈未十分了解，一下子就看出來她有些不對勁。只是他不清楚這份不對勁是從何而來，便沒有說破。

「對策便是繼續表面上針鋒相對，讓裘太后的所有注意力都在我跟他的對立上，對戶部在查帳的事情放寬些，然後戶部查帳的時候暗中收集裘氏以及裘太后手底下其他官員的罪證，最後找個機會一網打盡。」

他們現在就是在慢慢撒網，明修棧道暗度陳倉。

沈未點了點頭道：「那你們要小心一些。」

這「你們」二字讓張安夷的眼中閃過一絲疑惑和探究。多加的這個「們」字可能沈未自己說出來的時候都沒有注意。

「妳現在傷勢如何了？」他問。

沈未答道：「好多了，大概再過上一些日子便能回到朝堂上了。」

「妳的傷是怎麼換藥的？」張安夷忽然問。沈未不能看大夫，沒人給她上藥包紮，所以到底她是怎麼換藥的一直是個謎。

若不是阮慕陽最近反應有些大，沒精神食欲也不好，張安夷原先是想讓阮慕陽來替沈未換藥的。被她這麼一問，沈未的心都提了起來。雖然她女扮男裝，但是還是在意自己的名節，下意識不想讓張安夷知道自己跟尹濟的瓜葛，不想讓任何人知道自己與尹濟有了肌膚上的接觸。用皺眉掩飾了所有的情緒，她道：「這就不用你擔心了，我自己能搞定。張二你什麼時候這麼多事了？」

張安夷也沒有跟她計較，道：「那妳好好休養。」

張安夷離開官舍的時候天剛剛黑透。官舍附近一直都有守衛，門口那條大路上來往的百姓一直都很少，這個時候已經幾乎看不見人了。

莫聞在馬車旁等候著。

張安夷上了馬車後，馬車就行駛了起來。張安夷的馬車跟他本人的氣質很相似，看上去十分簡單普通，這種不起眼之中卻又透著一股低調與儒雅。上京的官員甚至包括許多大戶人家，沒有人不認識張閣老的馬車的，遠遠地看見皆是一副恭敬的樣子。

馬車沒走多遠，一陣風吹起了遮著車窗的簾子。暮春的風溫和地拂過他那張儒雅的臉，留下的是歲月精心雕琢過的溫潤。

他乾脆伸手撩起車簾，看著外面。

這一看，他正好看到了不遠處一個熟悉的人——尹濟。

他正好消失了在了轉角，拐彎之後那條路正好是官舍門外的那條路。

思及沈未受傷以來的反常，張安夷的眼中閃過了然，眉毛蹙了蹙，隱隱有些擔憂。

張安夷的馬車走後，尹濟帶著人在官舍附近的大街上轉了好幾圈，始終沒有要進去的意思，直到跟了他許多年的小廝極有眼色地開口問：「公子，都到這兒了要不要進去看看沈大人？」

尹濟唇一勾，頭一點，眼中隱隱透著滿意之色，語氣裡卻透著幾分勉強：「那便去看看吧，小心不要讓人看見。」

「是。」

輕車熟路地潛進官舍，將守在沈未院外的護衛迷倒，尹濟走了進來。

沈未的傷勢好了許多，不用整日臥床了，再加上最近來打擾她的人少了，便讓護衛守著院子大門，敞著自己屋子的門通風，穿戴整齊地坐在床邊看書。

尹濟走到她房門口看到的便是她低著頭在燈下看書的樣子。

都說在燈下看還是美人的才是真正的美人。

看著她那如同一塊無暇冷玉的肌膚、雌雄莫辯的樣子，尹濟忽然覺得這幾日憋在心頭的悶氣都消散了，故意放輕了腳步走了進來。

聽到關門聲，沈未猛然抬起頭。

看到尹濟，她下意識地皺起了眉，聲音裡也帶著冷意：「你來做什麼？」實際上她原本最想問的是關門做什麼。

「聽聞沈大人傷剛剛好了一些便派人去替我四下尋找才貌雙絕的女子，自然是要來感謝一番的。」雖然好幾日沒有來過官舍，但是尹濟覺得自己的魂像是被勾在了這兒一樣，無論如何也回不來。

他派人盯著官舍、盯著沈未的動向。當得知沈未真的派人去替他尋女人的時候，他氣得不行。

提起這件事，沈未的神情也莫名地更加冷了：「看來尹大人怕是迫不及待了。放心，我會派人去催，一找到合適的就送到貴府。」

忽然想到了什麼，她又補充道：「若是尹大人真是急色，不是還有個太后娘娘賞賜的小廚娘嗎？姿色也是不錯的。」

尹濟原先已經不想再繼續這個話題了，可是聽到這裡，眼中閃過得意的笑容，揶揄地說道：「沈大人為何總是對我那小廚娘耿耿於懷，莫不是吃醋了？」

又被他戲弄了，沈未冷冷地說道：「你住嘴！要是沒什麼事你可以走了，這裡不歡迎你。」此時的她的心裡莫名地有些亂，只能用清冷來掩飾一切。

尹濟好不容易決定來一趟，當然是不願意走的。

他走上前，拿起不知何時被沈未放下的書。沈未見狀便著急去搶回來，可是他們一個站著，一個坐著，尹濟輕而易舉就躲過去了。

看了看書皮，尹濟驀地笑了：「沒想到沈大人喜歡這類情情愛愛的詩詞。」

「你給我閉嘴！」沈未的臉控制不住紅了起來。不知為何這兩日她看書心不在焉，那些關於策論、治國的都沒心思看，最後鬼使神差地拿起了一本她平日裡最不愛看的詩集。實際上拿起這本詩集，她根本沒有看進去多少。

沈未這樣清冷的人看這樣婉約的情愛詩詞，反差甚是大。或許她心中並非是那樣心如止水的，尹濟的心情格外的愉悅。

看著沈未的臉紅起來，他想到了這幾晚縈繞在他夢中的場景。

見尹濟拿著詩集不肯撒手，沈未著急地站了起來要去搶。女子的身形在男子面前就顯得很纖細了。從前不知道沈未是女子的時候，尹濟還以為他是天生長得這樣瘦弱。

看著她羞惱地來搶，背上的傷讓她行動不便，即便穿著男子的衣服，也盡顯女態，尹濟如同遊戲花叢的風流公子一般逗著她，故意讓她差點碰到詩集，又倏地拿得更高。

滿心想要把詩集拿回來的沈未根本沒有發現他神色之中的戲謔。

看著她離自己越來越近，自己只要伸手就能將她摟進懷裡，尹濟忽然起了壞心，有意識地調整了位置，然後在沈未再一次來搶的時候故意站著不動。

於是，沈未便這樣投懷送抱，撞進了尹濟懷裡。

感受到那充滿著男子的氣息，十分溫熱的胸膛的時候，沈未腦中轟然炸開，只覺得一瞬間四下都安靜了下來，什麼聲音都沒有了，只有自己逐漸加快的心跳聲像打鼓一樣。意外來得太過突然，從未這樣親密地接觸過男子，她愣住了，根本不顧上那本詩集了。

尹濟原先只是打算壞心地占一占沈未的便宜，揶揄她一番。可是看著她愣在自己懷裡，眼中帶著幾分不知所措，他本能地伸手樓上了她纖細的腰。

腰上乍然傳來的力量讓沈未一下子回過了神，抬起頭驚訝地看向尹濟。

就在她抬頭的時候，尹濟的目光落在了她淡粉色的唇上，然後鬼使神差地低頭吻了上去。

唇上溫熱的觸感和尹濟驟然放大的臉讓沈未徹底慌張了，身體緊緊地繃著。

他在做什麼！

他怎麼敢！

當吻上她的唇的時候，尹濟只覺得自己肖想了許多的事情終於得償所願了。原本他覺得只要能用唇碰一碰她的唇就能慰藉他幾日了，可是一旦觸碰上，他又不滿足地在她的唇上輾轉了起來。他輕輕地咬著、扯著她的唇。

微微睜開眼，感覺到沈未的僵硬和無措儼然一個什麼都沒接觸過的青澀的樣子，他眼中閃過笑意，趁著她愣神，侵入了她的口中。

與她唇齒交融的感覺比他想像中還要好。

趁著她不知所措的時候，他肆意的欺負著她，感受著她的柔軟與清甜。

沈未到底是沈未，第一次遇到這樣的事情，比尋常的女子反應還要快一些。她下意識地用舌頭去抵擋他，卻被他纏著像是在打架一樣。打著打著，她忽然發現吃虧的還是自己。

他極其狡詐。

力氣跟他比起來差太多了，腰又被他的手臂禁錮著，根本掙脫不了。隨即沈未又換了種方式，想要咬他。可是尹濟那裡會讓她得逞？他早有防備。

跟沈未這樣較量著，尹濟覺得有意思極了，身上一股股熱流湧向小腹處，手裡的詩集在不知道什麼時候掉落在地。

慢慢地，沈未像是沒力氣了一樣，掙扎的小了。尹濟趁著這個機會，更加賣力，勾著她的舌，想帶她感受男女唇齒交融那種恨不得將對方吞進肚子裡的纏綿與撩撥。

起先沒了力氣的沈未只是被動地承受著，可慢慢地像是感受到了些什麼，一陣陣輕吟從口中溢出，回應了起來。不過她的回應十分隱晦，若不是細細地感受，根本察覺不出來。

尹濟先前從未覺得女子的輕吟聲可以這樣撩人，只覺得被她這樣一聲聲挑撥著，身上忍得發疼，恨不能就這樣將她拆吞入複，徹底占有。

就在這時，他的舌頭上傳來了一陣劇痛，疼得他皺起了眉，不得不放開沈未的唇，被挑起來的親密氣氛消散了不少。

沈未趁著這個時候推開了他，後退了一步。

腳下一動，她差點摔倒，這才發現自己的身子軟得不行。

感覺到口腔裡的腥甜，尹濟勾了勾唇，聲音裡帶著平日裡沒有的低啞：「沈大人真是狠心啊，傷敵一千自損八百的事情也願意做。」他緊緊地看著沈未，還是那雙輕佻的眼睛，卻彷彿恨不得將她剝光了吞進去。

原來這是她的計謀。

氣憤加上被她撩撥起來的興致混雜在一起，使得他體內一股邪火蹭蹭地往上竄。

被尹濟看得心驚肉跳，渾身不自在，沈未故作鎮定說道：「尹大人都見血了，明明是傷了兩千。如此一來我損了八百並不是很虧。」說話的時候，她隱隱感覺自己的口中也有些血的腥甜味。那是尹濟的血。

實際上如何不虧？只是沈未怎麼也不願意承認罷了。她活了這麼多年，從未被人這樣輕薄過，從來沒有與任何男子做過這樣親密的事情。

到底是內閣大臣，親吻這種發乎情的事情都能弄得跟較量一樣，事後還要算一算到底虧不虧，不知道該說她聰明還是不解風情。尹濟被她氣笑了：「沈大人確實不虧，方才我聽著沈大人的聲音，覺得沈大人很是享受。」

此時的沈未兩頰泛紅，眼中還殘留著氤氳的水光，最主要是那原本淡粉色的唇現在紅得充血，泛著晶亮，一看就是剛剛被人狠狠欺負過的樣子，再加上這身男子的裝扮，有種別樣的風情，尋常女子想要模仿也模仿不來。

看著她這副模樣，尹濟心裡的氣又消了下去。

回想起自己剛剛發出的羞人的聲音，沈未連耳根都紅了，惡狠狠地道：「你給我閉嘴！」她氣得發抖，背後的傷口隱隱地疼。

看到她微微皺眉，猜測到是傷口疼了，尹濟心中又有些懊惱，語氣不由地軟了下來，不再像剛剛那樣惡劣，眼中帶著關切說：「可是牽動到傷口了？」

沈未皺眉打量著他。

他這又是哪一招？

看著沈未眼中的防備，尹濟失笑。來日方長，著急不得。

隨即他愣了愣。他竟然不自覺地想到來日了嗎？

不知道尹濟又在打什麼主意，沈未叫了他一聲：「尹大人。」

尹濟看向她。

「尹大人，不要忘了我的身分，也不要忘了你自己的身分，我們的同僚。你我都知道自己如今的位置是經歷了許多、甚至是踏著別人的屍骨好不容易得來的。我相信你與我一樣惜命、一樣珍惜現在得來不易的位置。所以不要因為一時的衝動和色心，輕易做葬送仕途、葬送性命的事情。」沈未的表情格外嚴肅，語氣彷彿三九寒天時候的冰一樣冷得刺骨。

她身為女子，比男子爬到這個位置要更加需要勇氣，要付出的更多，也更加不敢出錯。

「今日之事我就當沒有發生過，往後尹大人不要再來官舍了。」沈未繼續道，「至於說好的十個女子，很快就能送到尹大人府上，定然解決尹大人的需求，讓尹大人得意滿足和紓解。」

尹濟不語，看著沈未挺直的脊背，眼中閃過不易察覺的笑意。

她當真能當做什麼都沒發生過嗎？

他看破不說破。

明明自己說得那麼嚴肅，可是尹濟還是那副輕佻的樣子像是根本沒有聽到心裡去，沈未心中氣惱。她從來沒有這麼生氣過。

她咬了咬牙，提醒道：「尹濟！再有下次，我會毫不留情殺了你！」她女扮男裝的事情一旦暴露，她身邊的人不管知不知情都會被牽連，就連以前的書院的老師和同窗還有她那一屆鄉試、會試、殿試的主考官都會被問罪。

「沈大人敢嗎？」尹濟似乎並沒有被嚇到。

沈未冷笑了一聲：「你看我敢不敢！當初我便想殺你。」

尹濟並沒有說話，而是露出了個意味深長的笑容。

沈未不知道他問她的敢不敢並不是問她敢不敢殺朝廷命官，而是想問她下不下得去手。

這一晚，尹濟離開後，沈未幾乎一夜未眠。

她一閉上眼就能回想起被尹濟抱在懷裡吻著的情景，明明過了許久了，可是她的唇上似乎還有感覺，還覺得發燙。她的心也是跳得飛快，尤其是當意識到自己似乎是在回味那種前所未有的感覺的時候，嚇得心都快跳出來了。

在這之後，尹濟就真的沒有來過了。

沈未的傷勢漸漸好轉，很快就進入了六月。

張安夷和沈未都一口咬定指使刺客的是尹濟，可是尹濟咬死不承認，三法司查了許久一直沒有結果，案子懸而未決。傳聞張安夷不斷地向元帝施加壓力，想要元帝處置尹濟，元帝一是因為沒有證據，二是因為心中偏袒尹濟，一直找理由搪塞。幾次之後，張安夷的態度惹怒了元帝。

元帝對張安夷已經不再像以前那樣尊重信任了。

許多御史言官也不斷上奏彈劾張安夷，說他一手遮天，黨同伐異，意圖掌握朝政，會危害元帝的江山社稷。

朝中風向一天一個變化，兩方勢力暗中較量，結果就是不斷有官員落馬。

這樣的形勢下，最高興的便是後宮的裘太后了。

「太后娘娘，他們已經掐起來了，尹濟借著戶部清查帳目的事情在剷除張安夷的勢力，張安夷那邊也不斷在打壓尹濟和支持他的人。」裘太后上面有裘柏、裘松兩個哥哥，下面有三個弟弟。其中裘桐和裘林兩個在京中做官。說話的這個裘桐是鴻臚寺卿，從三品。

裘林任順天府府丞，正四品。

他們二人是裘太后的手足兄弟，是裘太后在京中最信任的人。

聽到這樣的好消息，裘太后臉上並無明顯的得意之色。她是個十分謹慎的人。「四弟，你派人盯著他們好些日子了，覺得他們是不是真的中了我們的挑撥離間之計？」

裘林道：「太后娘娘，他們這樣不像是假。平日裡我派人跟著他們，並沒有發現異樣。」

裘太后點了點頭，眼中有些微的滿意之色。隨後，她又問裘林：「聽說十方漸漸得到了尹濟的信任和寵愛？」

最近幾日，尹府之中大家都看得出來尹濟對太后賞賜下來的小廚娘十分不同，就連府外的人也聽說尹大人在府中藏了個心肝寶貝兒。

「回太后娘娘，是的。尹濟畢竟是個血氣方剛的年輕男子，十方是我們精心挑選出來的，哪有男人不喜歡會不心動？」

裘太后美豔的臉上露出了欣慰的笑容，語氣中帶著幾分感嘆：「說來也是委屈了十方，十方是我們的姪女。裘家的女兒都是這樣，身不由己——」說到後面，她那雙眼睛裡難得地出現了波動。說著十方，裘太后彷彿想到了自己的命運一樣。

雖然年紀輕輕就成了光華第一個垂簾聽政的太后聽上去讓無數女子豔羨，但是實際上她過得也不好。十方實際上也姓裘。

即便是再厲害的女子也有偶爾多愁善感的時候。

裘桐將話題轉了回來，低聲說道：「現在聖上已經有些疏離張安夷了，我們是否可以有所行動了？到時候再嫁禍到尹濟身上……」

裘太后收起了心中的感慨，被畫得上挑了的眼尾慢慢勾了上去，露出了意味深長的笑容說：「是的，找個機會，我們可以行動了。」

六月底正好是老尚書和老夫人的忌日。每年這個時候，張安夷都會抽時間去京郊祭拜的。老尚書和老夫人已經過世了五年，在張府留下的痕跡除了他們生前住的院子之外，幾乎已經沒有了。人死隨風去，歲月終將把每個人活在世上時的痕跡抹去。大部分人留下的只有一塊墓碑，只有那少部分人的名字留在史書上的人會被人記住一百年、兩百年，甚至千年……

但是無論是帝王還是大臣，剩下都只有文字了。

因為老尚書和老夫人一前一後離世只差幾天，張家人都是在老尚書忌日這天一起祭拜的。

今年張安夷休沐正好在老尚書忌日的前一天，後一日老尚書忌日的時候朝中有事走不開，他只好先所有人一步，前一日去祭拜。

張安夷決定了提前一日單獨去祭拜老尚書和老夫人之後，張安朝找上了他，說想跟他同一天一起去。

張安朝自從回到張府後很安靜，他跟陳氏帶著兩個兒子自己過著日子。他忽然來找張安夷要一起去，肯定是有什麼事情。

「三弟有什麼事？」張安夷極其清楚他這個三弟的性子，貿然找上他，肯定是有事相求。

起初張安朝還想不承認，可是他承受不住張安夷目光的壓力。他一直就有些害怕這個二哥，再加上這幾年張安夷身居高位越發的高深，溫和儒雅的外表之下散發著的是尊貴和不動聲色的逼人之勢，尋常人根本招架不住。

被看了一會兒，張安朝就緊張得額頭冒汗了。他猶豫了一下，終於說道：「二哥平日裡太過忙碌，我不敢打擾。是青玄到了開蒙的年紀了，我想給他找個好一些的先生——」
果然張安朝和陳氏夫婦只要找過來就一定是有事相求。
這對張安夷來說不是什麼難辦的事情。他問：「你可有人選了？」
張安朝搖了搖頭：「想等後日去祭拜祖父祖母的時候聽聽二哥的意見。」
「那你便後日跟我一起去吧。」
臨去祭拜的前一日，張青世知道張安夷要去京郊，就吵著也要去。近些日子局勢動盪，阮慕陽讓下人看著他不讓他亂跑，把他都要憋壞了。
看著張安夷不為所動，張青世便纏著阮慕陽。
此時的阮慕陽已經七個多月的身孕了，肚子很明顯。
「娘，我都許久沒出去了。沈叔叔受傷，到現在您也沒讓我去看看沈叔叔，這次就讓我跟爹一起去吧。」張青世搖著阮慕陽的手臂撒嬌。
實際上讓張青世跟張安夷一起去京郊祭拜也不是不可以的。
他跟張安夷出去，阮慕陽是放心的。
阮慕陽也不想什麼事都由著他，便道：「這事還得問你父親，畢竟是你父親帶你去。」
張青世看了看高深莫測的張安夷，小小的兩條眉毛皺了皺。他那雙像極了張安夷的眼睛轉了轉，也不著急去求張安夷，而是繼續站在阮慕陽身邊道：「聽說曾祖父曾祖母以前對爹娘都很好，我都沒有見過他們，想去祭拜祭拜他們。」
張青世說這番話只是為了討巧，可是張安夷和阮慕陽的心卻被他的話牽動了。

他們成親好幾年阮慕陽始終沒有身孕這件事一直是老尚書和老夫人的心病。老尚書彌留之際，張安夷兄弟一共四個，除了他另外三個都有了自己的孩子。張安夷是老尚書親手帶大的，是老尚書最疼愛的孩子，卻到死都沒有等到他有孩子，抱上重孫。

而老夫人，雖然臨終知道了阮慕陽懷了身孕，摸了摸還在阮慕陽肚子裡的張青世，卻依舊沒有撐到張青世出身看他一眼。

想起老夫人臨終之時知道阮慕陽有身孕時的高興的樣子，阮慕陽心中發酸，覺得愧疚極了。

確實應該讓張青世去祭拜一下老尚書和老夫人。

阮慕陽看向張安夷，正好這時候張安夷也朝她看來。目光相觸，不需言語，她就知道他跟自己想的一樣。

「明日我帶你去。」張安夷開口道。

張青世小臉上露出了欣喜的笑容，討喜極了。

一個孩子哪裡知道父母此刻正在憂傷著？

這種孩子的朝氣與不識愁的樣子慰藉了此刻想起了老尚書和老夫人的張安夷和阮慕陽，讓他們看到了新生的希望，同時也讓他們更加感慨斯人已逝，時光荏苒。

「明日你要聽你父親的話，你若是不聽話，往後便再也不帶你出門了。」阮慕陽提醒道。

張青世連連點頭：「娘放心，我一定聽話。」他難得乖巧的樣子可愛極了。

隨後他又朝阮慕陽撒嬌：「什麼時候娘能跟我們一起出去，上一次還是上元節的時候，已經過去好久了。」

他的機靈討巧不知道是隨的誰，張府之中上到張吉和李氏，下到張安玉和胡雲喜剛剛一歲多的孩子，都被他收得服服貼貼的。每回都是這樣，別說是阮慕陽，就連張安夷那樣心裡也是慣著他的。

阮慕陽心裡一陣柔軟，摸了摸他的腦袋說：「等娘肚子裡的弟弟或者妹妹生出來了，以後我們就能一家四口一起出門了。」

「一定是妹妹，到時候我抱著妹妹，一起玩。」張青世對這個未出世的妹妹格外執念。

阮慕陽失笑。

「如果是弟弟呢？」張安夷忽然帶著幾分逗他的意思問道。

張青世的小臉立即皺在了一起，表情很是苦惱。他自然是不敢在張安夷面前造次的，只敢哀怨地瞪他。「就是妹妹，我就要妹妹不要弟弟。」

第二日一大早，張安夷便要帶著張青世出門了。莫聞和莫見早就把馬車準備了好。

張青世的身子弱，即便已經入夏了，阮慕陽也不准他貪涼。臨走之前叮囑了他很多。

「娘，我知道了。她們都說娘有身孕不能操心這麼多，娘還是多多休息吧。」他口中的「她們」指的是琺瑯和紅釉。

張安夷牽起了張青世的小手，語氣柔和地對阮慕陽說道：「夫人放心。」

看著他們一大一小站在晨曦裡，明明兩個人的性格千差萬別，阮慕陽卻有一種張青世長大以後一定會跟張安夷非常像的預感。

他們離開後，阮慕陽也睡不著了，便拿了本書坐在廊下看了起來。

見阮慕陽看了一會兒書後像是不想看了，紅釉便坐在旁邊陪她聊天，道：「夫人，小少爺今天出去了，穿雲院安靜了下來還真有幾分不習慣呢。」

平日裡張青世在的時候，手裡拖著小木馬，身後跟著兩個小廝，不管走到哪都是招搖過市的樣子。他雖然年紀很小，但是闖禍的本事絕對不小，只要一不留心，穿雲院就被他弄得雞飛狗跳，年紀小一些的小廝和丫鬟都是躲著他走的。

阮慕陽笑了笑。

前兩日，她收到了洛鈺從黃州寄過來的信。時隔五年，終於有了洛鈺的消息，知道她還活著，她十分欣喜。

信中的洛鈺沒有了當年的決絕，敘述的語氣很平靜。她說她在黃州安定了下來，有了個孩子，雖然很累很苦，但是有了活下去的希望，想要把孩子撫養成人。

她的字裡行間透著安寧。

日子雖然清苦，但是她很滿足。

據阮慕陽所知，江寒雲在洛鈺被發配去黃州之後便放棄了前程，主動要求被外派去黃州。可是洛鈺的信中隻字未提江寒雲。

再加上她說她過得很清貧，若是跟江寒雲再續前緣了，她好歹也是個官夫人，怎麼可能會清貧？

若她沒有跟江寒雲在一起，那麼她的孩子是誰的？

她沒有跟江寒雲在一起，阮慕陽覺得有些遺憾，又覺得在意料之中。

不是所有的有情人都能終成眷屬的。

第一百零四章　端莊清冷，風流俊俏

原本張安夷張青世他們午後就該回來的，可是等到了未時他們依舊沒有回來。

阮慕陽以為是張青世貪玩了，張安夷被他纏得不行，帶他去玩了。到了臨近傍晚的時候，一個護衛滿身狼狽地跑回了穿雲院，神色焦急地說道：「夫人，二爺和小少爺遇到了刺客。」

紅釉倒吸了一口冷靜捂住了嘴。

阮慕陽原本平靜的心一下子墜了下去。「那麼二爺和小少爺現在人呢？」她並未表現出多麼慌張的樣子，只是說話的時候有些艱難，身體緊繃，一雙眼睛緊緊地看著護衛。

護衛的頭一下子垂得更低了：「二爺和小少爺現在……不知所蹤，屬下們正在四下尋找。」

「夫人！」

看見阮慕陽要倒下來，紅釉嚇了一跳，立即去扶她。還好她扶住了。

她家夫人七個月多的身孕了若是摔到哪兒了就不好了。

阮慕陽扶住了紅釉的手臂站穩了身子。剛剛聽聞張安夷和張青世下落不明的時候，她只覺得心被揪住了喘不過氣來，一陣眩暈頭重腳輕。「我沒事。」她穩住了氣息，抓著紅釉的手臂有些緊，對護衛說道，「你們繼續去找。」

「是。」

護衛走後，紅釉扶著阮慕陽坐了下來，看著她發白的臉安慰道：「夫人，二爺那麼厲害的人，小少爺又那麼機靈，一定會吉人自有天相的。您千萬要保重身子啊。」

阮慕陽點了點頭說：「妳去替我把合月叫來。」

這時候她顧不上肚子裡的孩子了，腦子飛快地轉著。只有分心去想接下來該怎麼辦，她才能鎮定下來。

很快，合月就來了。他已經聽說了張安夷遇刺的事情。

「夫人放心，我立即派人去找，然後通知官府。二爺和小少爺身邊有莫見和莫聞不會有事的。」他的神情嚴肅。

張安夷這樣的身分，遇刺失蹤官府不會坐視不管的。有了順天府和五城兵馬指揮司的協助，找起人來也會快一些。

「好，你派人替我去找一下沈大人。」

合月離開後沒多久，張府就知道張安夷他們遇刺不知所蹤的事情的了。穿雲院一下子熱鬧了起來，李氏心繫她的乖孫兒，陳氏則擔憂著無端受牽連的張安朝，來阮慕陽這兒哭。

阮慕陽本來心裡就很煩躁不安，根本沒有心情去勸他們。

她的夫君和兒子失蹤，她的擔憂和無助並不比府中任何一個人少。

匆匆打發掉了李氏和陳氏，讓張府所有擔心的人回去等消息後，阮慕陽終於等來了沈未。

「沈大人的傷勢如何？若不是事出緊急，我也不想打擾沈大人。」

沈未清冷的臉上帶著凝重的神色。她道：「嫂夫人客氣了，淵在和青世不會有事的，順天府和五城兵馬指揮司的人也已經去京郊了。」實際上她的傷已經開始結痂了，只是跟張安夷商量了決定暫時稱傷勢未癒，暗中觀察。

下人們已經退了下去，阮慕陽壓低了聲音問：「這次行刺可是跟裘太后有關？」

沈未皺著眉點了點頭道：「多半是，除了太后不會有別人了。只是太后的消息太靈通了，連淵在今天去城郊也知道，恐怕府上的人不乾淨。不知道這是不是裘太后的連環計，嫂夫人在府上也要小心些才好。」

阮慕陽自然也想到了。

只是現在她最擔心的是張安夷和張青世父子的安慰，其他只能等到以後再查了。

沈未看了看阮慕陽突起的肚子，看著她努力保持著鎮定的樣子，心中唏噓感嘆，安慰道：「找他們的事情交給我就好，嫂夫人現在懷有身孕，還是要注意身子，為肚子裡的孩子著想。」

阮慕陽朝沈未彎了彎唇說：「多謝沈大人提醒，沈大人放心，找他們的事情就交給妳了。現在的局勢，除了妳，別人我也不放心。」

張安夷遇刺失蹤，張府一片混亂，還是需要她來坐鎮的。

沈未走後，阮慕陽就進入了焦急的等待。

很快天就黑了，天黑了依然沒有傳來找到他們父子的消息。

「夫人，您吃點東西再等吧，您現在的臉色很差。」紅釉畢竟年紀還小，勸阮慕陽的時候沒有琺瑯說話來得管用。

自從得到消息張安夷父子遇刺，阮慕陽的手心就一直是溼的。

她原本這些日子就有些乏力，往日都要睡上很久，今天卻一直沒睡，強撐到現在身子有些脫力。再這樣下去，她覺得自己也要不行了，即便沒什麼胃口，也強迫自己吃了些東西。

等她吃完，已經接近酉時三刻了。

「夫人，四爺來了。」

「讓四弟進來。」

張安玉剛剛從禮部回來便匆匆來了穿雲院。

「二嫂，二哥有消息了嗎？」看著阮慕陽臉色發白，大著肚子的樣子，張安玉心中有些擔憂。

年少的時候那些懵懂的情愫如今看來恍如隔世。原先被張安夷逼著娶親的時候，他嫉妒、埋怨張安夷，覺得自己這輩子心裡都會藏著一個不能說的人。可是後來，他與胡雲喜成親後，慢慢感覺到了胡雲喜的好，對她的感情也是真的。他愛著胡雲喜，如今他們也已經有兩個孩子了。

他對張安夷這個二哥也是由衷的尊敬和佩服的。

當初的執著和隱晦都成了過往，成了年少懵懂時的美好回憶。

阮慕陽搖了搖頭。現在不管是張安夷和張青世，還是張安朝都沒有消息。

張安玉皺了皺眉沒有說話。他的心很沉。

他們都知道遲遲沒有消息的話就代表著凶多吉少。

「二嫂要注意身子和肚子裡的孩子，府中的事情交給我就好。」叔嫂畢竟是要避嫌的，說完之後張安玉就準備離開。

到底是在外歷練了幾年，做事成熟穩重多了，再也不見那種惡劣和懶散的少年氣了。阮慕陽在心中感慨，張安玉長大了，不再是她剛嫁進來的時候的混世魔王了。老尚書和老夫人的孫子之中又有個出息的了。尤其是老夫人這麼疼張安玉，在天之靈一定會很欣慰。

這時，屋外忽然傳來了匆匆的腳步聲。進門的是莫見。

看到莫見，阮慕陽的眼睛亮了起來。他跟莫聞一直都是寸步不離張安夷的。

「夫人，三爺找到了。」莫見的身上帶著傷。

「那二爺和廿一呢？」阮慕陽不由地攥緊了手。

莫見眼中閃過懊惱和自責，在阮慕陽面前跪了下來說：「夫人，屬下與二爺和小少爺走散了。跟著合月他們一起找到了現在，只找到了三爺。」

阮慕陽的心一下子涼了下來。

他又補充道：「不過莫聞到現在也下落不明，應該跟二爺和小少爺在一起。」

在這裡乾等了一個下午，阮慕陽現在恨不得自己去京郊找。能做點事總比在這裡乾等好。張青世是被他們寵著長大的，身子又弱，那樣混亂的情況下，連莫見都走散了，他小小的一個會不會走丟了？

她現在只盼著張青世跟張安夷是在一起的。至於其他的可能，她不敢深想。

張安玉看了看阮慕陽神色不明的樣子，問莫見：「那三哥呢？他現在在哪裡？」

他的話提醒了阮慕陽，她回過神來道：「三弟呢？我要見他。」她想看看能不能從張安朝口中問出些什麼。

「三爺受了些輕傷，被嚇得不輕，只能坐馬車回來，腳程有些慢，屬下是先回來報信的。」

「那他可有說什麼？」

莫見搖了搖頭：「刺客出現的時候三爺和二爺還有小少爺是在一起的。原先跑也是一起跑的，但是三爺說後來跟二爺他們走散了。」

莫見雖然是張安夷身邊得力的人，但也還是個下人，自然不敢把受了傷的張安朝留下來盤問的。

阮慕陽看著莫見身上的傷說：「你傷的也不輕，下去好好處理一下。一會兒三弟回來了讓他先直接來一趟穿雲院。」

「是。」

張安朝一會兒要過來，張安玉便不著急走了。

大約過了半柱香的時間，張安朝在下人的攙扶下來到了穿雲院。

他的身上很狼狽，衣服上帶著血跡，確實是受了輕傷，但應該都是皮肉傷的。「二嫂，四弟。」他像是確實被嚇得不輕，弓著身體，臉色發白，臉上滿是驚恐之色，如同遇到了極為可怕的事情。

換做是女子，恐怕遇到這樣的事情恐怕跟他的表現也差不多。

這膽識和畏縮的反應是一點也沒有張家子孫的風骨。但是張安朝就是這樣的性格，阮慕陽雖然看不上，卻也不能說他什麼。

一旁的張安玉一向是看不上這個三哥的，現在更是眼中帶著一絲不屑。

其實張安玉還是原來的性格，只是做事穩重了許多不會那麼衝動了，換做以前，他恐怕會開口嘲弄張安朝兩句。

「三弟快坐，傷勢如何？」阮慕陽讓紅釉給張安朝上了一杯茶。

「都是些皮外傷。」張安朝拿著茶杯的手都在抖。他驚魂未定地嘆了口氣說：「不知二哥和青世現在怎麼樣了。」

阮慕陽垂了垂眼睛，問道：「三弟是如何跟二爺他們走散的？有沒有看到他們往哪裡跑了？」

「二嫂，是這樣的。」張安朝說道，「刺客是在我們祭拜完祖父祖母回來的路上遇到的。發現抵擋不住後，護衛們便掩護著我們離開。原先我們是準備坐馬車離開的，可是馬受了驚。二哥只能抱著青世我們一起跑。後來刺客不知怎麼趁機追了過來，然後二哥身邊的莫見就負責抵擋他們。」

莫見處理完了傷口便回來站在了阮慕陽身邊。

他點了點頭，當時確實是這樣的。

僅僅從張安朝的隻言片語中，阮慕陽就能感覺到當時的驚險。她穩住了心神問道：「那之後呢？遇到什麼事了？三弟將具體的位置說出來，派去尋找的人才能有頭緒。」

「之後——我們就越跑越散。」張安朝似乎被那時候的情景嚇得不輕，現在回想起來，說話還無法連貫，那張蒼白的臉上還帶著驚恐，眼神飄忽不定，「最後在凌日山附近的時候只剩下我們三個人了。後來我不小心摔在了溝裡，二哥要來拉我，但是我看刺客追過來的，就讓他帶著青世先跑了，沒想到正好在溝裡躲過了刺客。至於二哥和青世怎麼樣了現在就不得而知了。」說到這裡，他嘆了口氣。

阮慕陽看著張安朝有些意外。

在她的印象裡，張安朝一直都是怯弱、畏縮、膽小的人，沒想到那種關頭他竟然沒有貪生怕死，而是讓張安夷抱著張青世先離開。這與他平日裡給人的印象非常不一樣。

阮慕陽心中閃過一絲疑慮。

「三弟的運氣不錯。」刺客顯然是衝著張安夷去的，張安朝能躲過刺客也很正常。

阮慕陽又問：「三弟有沒有看見二爺他們朝哪個方向跑的？」凌日山那麼大，若是沒個方向很難找。

張安朝想了想道：「大約是在我躲的那個地方，往南邊跑了。當時情況太過緊急，具體的情況我也沒看清楚。」

這倒是很符合他的性子。

只是阮慕陽聽著他的話眉毛微不可見地皺了一下。

「既然回來了，三弟便快回去治傷吧。」

張安朝站了起來，道：「那麼二嫂要小心身子，二哥和青世一定會平安的。」

看著張安朝離開，阮慕陽沉默著沒有說話。

一直坐在一旁的張安玉站了起來，看著門外張安朝離開的方向，像是在自言自語道：「我這膽小怕事的三哥像是忽然轉性子了。」

他也這麼覺得？

阮慕陽看向張安玉。

張安玉朝她看來，問：「二嫂也這麼覺得？」

生死關頭最容易展現一個人的本性了，阮慕陽一開始只是有些疑惑張安朝變了，聽到他關於張安夷去向的回答之時，她心裡就生出了一絲疑慮。

上京在北面，刺客從他們後面追過來，他們應該會朝北跑，凌日山附近朝北就是一條官道，來來往往時不時地都會有人。若說別人慌不擇路，她還是信的，但是張安夷那樣的人絕對不會慌不擇路。

她能夠肯定他在任何情況下都能保持頭腦的清醒做出最正確的判斷。

但這一切現在也僅僅是她的懷疑罷了，或許當時還有別的情況。

阮慕陽沒有把自己這帶著惡意的揣測說出來，只是點了點頭，表示同意張安玉的想法。

「我派人盯著三哥。」說完，張安玉便向阮慕陽告辭說道，「二嫂這麼乾等著也不是辦法，為了身體和孩子還是早些休息，二哥那樣的人一定不會那麼輕易有事的。」

張安玉走後，阮慕陽根本沒有睡意。

可是身子實在堅持不住了，琺瑯和紅釉便將她扶到了床上倚著，然後安靜地坐在她身旁陪著她，生怕她出什麼事。

阮慕陽垂著眼睛，沉默不語。張安朝都回來了，張安夷和張青世依舊下落不明，隨著時間一點點過去，她越來越擔心。她調整了呼吸努力讓她的腦子不那麼混亂，將方才張安朝說的話和他說話時的神態回憶了一遍。

她這一想就到了半夜，始終沒有消息傳過來。

到底懷著身孕，身子不如以前，不知道什麼時候，她睡著了。

「夫人、夫人。」

不知道睡了多久，阮慕陽被琺瑯搖醒。

外面還是一片黑色，隱隱地透著光亮，即將破曉。

琺瑯這個時候叫她——阮慕陽的心一下子提了起來，坐起身拉著她的手臂問：「可是有二爺和廿一的消息了？」

琺瑯點了點頭。她的神色之中帶著一絲神祕，小心翼翼的，彷彿怕被人發現一樣。她低聲說道：「夫人，莫見要見您。」

阮慕陽低頭看了看自己的衣服。她是和衣而睡的，所以除了有些皺之外，還是很整齊的。稍微理了理，她便讓莫見進來了。

莫見在阮慕陽面前跪了下來說：「夫人，二爺和小少爺找到了。」

阮慕陽被他的架勢嚇了一跳。若是找到了，為何他們都沒回來？她的心裡忽然有種極度不好的預感，根本不敢去深想。即便這樣，她的眼眶還是紅了。她的聲音之中帶著顫抖，問道：「既然找到了，為何不回來？」

「夫人不用擔心，二爺只是受了點輕傷，小少爺平安無恙。二爺說他現在不方便回來，讓我將這封信交給夫人。」說著，莫見從懷裡拿出了一封信。

聽到張安夷只是受了輕傷，張青世平安無恙，阮慕陽鬆了一口氣。

看到信，她迫不及待地打開。

確實是張安夷的字跡。他在書畫上有很深的造詣。如今他的書畫千金難求，民間專門做贗品的為了賺錢，下了不少功夫模仿他的真跡，可是最後都失敗了。他的筆力別人模仿不來。

確認是他的字，阮慕陽徹底放心了。

可以看得出信是張安夷倉促之間寫下的，字數不多，意思卻表達得很明確。這一切都是裘太后的安排，他決定繼續將計就計給裘太后一個措手不及。他讓她放心，會照顧好張青世，同時讓她小心張安朝。

信上的最後一句口吻十分溫存——思及夫人定然會放心不下，特意告知，還請夫人配合演好這場戲，更要注意身體。

至於如何演，他並沒有說。

這就看阮慕陽的了。他沒有具體地說，說明對阮慕陽極其放心和信任。

看完信之後，阮慕陽讓琺瑯取來了燭臺，將信放在了跳動的火焰上燃燒殆盡。她一片沉靜的眼睛裡映著火光，聲音之中帶著一絲沙啞吩咐道：「現在的事情誰都不能說出去。二爺和小少爺依舊下落不明。莫見你繼續找不要停，琺瑯你再去休息一會兒。」

一切等天亮之後。

天亮，張家的幾個院子的人都知道找了一夜依舊沒找到人。

張安夷遇刺下落不明之事在早上徹底在上京傳開，朝中上下更是一片震驚。

皇極殿之中只有元帝和尹濟兩個人。

元帝的臉上滿是氣憤：「連先皇欽點的輔政大臣、內閣首輔也敢行刺，真是太過分了！」

會對張安夷下手的，可想而知只有裘太后的人。元帝雖然生氣，可是在外面的時候要做出一副不痛不癢的樣子，畢竟最近在別人眼裡，他已經開始疏遠張安夷了。

尹濟站在一旁恭敬地說道：「雖然這次的行刺讓我們措手不及，但是張閣老應該不是這麼輕易會遇害的人，皇上放心，應當會吉人自有天相的。」

他的話音剛落下，門外便有宮人說道：「皇上，沈大人求見。」

聽到「沈大人」三個字，尹濟的眼中閃過一絲異樣。

「沈愛卿的傷勢痊癒了？快請她進來。」元帝道。

皇極殿的門被打開，外面的光照了進來，一身紅色二品官服的沈未端正地站在了正中間，顯得十分纖細。天光乍然照進來，逆著光，裡面的人一下子看不清她的臉，只能看到她身形的輪廓。

「皇上，張閣老遇刺之事十分蹊蹺，還請皇上派人將幕後指使之人抓出來。」皇極殿的大門敞開，沈未說得很大聲。

元帝身邊不少裘太后的眼線，這一切自然是做給裘太后看的。

看著她的樣子，元帝立即領會了過來，微微皺了皺眉說：「張閣老是重臣，是朕的左膀右臂，不用沈大人提醒，自然會派人去的。」

「臣斗膽說一句，那為何行刺臣的主謀就站在皇上身邊，皇上卻不將他拿下？」

沈未的話讓元帝變了臉色：「沈未！注意自己的言行！」

元帝發怒，就連外面的宮人都要抖一抖，大氣都不敢喘，一點聲音都不敢發出來，生怕被牽連。

至於那個「主謀」尹濟，一臉無事的樣子。他轉身走向門口對外面的宮人說：「你們先下去吧。」

待外面的宮人離開後，沈未微微上前了幾步，低聲對元帝道：「皇上，張閣老找到了，安然無恙。」

元帝鬆了口氣：「那就好，可那為何張閣老不進宮？」

一旁的尹濟笑著道：「這消息恐怕別人不知道，張閣老想要繼續將計就計。」

沈未像是沒有聽到他說話一樣，對著元帝道：「回皇上，張閣老是半夜才被找到的，受了輕傷。現在太后的動作這麼大，是時候要開始反擊了——」從進到皇極殿開始，她便像是沒有看到有尹濟這個人一樣，一眼都不曾看他。

她的容色清冷，帶著些許蒼白，彷彿除了有些虛弱之外，並無其他異樣。

「好！」元帝眸光跳動，眼中隱隱帶著激動之色，眸光跳動。

沈未和尹濟是一前一後從皇極殿出來的。

他們二人在朝臣的眼中早就鬧翻了，自然是不能走在一起的。但其實即便沒有這件事，沈未也是要遠離尹濟的。

尹濟落在沈未身後十來步的樣子，一直看著她的背影。

過了這麼久之後，他終於又見到她穿官服的樣子了。明明穿得跟以前一樣端正，可是尹濟想起了她遇刺那一晚將官服穿得歪七扭八的樣子，覺得她即便穿得這樣端正，還是十分撩人。

他親眼見過那代表著身分和官威的官服下，她那一身白得發光的冰肌玉骨，見過她圓潤纖細的肩頭，見過她那在他夢中被吻過許多次的腰窩，還有她胸前被束縛下的柔軟……

當然，讓他感受最為真切的就是她的唇，現在想想舌尖還疼。

正好這一條道兩面都是宮牆，四下無人，尹濟加快了腳步走到了沈未都是身旁與他並肩而行。她身上淡淡的荷香沁人心脾，尹濟聞著心情格外的好，嘴裡問道：「沈大人的傷勢如何了？」

沈未皺了皺眉，下意識地看向四下。

這宮中人多眼雜，若是讓人看到了，他們不就功虧一簣了嗎？

「放心，四下無人。」尹濟看著她緊張的樣子，眼中染上了笑意。

怎麼說得他們像是在偷情一樣？沈未與他拉開了些距離，冷著聲音提醒道：「尹大人言行請注意分寸。」

該說的她之前都跟他說明白了，她原本以為他被提醒之後也明白了，現在又來惹她做什麼？

看著沈未一副疏離的樣子，尹濟暗道她沒良心。

原先這麼多天沒見，他心裡想她想得慌，現在見到了卻不能接近，還要對著她的冷臉，他更加想得慌了。

「我們只是同僚之間的問候，沈大人是不是多想了什麼？」他語氣輕佻，故意想要逗她。

她多想？

果然尹濟一句話就成功讓沈未動氣了。

實際上她自今天見到尹濟開始就一直有氣。她也不知道自己在氣什麼，莫名其妙的。原先她打算當做什麼事都沒有發生過，跟他形同陌路，可現在才發現他太招人煩了，她根本做不到。

「我有什麼好想多的呢？」沈未冷笑了一聲道，「對了尹大人，我替你物色的十個絕色女子已經差不多了，等都到上京了就送到你府上。我官舍那個小院子擠不下那麼多人。」

看來她是真的認真在找十個女子了，尹濟被她氣得不行。可隨即，他發現了她皺著眉，神色比平日裡還要冷了幾分的樣子。

他勾唇得意一笑。

這不是吃醋了是什麼？

若是有條尾巴，尹濟此刻的尾巴就要翹上天了。

他也沒有戳穿，而是道：「多謝沈大人的美意。只是現在大家都知道我府上的尹月才是我的心頭好，恐怕沈大人精心挑選的女子不合我胃口。」

一聽到尹月，沈未的表情更冷了，大夏天冷得跟寒冰一樣。

她本就皮膚白皙，還帶著一種病態的蒼白，現在看起來臉上就像鍍了一層冰霜一樣。

這時他們剛好快走到了拐角，拐角處傳來了清晰整齊的腳步聲。兩人十分默契地神色一動。

走過來的是兩派宮女。正好遇到了尹濟和沈未兩位如今還未成家的內閣大學士，宮女們立即開始互相擠眉弄眼。

看著兩位大人一前一後、隔著一段距離，各走各的，一點交集都沒有。宮裡人也都知道這兩位大人最近鬧得很僵，幾乎是你死我活。

只見前者臉上帶著病態的白皙，一副禁欲的樣子，後者眉眼含笑，看過來的時候眼尾那一抹輕佻格叫人臉紅心跳。

察覺到宮女們的目光，走在前面的沈未不為所動，而後面的尹濟，則朝她們笑了笑。

這一笑，就引起了騷動。

前面的沈未極為不屑地輕輕冷哼了一聲。

待跟兩位大人走遠後，宮女們小聲談論了起來。

「沈大人真是好看，而且為人端正清冷，是個翩翩君子。」此話一出，便得到了仰慕沈未的宮女們的附和。

另外一些更加心儀尹濟的便說道：「沈大人一看就不解風情，哪裡有尹大人來得風流俊俏？」

她們不知道這兩位大人單獨在一起的時候，一個會更加端正清冷，一個會更加風流俊俏。

張府。

一夜過去了，張安夷和張青世依舊沒有消息，各個院子裡的人反應不一，但是大多是真的擔心的。

畢竟張家能有現在的地位靠張安夷一個人在撐著的。

「哎，也不知道他們怎麼樣了，我的廿一啊。」李氏滿臉的憂愁不是假的。

張吉的神色也十分凝重。「一定是尹濟！」他的聲音裡帶著氣憤。

沾雨院，早上起來張安延去鋪子裡之前，王氏派人去打聽了下動靜，得知人還沒找到，便對張安延說：「這一夜了，京郊就這麼大，若是沒事肯定找到了。」

「閉嘴。」張安延的語氣不佳。

穿雲院之中，阮慕陽臉色蒼白，神色凝重地聽著派出去的尋找的人一波一波地回來。

「夫人，三爺來了。」

聽到通報，阮慕陽挑了挑眉。

張安朝？他還敢來？

想到張安夷在心中讓她小心張安朝，阮慕陽心中就一片冰冷，殺意和恨意控制不住地湧上。果然江山易改本性難移，給過他機會，他依舊還是這樣。

她跟張安玉的感覺都沒有錯。

努力壓下了心中的怒意，阮慕陽語氣平靜地道：「快請他進來。」

很快，張安朝就進來了。

「二嫂。」

此次他來，是被人授意，特意來打探消息的。

第一百零五章　送上門來

「三弟怎麼不在房中好好養傷，還跑來我這裡？」阮慕陽收起了眼中的冷意，露出了淺淺的一抹笑容，有幾分強顏歡笑的樣子。

她的臉色不太好，不是裝的。

到底是懷了七個月的身孕，人容易累，再加上昨晚也沒睡多久，她有些撐不住了。

張安朝偷偷打量著阮慕陽的神色，見她眉頭緊皺，雖然表現得很沉靜，但是擔心之意非常明顯。他心中暗暗鬆了口氣說：「二哥和青世始終下落不明，我放心不下，就想親自來看看有沒有消息了。」

阮慕陽努力壓抑著心中的冷意，面上露出了一絲愁苦說：「還沒有。」

當初張安朝被洛階收買潛入張安夷的書房想要找他跟謝昭書信來往的證據被發現後，在張安夷面前跪著哭著說只是一時糊塗，以後再也不會了，可是轉眼不過幾年過去，他就再次做出了這種吃裡扒外的事情。

他們給了他一次又一次的機會，可是他始終不知好歹。

阮慕陽以為他即便沒有真心悔過，也是會愧疚的，可是現在看來他連一絲愧疚都沒有。

可憐之人必有可恨之處。他怎麼說也是張家子孫，卻從來不得老尚書和老夫人喜愛。他們兩位老人那麼慈祥，不喜歡張安朝恐怕不僅僅是因為他庶出的身分，更是看透了他的性子。

聽到「還沒有」三個字，張安朝提起的心放了下來。

都經過一整晚又一個白天了，還沒找到人，多半是凶多吉少了。原先他是十分害怕張安夷會活著回來的，那麼他的事情也就暴露了，到時候張安夷一定不會放過他。

「二嫂，二哥和青世一定不會有事的。」張安朝的語氣十分真誠，「二嫂還是要注意身子等二哥和青世回來。」

阮慕陽看著他與張安夷有幾分相似的臉上惺惺作態的樣子，心中反感，卻又忍著不能表現出來，面上還要做出一副深有感觸的樣子說：「多謝三弟提醒，三弟還是回去好好養傷吧。你為了不拖累他們讓他們先走，結果因禍得福，也算是因果輪迴——」

說到這裡，她頓了一下才道：「好人有好報。」

「因果輪迴」四個字讓張安朝心中聽出了幾分寒意來。聽到後面他才發現是自己心虛所致，想太多了。他二哥夫婦兩人都不是好相處的，當年他就知道。對著阮慕陽，張安朝一直有種低人一等的感覺，心裡一陣陣地發顫。

越想越心虛，他也不敢繼續待在這裡了，找了個理由就離開了。

張安朝轉身的瞬間，阮慕陽就再也不掩飾自己眼中的殺意。

一個是多次幫他的親兄長，一個是他只有五歲的親姪子，是什麼讓他不顧親人的性命，要幫著外人的？

張家四兄弟之中，實際上看似怯懦膽小，做什麼事都畏首畏尾的張安朝才是心腸最狠毒的那個。

而在朝堂上經歷了那麼多陰謀陽謀、幾句話就能決定人生死、手上染過不少鮮血的張安夷才是心腸最善的那個。不僅是因為他給了張安朝機會，更是因為他的善是大善，是對天下的善。

張安夷遇刺下落不明的第二日，沈未不僅因為多次請求元帝徹查此事惹惱了元帝，還處處與尹濟針鋒相對。

比起張安夷不動聲色的行事，沈未的作風要激進不少。這一日，她處處盯著尹濟和他手下的人，抓他的錯處。

兩個晚上加上一個白天，人還是沒有找到，朝中的大臣心知肚明，此番不可一世、經歷堪稱傳奇的張閣老恐怕真的是凶多吉少了。

真的是情深不壽，慧極必傷。

其中有人惋惜，畢竟比起當年的洛階、徐厚之流，張安夷是真的有作為的，有人幸災樂禍，覺得或許這次就是自己出頭、平步青雲的機會，更多的人是在思考自己的將來的位置。朝中的局勢恐怕又要重新洗牌，裘氏外戚要占大頭了。

本就以為戶部清查帳目，每日都過得十分忙碌的尹濟這一日過得尤其的糟心，焦頭爛額。他可以確定沈未存著幾分公報私仇的意思，想要狠狠整他。

從宮中離開後，他又去了戶部，一直到了酉時末才從戶部出來，等回府的時候已經是戌時了。

剛剛一腳踏進尹府的大門，他便挑了挑眉。

他敏感地發現今晚的尹府似乎格外的熱鬧，不同尋常。

果然，一看見他回來，管家就上前，欲言又止。

「怎麼回事？」尹濟重重眨了兩下酸澀的眼睛，問。

管家在心中好好措辭了一番才說道：「公子，今天傍晚有人送來了些——說是跟您說好，來孝敬您的。」

尹濟聽得一頭霧水：「送來了什麼？」

「女人。」想到現在在尹濟院子裡的是個絕色女子，管家老臉通紅道，「現在尹月姑娘正在生氣呢。」

這些日子尹濟對尹月格外地嬌寵。

聽到「女人」兩個字，尹濟額角的青筋跳了跳。他知道是誰的傑作了。

隨即，他邁開步子，帶著小廝往自己所住的院子去。剛剛到院門口，他便聽到了一陣鶯聲燕語，聞到了濃濃的脂粉香，讓人頭疼。

「公子！」尹月聽說尹濟回來了，便尋了過來，一張冷臉對著他，顯然是生氣了。

「這不知道是哪個沒眼力的官員送來了，公子我一會兒就讓人將她們全部轟走。」被吵得頭疼，還要分神與尹月虛情假意，尹濟現在可以說是比白天的時候還要焦頭爛額了。他心中暗暗將沈未罵了一遍，氣得咬牙，恨不得將她抓過來好好折騰一番。

「呀，尹大人回來了！」

不知道是哪個人先叫了一聲，隨後其他九個女子都朝這邊看來。

沈未原先是要給尹濟找才貌雙全的女子的，可是後來氣不過，覺得才貌雙全太便宜他了，便讓人找了十個姿色出眾卻沒怎麼讀過書，性格潑辣的女子來。

眼看著她們朝自己這邊過來，尹濟立即黑著臉讓兩個小廝擋在了前面，然後叫來了護衛：「把這些人都轟——」

想到將這是個女人轟出去恐怕她們會聚在尹府大門口，恐怕明日他就要被都察院的御史們彈劾了，他改口道：「先安置到別處，不要打擾我清淨。」

很快些鶯鶯燕燕就被帶走了，只剩下尹濟和站在那裡的尹月。

尹月咬著唇不說話，一臉委屈。她本來年紀就不大，圓圓的眼睛很是可愛，現在像是一隻受了傷害的小兔子。

尹濟看了她一眼，眸光微動，勾起了唇走向了他，眉眼之間盡是江南戲曲之中書生的風流俊朗，端的是許多深閨小姐腦中的良人的樣子。「妳這是怎麼了？」他明知故問。

尹月轉過了身不搭理他。臉皮薄的小姑娘都是這樣，即便吃醋了也不願意說出來，咬著唇盡是一副受了委屈的樣子，格外惹人憐愛。

可惜尹濟偏偏不吃這一套。

他輕笑了一聲，也不氣惱，含著笑走到她面前，待她再要轉身的時候，伸手輕輕捏住了她的下巴。尋常男子做這樣的動作多半會叫人心生厭惡，讓人覺得輕浮，可是他做起來卻另有一番風流之態。

尹月的臉立即紅了起來：「公子這是做什麼？」

「哄妳啊。」尹濟笑著道，「那些女人都是那個蠢貨送來的，回頭我就收拾他。誰不知道現在公子我最疼的人是妳？」

說著，他慢慢靠近，俯下身子，像是要親上了一樣。

尹月忽然紅著臉推開了他，語氣之中帶著幾分剛剛好的慌張道：「公子，你、你——」像是羞得說不出來，她紅著臉跑了。

看著尹月離開，尹濟收起了臉上那風流，然後想起了別的什麼，眼中的輕佻被深邃所取代。

「怪不得尹大人不要我送的這些個女子，原來是都不及這個小廚娘。每日從宮裡回來還能戲戲美人，尹大人豔福不淺啊。」

驀地聽到一個帶著冷意的聲音，尹濟眉頭微皺，循聲望去，只見沈未從一個角落裡走了出來。

目睹了一切的沈未氣得不輕，只覺得心裡一口氣堵在那裡，憋得難受。

他居然說她是蠢貨？

沈未氣得發抖，垂在身側的雙手緊緊攥著拳頭。

在氣頭上的她沒有注意到尹濟眼中一閃而過的陰暗。自己送上門來的，怪不得他了。

「沈大人白日裡在官場為難我，傍晚又送美女來，還偷偷藏在這裡，是不是想順便夜裡偷聽個牆角？」尹濟一邊說著，一邊朝沈未緩步走去。

尹濟回來的時候早已是一彎下弦月掛在了天上，兩人的肩上一層淡淡的月輝，同在一片月光之下。

想起剛剛尹濟對著尹月的樣子，沈未心中就一陣氣悶，冷聲道：「尹大人想多了，我對這些事沒興趣。」

「沈大人莫不是吃醋了？」

尹濟的話明明是含著笑意的，像只是個玩笑，但是沈未卻覺得他的話像一把利劍一樣戳在了自己的心口，讓她一個冷顫後留下疼痛和酸澀。

她是個能將複雜的朝局都看通透的人，怎麼可能意識不到這種感覺是什麼？居然被說中了心思，心中除了酸澀之外，還有些難堪。

她移開了目光，面若冰霜地說道：「看到尹大人笑納了我的禮，我就放心了。春宵苦短，就不打擾尹大人了。」說完，她轉身就要離開。

尹濟也沒有阻攔她，而是附和著點了點頭道：「現在的我確實需要春宵一刻。」

無恥！

沈未腳下頓了頓，一瞬間莫名地想哭。

「這火是沈大人點起來的，其他女人都被我趕走了，只能有勞沈大人了。」

隨著尹濟意有所指的話音落下，沈未忽然覺得手臂上一緊，隨即一股強大的力量將她拉了回來。

「尹濟！你要幹什麼！」沈未氣急敗壞地說道。

「幹什麼？當然是跟沈大人春宵一刻啊。」尹濟不容抗拒地拉著她走向他的屋子。

他的力量很大，態度堅定得叫沈未慌了神，心跳得飛快。可是她無論怎麼掙扎都掙不開他的手，幾乎是被他拖著走的。

三兩步，尹濟便將沈未拖進了房裡，然後回身關上了房門，將潔白寧靜的月輝隔絕在外。

今晚註定是寧靜不了了。

「尹濟！你要是缺女人找別人去！」即便已經處於了弱勢，被尹濟的強勢嚇得慌了神，沈未依舊不肯示弱。

尹濟不曾鬆開她的手腕，回身狠狠地將她推到了門板上，看著沈未的眼睛前所未有的深邃，裡面隱隱跳動的火光似乎是要將她焚燒了一樣。「可是現在只有沈大人能解我的燃眉之急啊，妳自己送上門的。」

他本就被她的這番作為氣得不輕，心裡壓著一團火，恨不能去將她揪出來將她拆了吞入腹中。

如今省得他找了。

說著，他將她的手腕按在了門板上，身子貼了去，將不斷掙扎的她控制住，俯身吻上了她的唇。

尹濟沒有給她任何反應的和適應的時間。

沈未只覺得渾身的力氣都給抽乾了一樣，唇上溫熱的觸感喚起了她的記憶。有了上一次的經驗，她知道自己去反抗只會是更加吃虧。

她想到了故技重施，可是尹濟似乎猜出了她的打算，先發制人在她舌尖上狠狠咬了一下。

受傷的地方，那一點點血珠隨著他們的動作慢慢化開，弄得兩人口中都有淡淡的血腥味，也讓沈未的呼吸在不知不覺中急促了起來。

感覺到了她的變化，尹濟眼中閃過得意之色，鬆開了她的手腕，手環上了她的腰。

腰窩處是沈未格外敏感的地方，一陣陣的顫慄之感沿著她的脊柱蔓延開。

隨後他的手撫上了她的腰帶。

光華的官吏即便平日裡也是要穿常服的。二品官員的常服上繡的是錦雞，金飾玉的腰帶，極其壯觀。

尹濟的常服與沈未的是一樣的，對這身衣服再熟悉不過，輕而易舉便拉下了她的腰帶。因為有金玉鑲嵌，腰帶落地發出了清脆的聲音。

沈未倏地回過神來，奮力地去推他。

尹濟不為所動，手上的動作尤其堅定。

沈未真的慌了，但是口中說不出話來，只能用力地去捶打他。

終於，尹濟鬆開了她的唇。

「尹濟！你不要命了嗎？信不信我殺了你！」沈未的聲音嬌軟，這威脅絲毫沒有作用。

尹濟幽深的雙眼閃過笑意，聲音低啞得嚇人：「沈大人明明享受其中，何必這樣口是心非？既然是自己送上門來的，就別想分毫不損地走出去了。」他已經忍得額上沁出了汗。

沈未被他強勢的語氣嚇得說不出話來。更因為被他點穿，心中又是羞憤又是難堪。從他那能吃人的眼神之中，她看得出來自己的清白身子恐怕真的要交代在這兒了。

「無恥！」她的聲音顫抖。

她羞惱地抬頭，撞進了他那幽深的眼中，在他的眼底看到了一抹柔情與憐惜。一瞬間她像是忘記了心跳一樣。

沈未不知道自己此刻目光恍惚，帶著病態白皙的臉上染上了紅暈，撩得尹濟身上每一處都叫囂著。他再次低頭吻上了她的唇，將她的一聲嬌吟吞下，手上的動作沒有停下。

沈未的身子顫抖。確實如尹濟所說，她對他的觸碰並不反抗，在他連連的強勢之下，她心中生出了異樣的感覺。

既然今夜已經看到了結局，她咬了咬牙不再反抗。

尹濟忽然停了下來，看了看她，低聲一笑道：「沈大人果然識時務。」說著，他將她橫抱了起來，走向床榻。

沈未下意識環住了他的脖子，滿臉通紅地移開了目光不去看他。

似乎是為了給她一個難忘的夜晚，讓她感受到這其中無盡的美妙，將她放在了錦被上之後，尹濟便極盡撩撥之能，慢慢地將她的常服褪下。

沈未無措地任他動作，只覺得隨著他的手和唇所過之處，身體都燙了起來，心中隱隱地生出了說不明的期盼，期盼被慰藉。
終於，她的一身冰肌玉骨完全展現在了他的眼前。
尹濟不著急動作了，伸出手指從她的肩頭沿著手臂輕輕刮過，感受著那微微的涼意和細膩，嘴裡說道：「我肖想了沈大人許久。」隨著他說話，一滴汗液從他的額頭上滴落在了她白得發光的皮膚上。
看著那一滴汗在她身上像是化不開了，他的眼睛都紅了。
他居然——
沈末從未聽人說過這麼輕浮的話，根本不敢想像他所想的樣子，只恨不得能將耳朵塞起來。她紅著臉冷冷地說道：「你給我閉嘴！」
「好，我閉嘴。」尹濟輕笑了一聲，雙眼盯著她滿臉羞紅，又氣又惱的樣子，毫不猶豫地徹底將她占有。
一聲驚呼之後，沈末再也說不出話來，只有淡淡的輕吟聲。
外面是一片寧靜，尹府中的另一處還安置了十個絕色的女子。尹濟的房裡，從門邊一路到床邊，皆是二品大員才有資格穿的常服和官服。常服和官服混合在一起，從尺寸可以看出來不是同一個人的，它們如同糾纏在一起的兩個人，尤其的繾綣。
垂下的床帳搖曳，暗中較量。
隱晦的情意隱藏在這片旖旎之中，說不得，求不得。
天亮，到了平時要起來的時候，尹濟醒了過來。壓了那麼長時間的火終於得以洩了出來、肖想了那麼久的事終於得償所願，今天是他這麼長時間以來最神清氣爽的一天。

睜開眼，他下意識想去看身邊，卻發現身邊根本就沒有人，原先沈未躺著的地方是涼的，可見已經離開了許久。

明明他們昨天折騰到了半夜，最後他是將她抱在懷裡睡的。

尹濟挑高了眉毛，忽然有種自己被沈未白白睡了的錯覺，心裡莫名地堵得慌，覺得十分不是滋味。

昨夜要了一回後沈未便一副承受不住的樣子，可是他忍了這麼久怎麼肯輕易放過她？後來她幾乎暈了過去。可是現在醒來發現沈未早就離開了，尹濟覺得自己昨晚可能被她騙了。

但即便她真的是裝的，但是畢竟是第一次，怎麼可能會不疼不累？竟然還有力氣起來離開，當真是冷靜無情得可以，他給氣笑了。

起床將房門打開，一屋子曖昧的味道慢慢散了開。尹濟洗漱了一番，換了一身官服便要進宮了。

臨走前，他想起了還在府裡的鶯鶯燕燕，心裡的火氣更大了。他叫來了管家吩咐道：「拿些銀子給她們，今日之內將她們打發了。」

「是，公子。」

在上馬車前，尹濟問起了自己身邊的小廝：「沈大人是什麼時候走的？」

他身邊兩個一直跟著的說是小廝，其實也是護衛，平日裡負責保護他的安慰。

雖然他們不知道沈未是什麼時候來的，但是沈未清晨從尹濟房裡出來的事情他們是知道的。顯然沈大人是在他們家公子房裡過了一夜，至於做了什麼就不得而知了，但是肯定不是簡單的聊政務。

原來他們公子這麼多年不成家真的是因為——好男風。

「沈大人是寅卯交替之時離開的。」小廝的臉紅了。

尹濟並沒有注意，而是在心裡算著時間。

沈未是休息了半個時辰，在他睡著後就起來離開的。

進了宮，尹濟去了元帝那兒一趟後便準備去戶部處理那些讓人頭疼的事務。想著沈未應該在文淵閣之中，他準備先去趟文淵閣。

沒走幾步，遠遠地看著一個跟他穿得一樣的纖細的身影，他頓住腳步勾了勾唇。

幾乎一夜沒睡，現在身上某處還疼得沒辦法說，沈未此刻疲憊極了。天未亮她便起來悄悄回了官舍沐了個浴將腿間的黏膩洗掉，當看到尹濟在她身上留下的短時間消不下去的痕跡的時候，她氣得恨不得殺了他。

昨天一夜對她來說荒唐極了。

她先前從來沒想過自己會做出這麼荒唐的事情。因為是女扮男裝，她想來是小心極了的。想起昨夜的放縱，她後怕了起來。若是讓人瞧見，她和身邊的許多人都要喪命。

「沈大人走得倒是快啊。」

尹濟的忽然出現讓沈未嚇了一跳。不受控制地想起了昨晚的荒唐，她的心飛快地跳了起來。「尹大人有事嗎？」她微微地後退了一些，語氣疏離地問道。

尹濟所說的「走得快」說的並不是現在，而是指的清晨的時候。

沈未的態度讓尹濟很是不滿，彷彿自己真的是被睡的那個。

「我自然是沒什麼事的，倒是想問問沈大人有沒有事。」看了看四下無人，尹濟倏地上前附在了沈未的耳邊語氣曖昧地低聲問道，「身上還疼嗎？」後面這句，他並沒有喊她「沈大人」，忽然放軟下來的語氣就如同昨夜與她纏綣時一樣。

這語氣和耳邊的熱氣讓沈未的身體立即緊繃了起來，心都被牽動了。紅暈不受控制地爬上了臉。看到她臉紅了，尹濟心裡終於舒暢了不少。目光定在了她白皙的臉上移不開。

恍然覺得他們靠得太近，沈未警覺地看了看四周，推開了他，冷著聲音說：「尹大人，請你自重。」且不說她是女扮男裝，現在她與尹濟在別人眼中是勢同水火，若是叫人看見了，就功虧一簣了。

「自重？沈大人可是忘了些什麼？昨夜……」尹濟拉長了語調。

沈未皺起了眉，神情之中再也沒有羞怯之色，提醒道：「尹大人，昨夜只是一段露水情緣而已，代表不了什麼。我都不在意，尹大人一個男子就更不用在意了。」沈未是個極其能想得開的人。她這一生都只能以現在的樣子活著，不可能跟任何人成親，是以守不守身也不重要。

她不會要他負責。他負不起這個責，她也沒辦法要。

與尹濟的一夜是她自己後來順從的，沒什麼好自怨自艾的。

聽她一副並不在意的語氣和豁然的樣子，尹濟眼中閃過一絲惱怒。原來沈未當真是把自己睡了，決定不認帳了。

什麼是露水？

那便是見到了太陽就消散了的，見不得白晝。

永遠無法出現在光天化日之下。

她將他們的關係說得這麼輕描淡寫，不值一提。

尹濟勾起了一抹笑容，神色輕佻：「可是昨夜沈大人表現出來的可不是這麼輕描淡寫的，還有身上的痕跡也沒這麼輕易容易消下去的。」

提起這個，沈未的臉色果然變了：「你再胡說，割了你的舌頭！」

他們兩人似乎是在互相踩著對方的底線，互相較量。

誰先低頭誰就輸了。

尹濟忽然伸手捏住了她的下巴：「既然是露水情緣，那我便要夜夜露水的情緣。」說著，他不給沈未反抗的時間，低頭吻上了她的唇。

他不要命了！這是在皇宮之中！

可是沈未一句話都沒來得及說出來。

金黃色的琉璃瓦，朱紅的宮牆乾淨極了，兩個身穿同樣二品大員官服的大臣貼在了一起交纏。

這是多麼禁忌的事情。

尹濟也不是不要命的人，因為是在宮裡，隨時都會有人來，他在沈未的唇上輾轉了一下便放開了她。

沈未連罵他都沒顧上，先是驚恐地看了看四周，然後鬆了口氣。

尹濟看著她慌張的樣子，舔了舔溼潤的唇，語氣輕佻地說道：「沈大人，我們這樣像不像是在偷情？」

一身嚴肅的官服也遮不住他眉眼的輕佻，他俊朗得像是個才子，卻又多了份尊貴。沈未看得一時沒有移開眼，再加上他這句話，她的心跳快得飛快。

正好這時一個官員遠遠地走過來。

尹濟立即後退。

沈未飛快地檢查了下自己的官服。

隨後，二人各自分開。

那個官員走過來，看見是他們二人，又看見沈未的一張臉冷得不行，心想這二位大學士恐怕是見四下沒人直接掐起來了。生怕被殃及，他立即加快了腳步。

分開後，沈未去了禮部，而尹濟朝戶部去了。

張府，今日張安玉休沐。

下午的時候，他得到了手下傳來的消息，臉色驟變站了起來。

胡雲喜見他表情有些冷地從書房出來，關切地問道：「怎麼了？」

張安玉收起了眼中的冷意，對胡雲喜道：「放心，是關於二哥的事情，我去找一趟二嫂。」

成親好幾年，胡雲喜對張安玉有所了解，見他這副表情，猜測恐怕是張安夷的事情有什麼貓膩，心裡沉了沉。她提醒道：「二哥和青世現在不知所蹤，二嫂有七個多月的身孕了，千萬不能有什麼意外，你說話……小心著點。」

「好。」張安玉點了點頭。

胡雲喜的周到體貼讓他心中很暖，可是有些人卻讓他很心寒。

張安玉匆匆來到穿雲院找阮慕陽。

為了做戲，阮慕陽今日又加派了一些人去京郊。合月他們都已經好幾日沒合過眼了。阮慕陽憔悴的樣子一半是裝的，一半卻是真的。

見張安玉的神色與往常不同，她心中猜測可能是他派去盯著張安朝的人發現了什麼。

「二嫂，我派人去跟著三哥，結果發現了一些事。」

果然是這樣。

阮慕陽讓下人退了下去，讓琺瑯守在了門口。

「你是發現張安朝有問題嗎？」她再也不願意稱張安朝一聲「三弟」。

張安玉驚訝地看著她：「二嫂怎麼知道的？」

阮慕陽壓低了聲音道：「你二哥告訴我的。」

隨即，阮慕陽將大概的事情告訴了張安玉。

張安玉聽完之後先是心驚，隨後眼中滿是冷意和嘲諷：「三哥果然是本性難移。你們打算就這樣任他養傷嗎？」

「不，當然不能。」她咽不下這口氣。

想到張青世，阮慕陽就心疼得不行，對張安朝恨得不行，一刻都不想讓他好過。

張青世是她和張安夷的底線。

原先她為了隱瞞張安夷和張青世已經有了下落，不能對他怎麼樣，現在有了張安玉的發現，她終於有藉口整治張安朝了。

「當然不能讓他這麼安穩地養傷。」說著，阮慕陽對外面的琺瑯道，「讓人去將三弟叫過來一趟，說我有事情要問他。」

第一百零六章　荒謬的想法

張安朝聽說阮慕陽叫他去穿雲院的時候心裡就是一陣慌張。

陳氏一臉不明所以，語氣中帶著不滿和抱怨：「你明明受了傷要養傷，二嫂為什麼要叫你過去？」

「大概是想問問二哥的事情吧。」張安朝壓下了心裡的不安，站了起來。

「若不是二哥，你也不會被牽連受傷。也不知道二嫂要問什麼。」陳氏的語氣裡帶著對阮慕陽的抱怨。她顯然覺得張安朝這次實在無辜，是被張安夷牽連的。

陳氏的話讓張安朝心裡有些觸動，皺了皺眉看了看四下，低聲提醒說：「不准胡說，要是叫別人聽見了怎麼辦？」他本來就心虛。

陳氏張了張嘴，不再說了。

張安朝理了理衣服，深吸了一口氣，出了門朝穿雲院走去。

他到的時候，阮慕陽已經把不相干的下人都給清出去了，只留下琺瑯在門口守著，正好回來了的莫見在她身旁，另外還有張安玉。

「四弟也在啊。」張安朝的語氣十分客氣，「二嫂派人叫我前來可是二哥和青世有什麼消息了？」他小心地試探著。踏入穿雲院的時候他沒由來地有些慌張，生怕自己露了餡。

阮慕陽搖了搖頭，憔悴的臉上一片愁苦之色。

張安朝暗自鬆了口氣。只要張安夷沒被找到，他所做的事情就不會被發現。

自打他進來，阮慕陽就一直注意著他的神色。見他偷偷鬆了口氣，她眼中閃過嘲弄。沒想到老謀深算如洛階、野心大如裘太后，都會想要借張安朝的手來害張安夷。可是他們千算萬算也沒有用，安排得再謹慎周密也沒有用，因為張安朝是個蠢人。

「二嫂，二哥和青世一定會沒事的。」張安朝一副擔憂的樣子道，「二嫂要是有什麼需要我幫忙的，儘管提便是。」

說完，他剛好眼睛一動，對上了張安玉那嘲諷的目光。

他皺了皺眉。他這個四弟一向陰陽怪氣的。

阮慕陽看著張安朝惺惺作態的樣子，心裡一陣厭惡，故意放軟了語氣道：「三弟的心意我領了。這次讓三弟特意跑一趟確實是有事需要三弟。」

「二嫂請說。」張安朝心中有些得意。

他這二嫂再厲害又如何？不過也就是個女人，居然還要讓他幫忙。

在他的心裡有些飄飄然的時候，阮慕陽的聲音響起：「我派莫聞根據三弟的指示去找了，可是回來後莫聞告訴我，根據腳印，你二哥和青世並不是朝南跑的——」

張安朝心中一驚，偷偷上揚的唇甚至還未來得及落下。

「許是我記錯了吧。當時情況緊急。」他努力保持著鎮定解釋道。

阮慕陽忽然冷笑了一聲反問：「是嗎？」

張安朝只覺得自己背後一下子冒出了汗。他點了點頭。

「凌日山那樣熟悉的地方，即便當時混亂，但是事後想想也不會弄錯方向的，除非——」阮慕陽緊緊盯著張安朝，語氣越來越冷，「除非三弟是故意這麼說的，不想讓我們的人找到你二哥。」

說到最後，她十分篤定。

那幾個字像是錘子一樣砸在了張安朝心上，讓他覺得疼得喘不過氣來，差點站不住。

「二嫂怎麼能這樣說，那是我二哥啊。」他的聲音已經顫抖了起來。

這時，張安玉帶著嘲諷的聲音響了起來：「那三哥昨晚偷偷見到的又是誰？」

張安朝驚恐地看著張安玉。

阮慕陽也不再與他裝腔作勢，恨不能用眼神將他凌遲：「是啊，你也知道一個是你二哥，一個是你親姪子，卻還狠得下心。張安朝，是我們所有人小瞧了你，小瞧了你這個狼心狗肺的人。莫見！」

莫見得令，上前一腳踹在了張安朝的腿彎處，張安朝疼得一下子跪了下來，跪在了阮慕陽面前。

張安朝在心裡是輕視女子的，這樣跪在阮慕陽面前，他覺得難堪極了，奈何莫見按著他，他根本動不了。「大膽！你一個下人居然敢這麼對我！」他大聲喝道。

可是莫見不為所動。

在張府，一個下人都能這樣對他。

張安朝只管著怨天尤人，卻從來沒想過會落到這樣的地步完全是因為他自己，是他自作自受。

「沒想到妳居然讓四弟盯著我。」他看著阮慕陽，眼中帶著恨意和不甘。

阮慕陽冷笑了一聲說：「你以為沒有人盯著你發現你跟可疑的人接觸，我就不知道了嗎？」

說到這裡，她頓了頓，語氣變得凌厲了起來：「張安朝，張家四個兄弟之中當真只有你是最愚蠢的。」

張安朝身為張家唯一的庶出，平日裡便十分敏感。他一直覺得自己是因為這個庶出的身分才落得現在這樣的境地，若是他也是嫡出，那一定不會比張安夷差勁。聽到阮慕陽直戳他心底的痛處，他的表情慢慢變得猙獰了起來：「妳是什麼意思？」

張安玉惡劣地笑了笑，走到張安朝面前，低頭看著他，搖了搖頭說：「三哥，你別不服，真的是你蠢。」他的嘴說話本來就不留情面。

張安朝被羞辱的滿臉通紅。

「你想要裝也不裝得像一些。以你那種怨天尤人的性子，怎麼會願意讓二哥放棄你先走？若是二哥真的留下你自己走了，以你狹隘的心胸，恐怕會恨死他，回來怎麼會一點都不生氣？這個藉口實在太不高明了，聽著就讓人懷疑。」張安玉的語氣懶懶的。

他不斷給張安朝貼著「怨天尤人」、「心胸狹隘」這樣的詞。

跪在他面前的張安朝只覺得自己像是一隻螞蟻被人狠狠地踩在腳底碾著。尤其這個人還是他十分看不上，平日裡不學無術的張安玉。

他額上的青筋都爆了起來。

張安玉這番話說得太難聽了，但是正合阮慕陽的心意。她補充道：「張安朝，不是我們有多聰明，是你自己露出了馬腳。你二哥待你不薄，你為何要害他？還狠得下心害只有五歲的親姪子？」

說到這裡，阮慕陽紅了眼睛。這不是假的，想到從來沒離開過她的張青世這幾日在外面，不知道過的什麼樣的生活，她就心疼得不行。

她跟張安夷有過許多敵人，想置張安夷與死地的人不在少數，但是沒想到這次卻是他們的親人，是張府的人。

看著阮慕陽紅著眼睛，張安朝想到了到現在還沒消息的張安夷。已經第四天了，肯定是凶多吉少，八成是回不來了。

就是因為這一點，平日裡怯懦畏縮的他今天沒有露出畏懼。

他冷笑了一聲，抬起了頭看向阮慕陽，語氣裡帶著不甘和嘲笑：「不薄？若不是他，當年我需要避嫌錯過三年最好的時候？後來好不容易考上了，我只不過想留在上京，也要求上好半天，這對他來說根本就是舉手之勞，卻還要跟我拿架子——」

阮慕陽深深地皺起了眉，不知道是該生氣還是該笑。

她沒想到張安朝的心裡是這樣的。聽他的語氣，好像當年如果不是因為張安夷任同考官他需要迴避，就能高中狀元一樣。

不過這件事也無法與他爭執，她也不想跟他爭這件事。

倒是張安玉被他氣笑了，說道：「三哥當真是不知好歹，你只不過是貢士，若不是二哥，你還能留京？」

只有心理自卑敏感、看不起自己的人才會看誰跟他說話都像是在拿架子。

張安朝只當沒聽見張安玉的話，繼續說道：「我的官位是因為他才沒有的。而且我聽說了，今年我本來能中的，就是因為他，我才落榜的。」

「誰跟你說的？」阮慕陽覺得張安朝真的愚蠢極了，「是不是讓你做這些事的人告訴你的？他們許了你什麼好處？」實際上她心裡有數，只是不方便表現出來。

張安朝抿著唇不肯說。

「張安朝，你做出了這樣的事，若是你二哥和廿一有什麼好歹，你死一萬次都不夠。你若是不說，信不信我現在就殺了你？」阮慕陽再也不掩飾自己的殺意。這個張安朝真的留不得了。

在阮慕陽的示意下，莫見的手捏住了張安朝的脖子。

感覺到阮慕陽真的有殺他的意思，張安朝眼中露出了畏懼，身體緊繃了起來，立即露出了弱勢道：「我說，我說。」

阮慕陽讓莫見鬆開了手。若是張安朝一直是一副硬氣的樣子，也就罷了，還能說是有幾分骨氣。可是他一下子就求饒了。她厭惡地皺了皺眉。

莫見鬆開了手後，張安朝像是被嚇得不輕，整個人差點癱倒在地上。他手撐在地上，垂著頭，在阮慕陽和張安玉他們都看不到的時候，眼中閃過一絲笑意和得意。隨即，他抬起頭來，求饒道：「是尹濟尹大人！他許諾只要我這樣做了，就給我安排一個官職！」

阮慕陽自然知道不可能是尹濟的。

她小看了張安朝。

原本準備戳穿他，可是轉念一想就決定繼續將計就計。她皺著眉冷然問道：「真的是他？」

她今日本是想戳穿他，然後將他找個地方軟禁起來，等到張安夷回來再處置，誰知無心插柳，竟然給了張安朝陷害尹濟的機會。這後面肯定有人指使，那他們就正好繼續將計就計了。

張安朝點頭，懇求道：「二嫂，妳饒了我吧，我錯了。我都說了。」

到這個時候了依然不知悔改，阮慕陽心中一片冰冷，殺他的心更堅定了。

提前得知了內情的張安玉神色微動，見阮慕陽沒有開口拆穿，便也沒有說話。

「沒想到你竟然為了一個官職被尹濟收買了。」阮慕陽冷冷地看著他。

張安朝把頭垂得更低了，唇邊悄無聲息地勾起了一抹笑意，十分得意，彷彿勝利者一樣。

阮慕陽讓莫見將張安朝送了回去，然後派人守住了他的院子，限制了他的行動。

「二嫂接下來有什麼打算？」張安玉一直旁觀著阮慕陽與張安朝對峙。懷有身孕的女子在旁人眼裡總是處於弱勢的，是需要幫忙的，可是她卻異常地冷靜，還尤其思慮縝密，讓張安朝得意地回去了，一點破綻都沒有發現。

恐怕張安朝回去了還以為自己成功地將阮慕陽騙得團團轉了。

阮慕陽的心思一直在轉著。她一邊要根據張安朝的反應想應對之策，一邊還要猜測張安夷那裡會有什麼打算，如何才能配合到。

行刺的事情發生的突然，除了那一晚的書信之外，他們沒有過任何聯絡，完全靠的就是默契和對對方的了解。

「四弟，你替我繼續盯著張安朝，看誰會暗中與他聯絡。」裘太后不可能直接與張安朝聯絡，又不可能派信不過的人，所以跟張安朝聯絡的一定是裘太后很信任的人，或者說是親信。

張安玉點了點頭道：「包在我身上。」能參與到其中也算是巧合，這幾天的時間裡，他慢慢感覺到自己的稚嫩，感覺到了自己與那位二哥的差距。

這種差距無疑是他的動力。他提醒自己收住性子，沉住氣。

看著阮慕陽突起的肚子，他想了想還是提醒道：「二嫂，妳還是要好好調養身子。」對於懷有身孕的女人來說，思慮過重是不好的。

「多謝四弟提醒。」阮慕陽彎了彎唇。

她本以為這一胎會平平順順的，可是她的人生似乎就跟「平順」二字沒有多大的緣分。

待與張安玉商量好，剛剛安排好一切，沈未便來了。

「沈大人來得正好，我正好有事要與沈大人說。」阮慕陽遣退了所有人。

沈未挑了挑眉毛：「嫂夫人，可是發生了什麼事？」

阮慕陽點了點頭。看了沈未兩眼，她覺得沈未今日有些不同，雖說白皙的臉色還是帶著幾分病態，但是細細一看卻透著一絲紅潤，氣色比往日要好，可是她的眼下卻有一片淺淺的青黑，眉宇之間帶著一絲疲憊，這樣子倒像是——像是昨夜被人折騰了許久的樣子。

隨即她又覺得自己這個想法太過荒謬。

沈未感覺到阮慕陽的目光，無端地有幾分心虛，覺得好像被她看出來了什麼一樣。

昨夜她真的被折騰得不輕，尹濟像是不知饜足一樣，讓她今日走路都覺得雙腿間發疼，十分彆扭。好在官服寬大，瞧不出異樣。

大概真的是做賊心虛了。沈未主動問道：「可是府上有什麼事？」

將自己方才的想法排除在外後，阮慕陽就沒有多想別的了。她說道：「我下午的時候逼問了一下張安朝，原本以為他會供出裘太后的人，可誰知他說指使他的是尹濟。」

「尹濟」兩個成功讓沈未的跳了跳，一陣心虛。

「他應當是受人指使嫁禍尹濟的。」沈未努力拋開那些亂七八糟的思緒說道，「裘太后想借此機會栽贓，增加我們對尹濟的不滿，讓我們對他出手。」

張安夷找了幾天了都沒找到，在旁人眼裡是幾乎沒有生還的可能了。他這一派只剩下沈未一個中堅力量。裘太后是想從中挑撥，讓他們兩敗俱傷，最後不費一兵一卒，坐收漁翁之利。

阮慕陽微微壓低了聲音對沈未說道：「今天已經是第四天了，再拖下去恐怕太后會起疑。」在她決定讓張安玉繼續盯著張安朝的時候就已經有了打算，只是她不知道張安夷是怎麼想的。

沈未意外地看著她問：「嫂夫人的意思是——」

在她看來，阮慕陽確實比一般的婦人心思細膩、沉靜，但是這也僅用於在張府坐鎮，騙過所有人。這對於一個懷了七個多月身孕的婦人來說已經是十分不容易的事情了，沒想到她竟然還有別的打算。

阮慕陽沉了沉氣，語氣平靜地說道：「後日早朝的時候，由我去告御狀，最合適不過。如果你們已經準備好了一切，就差個時機的話，就是後日。」

她語出驚人，讓沈未露出了驚訝的神色。

把握時機，大膽出擊，這是阮慕陽最擅長的。

不用她多說，沈未心中立即隱隱有了想法。再次打量阮慕陽，沈未已經無法將她當成一個婦人來看待了，她的城府完全不輸在朝為官的男子。

「只是，嫂夫人妳現在有孕在身——」恐怕張二不會答應。

阮慕陽道：「我自己的身子我自己清楚，不會有事的。只有這樣才能讓他們措手不及。」

她平靜的聲音和語氣很有說服力，沈未有些心動了，卻不敢自己拿主意。她皺著眉思量了一下，道：「還是等我一會兒回去派人去跟淵在說一說這件事，看他是如何打算的吧。」

為了防止被裘太后的人發現，他們都十分謹慎，就連沈未都沒有貿然去見過張安夷。

「好。」

沈未匆匆離開。在出穿雲院的時候，她遇到了張吉和李氏。「伯父、伯母。」她打了聲招呼便離開了。

阮慕陽派人將張安朝關在院子裡的事情在張府鬧出了很大的動靜。她公然這麼做，彷彿整個張府都在她的控制下了一樣。

這哪裡像是個孕婦做的事情？

是以張吉和李氏來了。

看到他們，阮慕陽恭恭敬敬地叫了聲：「父親、母親。」

「剛剛我看見沈大人走出去了。」剛剛坐下，李氏便語氣不滿地說道，「妳一個婦人怎麼能單獨見年輕男子？」

阮慕陽也不頂撞她，只是道：「是商討二爺的事情。」

李氏張了張口，不說話了。

「妳派人將安朝看了起來，是怎麼回事？」張吉開口問道。張安夷出了事，現在張府應該是由他執掌才是，可是阮慕陽卻做什麼事都沒有知會他一聲，這讓他覺得面上十分無光。

阮慕陽哪裡能猜不到張吉的這點心思？

他的兒子和孫子下落不明，他卻最關心的還是自己。

「回父親，二爺和廿一遇刺的事情跟三弟有關。」

阮慕陽的話音落下，張吉和李氏就露出了驚訝的表情。

「妳說什麼？」張吉問道。

「是四弟查出端倪的，然後我們問了三弟，是三弟親口承認的。指使他的人是尹濟。」說到這裡，阮慕陽朝他們問道，「父親和母親認為，三弟謀害了朝廷命官，我該不該這樣做？」

提到尹濟，張吉的臉上露出了憤然。他始終記得自己被革職的事情。

阮慕陽繼續說道：「此事非同小可，我沒有說出去，只是先告訴了沈大人。父親、母親，現在二爺和廿一下落不明，遲遲找不到人恐怕是凶多吉少。他們一個是我的夫君，一個是我的兒子，我將害他們的三弟看管起來，難道有錯嗎？」

她的語氣柔弱，彷彿真的是失了丈夫和兒子的女人，可是用字卻很是強勢，直逼張吉和李氏的內心。

他們被問得說不出話來。

張吉的眼中滿是惱怒：「沒想到這個逆子居然做出這樣的事情！」在嫡親的兒子和庶子之中，在身為內閣首輔的張安夷，和一個什麼都不是的張安朝之中，張吉自然是站在張安夷這邊的。

李氏更是如此。她對當年張吉與別的女人有染，生下張安朝的事情一直耿耿於懷，這麼多年對張安朝和陳氏也是處處刁難。她埋怨道：「看，都是你這個兒子！」

張吉雖然糊塗，但也不至於糊塗到現在還要幫著張安朝。被張安朝做出這樣的事情氣得不行，再加上李氏在一旁點火，他的表情冷然，說道：「竟然這樣胳膊肘往外拐！這個逆子！我現在就要請家法教訓他！」

說著，他便離開了。李氏著急地跟了上去。

他們要去收拾張安朝，阮慕陽自然不會阻攔。她希望張安朝先吃點苦頭，也希望尹濟買通張安朝暗害張安夷的事情傳開。

見穿雲院終於安靜了下來，琺瑯上來扶著阮慕陽坐下，說道：「夫人，您這又是一下午加一晚上的，趕緊歇息吧。」

被她這麼一說，阮慕陽卻是感覺到了極大的疲憊，身上好像一點力氣都沒有了一樣。懷了身孕本來就容易累，她這一天心裡和腦子就沒停下來過。

琺瑯見狀，擔憂地說道：「我去讓紅釉叫大夫來吧。」

阮慕陽點了點頭。她也不想肚子裡的孩子出什麼事。

上京城東一個不起眼的小院子裡守衛森嚴，主屋裡亮著燈，簡單的床榻上，一個小小的身影蜷曲在那裡像是睡著了，小嘴張著、微微的有點兒口水掛在嘴角，床邊，一個高大如山一樣的身影坐在那裡，看著一封又一封的書信，時不時回頭看看床上的呼吸勻勻的小人，替他拉一拉薄被。

這一大一小兩個人正是張安夷和張青世。

第一百零七章　你願意放下嗎

聽到外面有聲音，張安夷起身，看了眼閉著眼睛咂嘴的張青世，走了出去，動作很輕，生怕吵醒他。

「二爺，沈大人讓人送來的。」

張安夷站在屋外的燈下拆開了信。

看了幾行之後他那雙彎彎的眉毛便皺了起來。

沈未在信中將張府發生的事情以及阮慕陽提議說了出來。毫無疑問，自從他和張青世「失蹤」開始，她做所的每一件事情、每一個決定都是極其正確的。雖然除了最開始的那一封信之外，他們根本沒有聯繫過，可是她做的每一個決定都彷彿跟他商量過一樣，默契極了，讓他想起她懷著七個月的身孕卻要獨自面對一切的時候心中就一片柔軟和憐惜。

這種默契只有互相了解、十分親密的兩個人才會有的，其中的微妙與細膩不身在其中無法體會。

已經成為內閣首輔六年、在宦海浮沉中更加高深的張安夷開始有些後悔自己當初的狂妄和自信。

無論是武帝駕崩之時，還是靈帝那時候，若是他們夫妻二人能敞開心扉共同面對，會少掉許多麻煩，一切也會更加順利，就更不會有分開的那段時間。

告御狀的確是個極妙的辦法，讓張安夷心中對阮慕陽充滿了欣賞。他不是沒想到，只是他捨不得讓阮慕陽懷著孩子還要經歷這些。

他平日裡看似溫和儒雅，實際上心是硬的、狠的，做事從不優柔寡斷，但是現在他做不了決定，猶豫不決。

許是真的不再年少氣盛了。

張安夷站著思量了許久，直到屋中傳來了張青世的聲音。

張青世睡夢中醒來，下意識便要找奶娘，叫了幾聲沒人搭理惱得都要哭了。揉了揉眼睛想起來自己不在穿雲院後，他又生生忍住了。

看見張安夷走進來，他奶聲奶氣地叫了聲：「爹。」

「怎麼了？」看著張青世額頭上冒汗，他伸手替他擦了擦，問道，「熱醒的？」

張青世點了點頭，小臉發紅。

沒有奶娘在，阮慕陽也不在，這幾日他吃、睡都是跟著張安夷的。說來也是奇怪，平日裡的混世魔王那日遇到行刺格外的乖，張安夷讓他不出聲他就不出聲，讓他閉上眼睛不要看他便不看，簡直像換了個人一樣。

跟著張安夷來到這座僻靜的小院子後，他也沒有吵著要回去。

白日張安夷要處理事情的時候，他便一個人在院子裡逗著那些護衛玩。相處不到一日，即便是最冷漠最不苟言笑的護衛，對著小少爺的時候也會給面子地微微彎一彎眼睛，就連張安夷都沒有這待遇。

當然，混世魔王的本性是不會改的，趁張安夷不注意的時候，他會拿起他的筆在紙上亂畫。沒有阮慕陽護著，只要張安夷臉色一沉，他便乖乖認錯了。

自打張青世出生開始，他們父子二人就沒有這樣整天整天地相處過，連睡都睡在一起，是以幾日下來親近了不少。

「爹，我想娘了，還有娘肚子裡的妹妹。」張青世揉著眼睛，衣袖滑下露出的一小節白胖的胳膊十分可愛。

這孩子從出生前開就開始跟著他們吃了不少苦。

張安夷揉了揉他的腦袋，聲音溫和地說道：「再過兩日我們就能回府了，睡吧。」張家的父親都是嚴父的形象，尤其是對男孩，只有在深夜寂靜之時，才會偶爾顯露出真正柔和寵愛的一面。

說話之間，張安夷心中已經有了決定。

第二日臨近正午。

張安玉派去盯著張安朝的人發現了夜裡有人去見他，跟蹤之後發現去見張安朝的人回的是裘林的府上，顯然一直接觸張安朝的就是裘林的人。

得了消息，在禮部的張安玉便將事情跟沈未說了一下，然後跟沈未告假。

「等等，我同你一起去。」

張府。

張安夷和張青世已經失蹤第五日了，所有人都覺得希望渺茫了，府中上下一片低迷。阮慕陽堅持不懈地派人去尋，叫旁人看著十分心酸不忍。畢竟一個是她的夫君，一個是她的孩子。

想到穿雲院的二爺和二少夫人平日裡和氣的樣子，還有小少爺，有的下人偷偷抹淚。

穿雲院中。

「原來是裘林。」這下阮慕陽心中有數了。

沈未深夜從張安夷那裡得到回覆時跟阮慕陽說了一下，並且把張安夷寫給阮慕陽的信拿給她。

「嫂夫人，妳的身子——真的沒有事嗎？」阮慕陽帶著些蒼白的臉色始終讓沈未不放心。

阮慕陽笑著安慰她道：「放心，昨日我已經讓大夫看過了，開了些藥，只是有些虛弱罷了，不礙事的。」

聽她這麼說，沈未的心放下了一些，說道：「那明日便要辛苦嫂夫人了。明日之後一切就都好了。」

是啊，明日之後，光華不會再有強大的裘氏外戚，裘太后也將在明日結束長達六年之久的垂簾聽政。阮慕陽的目光有些悠遠。

將信帶到，該說的話也說了之後，沈未還有許多事情要安排，便匆匆地走了，張安玉也要回禮部。

他們走後，阮慕陽獨自坐在屋子裡，拆開了張安夷的信。看著他的字跡，看著獨屬於他的語氣，彷彿能想像他說話時溫和的樣子，她慢慢勾起了唇，笑容寧靜溫柔，絲毫沒有明日要上朝堂的緊張之感。

從張府出來之後，沈未的心情就格外的沉重。明日之事事關光華，事關許多人的前程，她不得不先放下私人恩怨，去找尹濟。

但實際上她是極其不願意去的。

回到禮部後，沈未便一直心不在焉的，做什麼事都分神。

傍晚的時候，她終於下定決心，咬了咬牙派人去暗中知會了尹濟，說她今晚有事找他商討。

天黑後，沈未在護衛的幫助下輕車熟路從尹府的後門潛入。尹濟似乎特意有安排過，這一路她暢通無阻，一直到了尹濟的住處。

尹濟一直在等她，看到她出現，輕佻的眼睛裡染上了笑意，風流俊朗：「沈大人，不知道有什麼事是需要這麼晚談的？」

聽他語氣曖昧，意有所指，沈未皺了皺眉。昨日在宮中，他明目張膽地將她推到牆邊親吻的情景還在她腦中，這讓鮮少這麼被動的她十分惱怒。她語氣不佳地說道：「當然是有正事。」

尹濟眸光微動，絲毫不在意她的態度，說道：「既然如此，請沈大人進屋去說。」

實際上沈未是不想進那一間房的。因為在那個地方容易讓她想起一些荒唐的事情，讓她覺得很不自在。

見她脊背挺得筆直地站在原地，明顯是不願意進去，尹濟輕佻的眼中閃過了然之色，提醒道：「沈大人，雖然說這是我的府上，但是我也不能保證每個人都是忠於我的，要是讓人看見妳我在這個時候私會，恐怕很快就會傳到裘太后那裡。」

明明是會面，什麼叫「私會」？他的書都讀到哪裡去了？當年是怎麼考中榜眼的？

雖然不滿他的用詞，但是沈未覺得他說得不無道理。

就在她皺著眉，表情嚴肅，似乎還在猶豫的時候，尹濟像是早已看到了結果，先一步跨進了屋內，然後回身做了個「請」的手勢，道：「沈大人，請進。」他的語氣輕佻，動作卻是端的一副彬彬有禮。

沈未抿了抿唇，帶著警告意味地看了他一眼，跨進了門內。

在她抬腳的那一刻，尹濟眼中飛快地閃過一絲得意，然後看著她走進來，落在了她背後的目光充滿了柔情。

聽到關門的聲音，沈未下意識心中一緊，回頭。

「沈大人緊張什麼？我只是怕隔牆有耳罷了。」尹濟笑了笑，走到桌邊親手倒了杯茶遞給了她。

沈未的目光在他手上的茶杯上定了定，隨後坐了下來。雖然是坐了下來，但是她絲毫沒有鬆懈，渾身都充滿了警惕。

尹濟看在眼裡，卻沒有說出來。他知道說出來必將惹惱她。

他在她對面坐了下來，很是規矩。

沈未的臉色稍微好了一些，開口說道：「裘家還有太后的那些親信你查得怎麼樣了？」

她一開口問這件事，尹濟便知道他們要有動作了。實際上他猜測也就是這幾日會有動作，因為張安夷失蹤夠長時間了。

「你們打算怎麼做？」他問。提及政事，他的語氣倒是嚴肅了起來。

聽到他這個語氣，沈未就知道他手裡的證據恐怕足夠了。

關於裘然的罪證，早在當年去巡查兩江兩淮的時候尹濟就掌握住了，只是始終沒有合適的機會放出來罷了。這些日子戶部清查帳目，表面上落馬的都是支持張安夷的官員，實際上這是明修棧道暗度陳倉。

沈未壓低了聲音說：「明日早朝，嫂夫人會去告御狀——」

她口中的「嫂夫人」只能是阮慕陽了。

尹濟的臉上露出了驚訝的表情。這跟沈未當初聽到阮慕陽這個想法的時候反應十分一致。

「她不是有七個多月的身孕嗎？」雖然現在對阮慕陽的那份心思變了，但是這份關心卻是真的。

兩人以前的交集甚少，是以沈未不曾察覺到過尹濟曾經對阮慕陽的喜歡。「嫂夫人說不礙事。」讓一個懷了七個多月身孕的女子上朝堂，她確實也有些不放心，況且這幾日她見阮慕陽，發現她的氣色不是特別好。

隨即她又道：「張二也同意了。」

原本擔憂著阮慕陽的尹濟聽到沈未口中說出來的「張二」兩個字，眉毛一蹙。這個隨意的稱呼顯得他們二人十分親密，讓他心裡有些不舒坦。再想起往日以旁觀者的態度看著沈未和張安夷，覺得沈未對張安夷的感情非常不一般，他心裡更加不舒坦了。

此時的尹濟絲毫不記得，有一年他曾在阮慕陽面前用沈未對張安夷的態度刺激過阮慕陽。那時候的他站著說話不腰疼，根本沒想過會有現在這一日。

從這一刻起，尹濟就開始走神了。

沈未還未察覺他的神遊，繼續說道：「明日便是最關鍵的一日，不出意外，明日之後朝中就再也沒有裘氏這麼強大的外戚了。你今夜需要將手中掌握的裘太后派系官員的罪證整理一下。聖上那邊我下午已經去通過氣了——」

說了這麼長，見尹濟始終沒有回應，她才發現尹濟走神了。

她頓時惱怒極了，狠狠地拍了下桌子，聲音巨大，震得尹濟回過了神。

尹濟挑高了眉毛。就在他要說話的時候，門外傳來了他身邊小廝的聲音：「公子，尹月姑娘來給您送湯了。」

聽到尹月的名字，沈未的眉毛不自覺皺了皺，原本就顯得清冷的臉看起來更冷了。

察覺到尹濟的目光，她語氣不耐煩地說道：「尹月來了，你看我做什麼？」

「看沈大人吃醋的樣子啊。」尹濟笑得輕佻肆意。

「閉嘴！再胡說割了你的舌頭。」

沈未原以為尹濟會讓尹月離開，可誰知他竟然讓小廝傳她進來。

「你讓她進來做什麼？」沈未站了起來，像看瘋子一樣看著他。屋子的出口只有一個，把尹月放進院子裡來，她一出去就能被她看見。

尹濟朝她做了個噤聲的手勢，道：「尹月並不像看起來那麼簡單。怕是我吩咐任何人不得到我院子裡來引起了她的懷疑，她來探聽虛實的。攔著她會讓她更加懷疑，最後一晚了。」

明日過後，裘太后失勢，尹月自然也就不用留著了。

尹濟說得不無道理，可是她要往哪裡躲？

沈未還未回過神來，便被尹濟往床上推。她自然是敵不過尹濟的力氣的，沒掙扎兩下就倒在了床上，隨即尹濟脫了鞋也上了床拉下了床帳。

「將燈熄了，從外面能看見。」

尹濟在外面，自然是讓在裡面的沈未去熄燈。

沈未照做。

怪不得她一直覺得尹濟的床帳之中十分亮堂，原來是因為裡面一直放了一盞燈。經常看書的人確實有在床裡側的櫃子上放一盞燈的習慣。

隨即，沈未腦中閃過某些畫面，眉頭立即緊緊地皺了起來。

若說裡面太亮，外面能看到影子，那豈不是她受傷那晚，雖然是拉著床帳的，卻被在外面的他看光了？

尹濟忽然感覺到身上一陣涼意，轉過頭就對上了沈未那恨不得殺了他的目光。

「公子。」

這時，尹月推門進來了，沈未只好閉上了嘴，狠狠地在尹濟的手臂上掐了一下。

尹濟猝不及防，疼得倒吸了一口氣，回過頭莫名地看著她。

沈未狠狠地瞪著他。

因為尹月進來了不能發出聲音，兩人只能透過眼神較量。

「公子？這麼早便歇下了？」尹月看著垂下的床帳，眼中露出了疑惑。

尹濟的眼睛依舊看著沈未，帶著一絲危險，嘴裡說道：「今日有些累了便歇下了。湯妳便放在桌子上吧。」

尹月將湯放在了桌子上，卻並沒有立即走。她再次看向床帳。此時沒人看得見，她臉上不再是一副青色可人的樣子了，一雙大大的眼睛裡帶著不符合年齡和樣貌的成熟和精明。「公子可有什麼不適？要不要我叫大夫？」

沈未心中冷笑，目光也不由地更冷了。尹濟倒是豔福不淺，大晚上的不僅有人給他送湯，還有人這麼關心他的身體。

尹濟知道沈未一直認為他是個風流不正經的男人，也知道她覺得他跟尹月之間有著什麼。一向不在意旁人的想法，我行我素的他現在卻十分想要澄清，不想讓沈未誤會。「不用了，妳退下吧。」他的聲音比起往日，沒有那麼輕佻了。

尹月感覺到了他語氣的變化，語氣中帶著幾分委屈問道：「是不是尹月做錯了什麼，惹惱了公子？平日裡公子跟我說話不是這樣的——」

沈未挑高了眉毛。

平日說話不是這樣的，那是什麼樣的？她氣憤極了，說不清是氣尹濟對尹月的態度，還是氣自己之前竟然有些動搖了。

感覺到沈未的目光冷得能將人凍起來了，尹濟的眼皮跳了跳。察覺到沈未又要來掐自己，他眼疾手快地抓住了她的手腕。

意識到再這樣下去，非但不能澄清自己，還會讓眼前的人更加生氣。尹濟只能先將尹月打發走。

他一邊抓著沈未的手腕，控制著她，一邊放軟了聲音對帳外的尹月說道：「說什麼傻話。妳這麼懂事，公子我喜歡還來不及，怎麼會惱妳，早些回去睡吧。」

他這話一說出來，沈未只覺得自己心裡像是被一把火點燃了一樣，烈火燒過之後留下的只有一片焦土，寸草不生。

她下意識不去深究那種淒涼的原因，因為她不敢、害怕。

她一切掩藏在了清冷的模樣之下。

並沒有聽到帳外尹月的腳步聲，尹濟警覺了起來，握著沈未的手越來越緊。

沈未想要掙脫他的手，他做了個噤聲的姿勢。

看著他的表情，她立即皺起了眉，將注意力轉向帳外。

尹月確實沒有離開。她探究地看著嚴密將床上遮著的床帳，放輕了腳步，慢慢靠近。

「公子，我——」話音還沒有落下，尹月伸手拉開了床帳，

與此同時，床上一陣劇烈的動作。

尹月掀開床帳，看到的便是尹濟衣襟敞開，隱隱露著胸膛的樣子。

而他的身邊、在床的裡側還有另外一個人。長髮披散，落在了枕頭上、錦被上、甚至尹濟的身上，那人似乎是躲在了尹濟的懷裡，看不清臉，卻露出了圓潤纖細的肩膀，白得發光，如同泛著光澤的白瓷一樣，毫無疑問是個女人。

他們兩人顯然是在歡好。

尹月沒想到看見的是這個樣子，下意識「啊」了一聲，縮回了手，滿臉通紅。

尹濟一隻手摟著懷中的美人，溫香軟玉在懷十分愜意的樣子，另一隻手撩開了床帳，神色之間帶著一絲被打擾的不滿和被發現的惱怒，說道：「我不是讓妳回去嗎？」

尹月因為剛剛香豔的畫面還有些沒回過神來。

這時，尹濟又倏地勾唇一笑，別有深意地問道：「還是妳想一起來？」說完，他感覺到腰間被懷裡的人狠狠掐了一下，疼得倒吸了一口氣。

他本就衣襟敞開著，像是在做著讓人臉紅心跳的事情，再加上這一聲抽氣，有一種別樣的曖昧。

尹月的眼中有厭惡一閃而過，面上依舊紅紅的，語氣就像是一個被驚嚇到了的小兔子一樣，慌張地說道：「不、不了。我先告退了。」說完，她飛快地跑出了屋子。

聽到尹月離開後，沈未立即伸手去推尹濟，想要推開他。可是他卻像是早有準備，沒有被推開，反而輕笑了一聲翻身吻上了她的唇，像是想方才未盡之事繼續做下去一樣。

男女的力量畢竟懸殊，再加上處於一個被動的位置，沈未根本推不開他。

一個綿長的吻後，尹濟放開了她的唇，俯在她身上，目光幽深地看著她，唇邊勾起一抹輕佻動人的笑容。

沈未又是羞又是惱，含著水光的眼睛裡很是冰冷。

兩人的呼吸都有些急促。

「別忘了今晚你還有很多東西要整理。」沈未伸手去推他，這一次推開了。

尹濟雖然忍得難受，卻也不是不分輕重的。那一夜之後，食髓知味，他想她想得厲害，若是真的要了她，肯定不會草草結束，一定會折騰大半夜誤了正事。

她從錦被裡出來，將拉下肩頭的領子拉了上來。剛剛事出突然，察覺到尹月起了疑心要掀簾子的時候，他們幾乎是十分默契地想到了一起。她去拉他的衣襟，他去拽她的領口，然後相擁著迅速躺了下來。

原本氣氛有些旖旎，一個深吻之後，尹濟原本確定她也是動了情的，可是現在她卻是一副公事公辦的樣子。她的冷靜讓他心中很是不滿，很想打破她的冷靜和理智。

「不知冷靜聰慧的沈大人有沒有想過，方才尹月出現的時候自己為何會那麼生氣？」

果然，沈未手上的動作頓了頓。

慌張一閃而過後，她看向尹濟，冷著聲音道：「尹濟，我承認我確實不抗拒你的觸碰，見你對尹月好也確實會不悅，這僅僅是因為我是個女子，每個人都會這樣。你別忘了你我的身分。你我之事，即便我願意離開這官場，也是不可能的。好不容易進了內閣到了現在的位置，你願意就這樣放下嗎？」

第一百零八章　進宮面聖

沈未清冷的聲音無情地戳破了僅存的一絲旖旎，將一切潛藏的危機和問題拿到了檯面上來說。

他們能有現在這樣令人羨慕的位置，位高權重，可謂是九死一生拿命搏來的。那浮沉的宦海讓太多人殞命了，如同大浪淘沙，真正能留下的人都是十分不易，這樣換來的，怎麼會有人不珍惜？所以只要他們一日在現在這個位置，一日在朝廷裡，便永遠都不可能。

看著沈未語氣篤定，彷彿將一切都看透、分析透了，將他也看穿了，尹濟抬高了眉毛，語氣裡帶著幾分難得的感慨說道：「沈大人，或許是因為我們都身居高位太久了，這波譎雲詭的朝堂又是最考驗的縝密的心思，要動心忍性的，所以讓我們都有種能將所有的事情都看透的錯覺。可是，脫離在這些陰謀陽謀之外的是人心。人心的變數最大，是我們這樣習慣了冷靜理智的人永遠分析不透的。」說到後來，他輕佻的聲音裡帶著一絲感慨，像是在嘲諷沈未，又像是在嘲諷自己，又或是在嘲笑許多跟他們一樣的人。

人心是最大的變數。

沈未因為這句話心中微動，不自覺地皺了皺眉。

她下意識地去猜測尹濟這句話背後的深意，一個想法飛快地從她腦中略過，又立即被她否定了，快得如同浮光掠影一般。無論他到底想要表達什麼，現在都不是談論這些的時候。

唇上還有被他吻得發燙的感覺，明明已經過去了一會兒了，現在的感覺卻比剛剛更加清晰，讓沈未的心再次飛快地跳了起來。她看向尹濟，對上他滿含聲音的目光，迅速移了開說道：「我還有很多事情要處理，先告辭了。你也不要耽誤了，勝敗都看明天。」

知道真的有正事要做，尹濟也沒有無賴地留她。他點了點頭說：「放心去吧，我這裡自然不會有問題。」

沈未身為女子，卻比天下許多男子要有才學有膽識有策略，她本身的起點這麼高，內閣大學士、禮部尚書，全天下有幾個男子的身分夠配得上她？她曾經覺得除了張安夷之外，再也沒有男子能入她的眼了，但不知不覺之中，有人以另一種姿態輕佻地闖入。

尹濟年少便經歷了身世的巨變，兄弟姐妹無情的暗害和算計，心中早就是一片冰冷，他欣賞的是阮慕陽那樣的女子，覺得天下再難有女子比得上她，卻忘了身邊還有個女扮男裝混跡朝堂的沈未。

此刻他們心中那種觸動無法對任何人訴說，就如同站在一片蒼白的冰天雪地之中十幾年，已經習慣這種荒蕪，並且做好了永遠在這種可怕的寧靜之中、在這片寧靜裡孤獨死去的時候，忽然遇到了另一個跟自己境遇相似的人，那種眾裡尋他、恍然相遇的感覺只有親身經歷才能體會。

看著沈未離開，尹濟的眼中變得一片柔和。

人心永遠是無法估量和算計的，是最未知的變數。就像當年江寒雲明知自己會喪命還要死劾洛階，像當年洛鈺嫁給江寒雲之後明明發現他不喜歡她，卻怎麼也不願意放棄最後卻又心灰意冷了無生意，像當初為了給冤死的父親和沈家平反，沈未一個弱女子不惜犯著欺君之罪女扮男裝，一腳踏入這只屬於男子的朝堂……

明知不可為而為之，便是人心。

這樣的變數雖然當時看起來或許不起眼，但是冥冥之中卻改變了許多人的命運。

在這風起雲湧你死活我的朝堂之中，也正是因為這些總是在不經意之時出現的變數讓他們這些冷靜的上位者活得有血有肉。只有對人心存著敬畏之意，才能始終處於不敗之地，反之，便像洛階一般。

第二日清晨，阮慕陽在琺瑯和紅釉的服侍下起床，用過早飯，用過大夫開的藥之後，神情莊重嚴肅地換上了從一品誥命夫人的朝服。

從敕命到從一品誥命，這一路走了多年，經歷了許多的驚險，這是她第一次穿上這讓人望而敬畏的衣服。因為這幾日的操勞，她的臉色始終有些蒼白，那疲憊之態卻被這一身莊重的衣服所遮掩。

她今日要進宮面聖。

「夫人，好了。」琺瑯和紅釉似乎被這華貴所震懾，一直十分安靜，神情肅穆。

她這些年積澱下來的沉靜在這一身繁複明麗、從一品誥命的朝服襯托之下更加明顯，優雅尊貴，讓人不敢直視，即便懷著身孕，肚子突起也分毫不受影響，端的是本朝內閣第一夫人該有的雍容和端莊。

琺瑯站在阮慕陽身後，從銅鏡之中看著她的樣子，眼眶莫名地發酸。她實際上不是容易激動之人。她與點翠兩人是跟著阮慕陽從阮府過來的，她們看著她家小姐起初是如何辛苦的，也知道能有今天是多麼不易。

「可要用一些脂粉提一提氣色？」她壓下了湧動的情緒問道。

阮慕陽看了看銅鏡之中的自己，搖了搖頭說：「就這樣吧。」

有一些蒼白憔悴才好。

這一世經歷了那麼多的事情，她卻始終沒有機會踏進過朝堂。她先前沒想到自己還會有這樣的機會，以一個臣婦的身分出現在聖上面前、出現在滿朝文武面前。

她手撫上了自己突起的肚子，眼中滿是溫柔之色。過了今日，張安夷和張青世就能回來了，再過不到三個月，她肚子裡的孩子也要出生了。慢慢地，她抬頭看向銅鏡，看著銅鏡之中的自己，眼中的溫柔慢慢收起，取而代之的是一片風起雲湧，而那張韻致無雙的臉上更加沉靜。

就是今天了，新德六年、元帝登基以來最大的一場好戲將由她來揭幕。

莫見走了進來，恭敬地說道：「夫人，馬車已經準備好了。」

「好。」阮慕陽站起了身。

聽聞阮慕陽今日要進宮面聖，張家的人各自有著一番反應。都已經好多天了，張安夷和張青世還沒被找到，多半是遭遇了不測了。下人們看著脊背挺得筆直、挺著肚子的二少夫人，心中不忍。

「父親、母親，二叔、二嬸，我去了。」阮慕陽的聲音平靜。

張吉道：「今日一定要在聖上面前告發尹濟這個奸臣。」

阮慕陽只是漠然地點了點頭，沒有說話。

新德六年的六月底，天氣悶熱。好在大殿之中寬敞陰涼，才使得穿著繁複朝服的大臣們不至於暈厥過去。

今日早朝，看似和往常沒有什麼兩樣，可是有幾個人卻是知道今日必有大事發生，心中都是沉沉的。本朝首輔、先帝欽點的輔政大臣張安夷遇刺失蹤了六日還是沒有消息，自然是當下最大的事情。

「張閣老父子還是沒有消息嗎？」元帝問。

順天府和五城兵馬指揮司的人皆是一片惶恐。說來也奇怪，整個京郊都要翻遍了，還是沒有找到人。

「回皇上，還沒有。」順天府府尹跪了下來道。
元帝不滿地道了一聲：「廢物！」
所有人跪了下來，齊聲道：「皇上息怒。」
珠簾之後，裘太后悄然無聲地勾了勾唇。
「皇上！」沈未的聲音響起，在群臣安靜的時候，她的聲音十分突兀。
元帝皺了皺眉：「沈愛卿有什麼事？」在旁人眼裡，元帝已經開始疏遠沈未了。
沈未跪著道：「張閣老失蹤了六日，顯然是被奸人所害。張閣老是三朝的大臣，深受先帝的器重，如今這樣失蹤得不明不白，始終抓不到害他的人實在叫朝野寒心。且不說跟張閣老一同遇害的還有他五歲的孩子，他的夫人如今懷著七個月的身孕卻要經歷這樣的事情，皇上理應還張閣老一個公道。」說著，她看了看站在一旁的尹濟。
她這一番話意有所指，都是指著尹濟。
元帝年少的臉上帶著不滿，問道：「沒有證據，人也沒找到，要朕如何主持公道？」
沈未抬起了頭道：「皇上，此刻張夫人就在宮外候著，她想親自進宮面見聖上，求皇上替張家主持公道。」
此話一出，滿朝譁然。
這意味著張安夷的夫人阮氏要告御狀！這在本朝從未有之。
這時，尹濟道：「皇上，一個婦人上朝堂恐怕不符合規矩。」
沈未冷笑了一聲道：「張夫人是誥命夫人，有俸祿，有品級，上朝堂有何不可？」

明明知道沈未是在演，可是尹濟卻覺得她字字鏗鏘、冷然的樣子不像是裝的，似乎是真的對他存著很大的不滿一樣。公報私仇，偏偏他還沒辦法還口，尹濟暗自挑了挑眉毛。

沈未頓了一下問道：「一同失蹤的張閣老的兒子可是尹大人的義子呢，怎麼？尹大人不應該擔心義子的安危嗎？為何要出言阻攔，莫不是真的心虛了？」她的每一句都十分尖銳，像一把尖刀指著尹濟。

「沈未！放肆！」元帝喝道。

沈未朝尹濟冷哼了一聲不再說話。

「皇上，這朝堂上怎麼能有女子，張夫人前來實在不妥。」不支持的大多是那些思想老派又頑固的御史。

反倒是裘太后的人始終都沒有說話，像是在坐山觀虎鬥一樣。

「皇上。」阮中令站了出來，「臣懇請皇上允許張夫人面見聖上。」阮中令自然是站在自己女兒這邊的。兩日前，他收到了阮慕陽的書信，才知道張安夷和張青世都安然無恙。不過對於阮慕陽挺著個肚子上朝告御狀的事情，他始終是不放心和不贊同的。

可是事到如今沒有辦法了。

同意阮慕陽的來面聖的都是站在張安夷這邊的，當然也有動了惻隱之心的。

是以官員們開始了爭吵。

一直在珠簾後旁觀著一切的裘太后眼中閃過得意之色，開口道：「皇上，哀家與張夫人也有些接觸，如今張閣老父子下落不明，張夫人懷有身孕，一個人也不容易。她有什麼冤屈，便讓她上這朝堂說吧。」

裘太后雖然強勢，但是在朝堂之上面對百官群臣的時候卻是很少開口的。

這一次，她是覺得勝利在望了。當年靈帝駕崩之際，裘太后跟阮慕陽合作，自然是知道阮慕陽不是個普通的女子。她既然選擇來面聖，必然是有所準備的，所以她何不助她一臂之力，除了尹濟？

裘太后開口表明了態度，她這一派系的官員們自然會看風向，紛紛替阮慕陽說話。

頓時，朝中的風向一邊倒了。

最終元帝猶豫了一下，終於道：「宣阮氏。」

阮慕陽在宮外等了許久。她穿著誥命的朝服，本就覺得身上沉沉的，隨著日頭慢慢上來，汗水從她的額上冒了出來。

她咬著牙堅持著，終於等到了有人出來宣她。

「張夫人，請。」出來帶她進去的侍衛十分恭敬。

阮慕陽勾了勾唇：「多謝。」

「阮氏到。」

隨著通報聲，所有人看向外面。

阮慕陽在文武百官的目光下，腳步平穩地一步一步走進來，脊背聽得筆直，面上一片端莊肅穆的神情。

「臣婦參見皇上，吾皇萬歲萬歲萬萬歲。」雖然懷著身孕行動很是不便，但是阮慕陽的動作依然優雅，沒有露出一絲笨拙。

「張夫人起來吧。」元帝道。

阮慕陽抬起了頭，直起了身子卻沒有起來。她恭敬地看著元帝說道：「皇上，臣婦斗膽面聖是為了狀告意圖謀害我的夫君、我的孩子的人。」女子的聲音與這屬於男子的朝堂格格不入，迴響在空曠的大殿之中卻是聲聲堅定至極。

她的臉色本就帶著些蒼白，再加上方才在外面站了那麼久，更是看起來更是比剛剛憔悴了幾分，正是這樣，更顯示出了她的隱忍，叫人看著動容不忍，心中震盪。

到底是本朝的第一誥命夫人，到底是張閣老的夫人，年紀不大，在這樣的情況下，依舊不見慌張、不卑不亢、高貴優雅。她給人的感覺不是來這朝堂上乞求聖上憐憫的，而是凜然地來討回公道的！

同為女子，在珠簾後的裘太后看了都不禁想為阮慕陽拍手叫好。這樣的氣勢，這樣的姿態太容易叫人引起共鳴了，不過十幾歲的元帝哪裡頂得住？她有預感她今日必然會成功。

果然，元帝開口了：「張夫人所告的是何人？」

文武百官看向跪在中間的阮慕陽。他們覺得答案顯而易見。

阮慕陽的心沉了沉，穩住了氣息，目光堅定，字字清晰地說道：「回皇上，臣婦要告的是順天府府丞裘林，是他指使的刺客！」

她要告的不是內閣大學士兼戶部尚書尹濟，而是裘太后的親弟弟、順天府府丞裘林！

每個人都把她的話聽清楚了。這忽然的反轉叫人驚訝，一片譁然。

裘太后臉上那如同得勝者一般的笑容凝住，猝不及防，取而代之的是眉毛深深皺在了一起。她驀地有一種預感，預感自己落入了一個很大的圈套。

事實證明她的預感是正確的。

被點到名字的裘林愣了一會，才慌張地跪了下來道：「皇上，臣冤枉啊。」他還沒反應過來為什麼忽然被檢舉的就成了自己。

事先知道了一切的元帝平靜地看著裘林道：「哦？裘大人有什麼冤枉的地方？」

裘林看向阮慕陽，眼中帶著狠意道：「她根本沒有證據，空口無憑，血口噴人！」

意識到情況不對的裘氏派系裡，有反應快的人立即幫腔道：「皇上，張夫人若是拿不出證據，便是誣陷朝廷命官。」

有了第一個人帶頭，很快便有人開始附和。

面對裘氏派系的官員們的質疑和恐嚇，阮慕陽不為所動，一點畏懼和緊張之色都沒有，面上一片平靜之色。她經歷過的驚險的時刻有許多，每個的驚險程度都不亞於現在。裘太后他們被打了個猝不及防，已經亂了陣腳，而他們是有備而來的，所以她有什麼好害怕的呢？

「皇上，臣婦所言句句屬實。」

裘桐冷冷地道：「妳一會兒說要告尹濟，一會兒又要告別人，說的話根本不可信。」

阮慕陽平靜地看向裘桐，坦然且平靜地說道：「裘桐大人，我從始至終都未提過尹大人，你是不是記錯了什麼？」她確實沒有提過，但是所有人都以為她是請求聖上處置尹濟的。

意識到被騙了，裘桐的臉色很是難看，又說不出什麼別的話，只能僵硬地道：「空口無憑！」

這時，大殿外出現了一個高大挺拔的聲音。在乍然出現的混亂之中，注意到的人很少，只有沈未等人注意到了，暗自勾了勾唇。

「若我說是我親眼所見的呢？」

張安夷的聲音響起，混亂的朝堂上頓時陷入了安靜。

裘太后精緻的臉上已經是一片灰敗之色。她中計了，根本沒有準備，所以無力回天。

在眾臣驚恐詫異的目光之中，張安夷走了進來。他走到阮慕陽身邊停下，跪下道：「臣參見皇上。」

勝利在望，即將親政，元帝壓抑住欣喜問道：「這幾日張閣老去哪裡了？」

這也是許多人想要問的。

「皇上，臣的夫人阮氏懷有身孕，十分虛弱，臣懇請皇上恩准她起身。」張安夷沒有回答，而是先請求讓阮慕陽站起來，吊足了許多人的胃口。

「這是自然。」元帝道，「來人，給張夫人賜座。」

自打張安夷進來，阮慕陽的心就徹底放了下來。

「夫人可還好？」張安夷親自將她扶了起來。

他的聲音低低的，溫和極了，看著她的眼睛裡滿是憐惜與溫柔。這一刻，他彷彿將滿朝文武甚至元帝都拋在了一旁，眼中只有對她的關切。

阮慕陽點了點頭。手臂感受到他手掌的溫熱和力量，在這樣嚴肅的地方，這樣緊張的時刻，她的心裡卻軟得一塌糊塗。

總是這樣，張安夷不在的時候，她可以沉著冷靜，臨危不亂，甚至獨當一面，但是只要他出現，那樣溫柔地關心她一聲，她就變得脆弱得不堪一擊了。當真沒有人對她來說比這個男人更可怕也更喜歡了。

她的腳本來就有些腫，再加跪得久了，起來的時候根本用不上力，完全是靠著張安夷手上的力量起來的。

雖然是個文人，但是因為平日裡十分自律，所以他的身體很好。阮慕陽將所有的力氣靠在他的手臂上，他的手臂也沒有一絲顫抖。

扶著阮慕陽坐下、給了她一個極溫柔的眼神之後，張安夷看向元帝恭敬地說道：「皇上，臣遇到了行刺，受傷昏迷，被人找到後能行動了，便立即回來面聖了。刺殺臣主謀便是裘林裘大人。他買通了臣的庶弟，是庶弟親口交代的。」

還未等裘桐來得及說什麼，原先一直處於風口浪尖，又一下子被人遺忘了的尹濟站了出來。他的聲音響起：「皇上，臣有本要奏。」說著，他從懷中拿出了昨晚一夜未眠寫下的摺子。

明明在說著張閣老遇刺的事情，他一下子要上奏，不是在添亂嗎？

許多人不明所以地看向他。

「拿上來。」元帝對身邊的宮人道。

宮人將尹濟的摺子呈了上去，在元帝打開摺子看起來的時候，尹濟在眾人疑惑的目光之中說道：「皇上，戶部奉旨清查六年以來包括各地方的所有帳目，發現上到京中，下到地方，貪汙行賄之事不在少數，許多官員涉及其中，尤其以江南金陵一代最為嚴重。」

尹濟的話一出，朝中許多官員顧不上裘林了，紛紛看向元帝手中的摺子，回憶自己是否牽扯其中，人人自危。

元帝氣憤地將摺子摔在了地上，對下面縮著腦袋的官員道：「你們自己看看！」

端坐在珠簾後的裘太后手緊緊攥著衣袖，面色非常難看。原來一切只不過是明修棧道暗度陳倉，他們真正要對付的是她。

「徹查出來有問題的官員名單全都寫在了摺子上，臣懇請皇上徹查官員貪汙、肅清吏治！」尹濟的聲音前所未有的嚴肅。

「皇上，臣附議。」沈未道。

尹濟聞言，看向沈未的側顏，暗自露出了個得意的笑容。

沈未察覺到他的目光，皺了皺眉，回以一個警告。

第一百零九章　棋差一招

「臣附議。」

直到張安夷和沈未都開口支持了尹濟，許多人這才發現原來這是他們三人聯合起來唱的一齣好戲。

徹查官員貪汙，肅清吏治是為了整頓朝綱，雖然會造成朝堂的動盪，但更多的帶來的是好處，那些心腸耿直，一心為了光華的江山社稷，不屑張安夷這些權臣的御史們還有清流這一次都不得不站在了張安夷這邊。

阮慕陽坐在一旁，作為這朝堂的局外者，將所有人的反應看得真切。

她自然看到了那些附議的御史們臉上的不情願。在這充滿算計和利益的朝堂中堅持著剛正不阿固然可貴，但是在這凶險的宦海之中步步為營、精心算計，接觸到了權力的巔峰，能在隻手遮天之時依舊不忘踏入官場的初心才更加難能可貴。

前者剛正不阿，不會虛與委蛇、為自己謀劃，大多不得聖上喜愛、大多被同僚打壓，頂多成為個御史，享有一個清廉正直的名聲，而真正能左右江山社稷、左右聖上裁決的，從來不是御史，而是那些被官員彈劾、被民間謾罵的天子近臣。

正真能做事的人身上大多背著罵名。

張安夷便是這樣的人。

這是阮慕陽第一次看見他在朝堂上的樣子。他位列百官之首，身上還是那溫和儒雅的氣息，寬大的肩膀彷彿扛起了光華的萬里江山。

在許多大臣的附議之下，元帝並沒有著急答應，而是看向斜後方珠簾內的裘太后，說道：「畢竟朕還未親政，太后覺得如何？」

明知道這是個圈套，只要徹查貪汙，她這些年在朝中培養起來的勢力就要煙消雲散了，可是裘太后卻沒有拒絕的理由。

棋差一招，滿盤皆輸。

裘太后隔著珠簾看了看文武百官，又看向元帝，臉上露出一絲不甘和嘲弄：「皇上都已經這麼有主意了，還需要過問哀家嗎？能整頓朝中風氣自然是再好不過的。」

所有人都看得出來，裘太后的敗勢已定。

元帝充滿著少年氣的臉上閃過激動之色，隨即看向跪在下面的裘林說：「這戶部呈上來的名冊上也有你的名字，還有張閣老所說的你買通他的庶弟的事情，可有什麼要解釋？」

沒想到事情會變成這個樣子，裘林心中慌張，連忙道：「皇上，臣冤枉啊。」

光是買通張安朝協同刺殺張安夷的事情已經夠讓他亂的了，現在還要加上一條貪汙，他已經亂了陣腳。

張安夷看向他問道：「裘林大人，這是我的庶弟親自招的，難不成我的庶弟還能無緣無故誣陷你？」

「我——太后！」裘林沒想到張安朝如此沒用，這麼快就將他供了出來，心中後悔沒有早早殺了他。若不是為了讓他誣陷已尹濟，早就將他滅口了。

裘林只得想裘太后求助。

事實已經擺在眼前。

「來人，將裘林押入刑部大牢。」元帝的聲音前所未有的有氣勢，這是他第一次不用看裘太后的臉色自己下令。

「皇上。」裘太后終於開口阻止了，「張閣老的庶弟張安朝本就對張閣老有所不滿，裘大人只不過是被他平日裡表現出來的謙和所騙，與他有些交情罷了。張閣老有這樣的庶弟當真是家門不幸啊。」

裘林的反應很快，立即道：「此事與我無關，我不過是與張安朝見過幾次面罷了。」

元帝道：「好了，真相如何刑部到時自會查清楚，也必定會還張閣老一個公道。」

張安夷道：「謝皇上。」

聽到裘太后的話，阮慕陽就知道她是準備將所有的事情推到張安朝身上。裘林畢竟是聖上的親舅舅，而且還有裘太后在，定然不會有事的，到最後替他們背黑鍋的只能是張安朝。

不過張安朝是罪有應得，自作自受。

看來不用她動手了。

想起張安朝，阮慕陽眼中有冷意一閃而過。

在裘林被當著裘太后的面帶下去的時候，群臣知道，九歲登基、做了六年擺設的元帝終於要親政了，裘太后把持朝政的日子也將結束了。

元帝端坐在龍椅之上，看著臣子們，眼中的情緒暗暗地湧動著。他還年少的臉上神情嚴肅，顯得有幾分老成，威嚴得叫人不敢直視。「既然戶部已經將帳目查清楚了，那徹查貪汙之事便交由戶部尚書尹濟負責，如朕親臨，內閣從旁協助，所有官員必須配合，如有違抗，輕者革去官職，重者斬立決！」他開口，聲音清晰，沒有任何人敢違背。
滿朝文武跪倒在這個十五歲的少年面前，齊聲道：「臣遵旨，吾皇萬歲萬歲萬萬歲。」聲音響徹整個朝堂。
第一次親身感受，阮慕陽心中生出了肅穆之感。
「退朝。」
終於退朝了。
阮慕陽鬆了口氣。
「夫人可有覺得哪裡不適？」張安夷將她扶了起來，溫聲問道。
阮慕陽搖了搖頭：「就是有些累。廿一呢？」從張青世出生到現在，從來沒離開過這麼久，她心裡格外的想他。
張安夷幽深的眼睛表面浮動著淺淺的柔情，說道：「已經叫人保護著送回府裡了。」
阮慕陽點了點頭。她已經迫不及待回去見他了。
「嫂夫人。」
聽到聲音，阮慕陽轉頭，只見沈未和尹濟走了過來。他們兩人穿著一樣的朝服，並肩而來，十分養眼，阮慕陽忽然生出一種他們二人走在一起十分登對的感覺。
「方才嫂夫人的表現讓人叫絕。」沈未道。
阮慕陽有種沈未似乎比從前開朗了一些的錯覺，或者說是對待她的時候跟往常有些不一樣了。這種不一樣很難描述，只有女人才能體會。

她笑了笑道：「沈大人過獎了。」她對沈未是由衷的欣賞的。她是重活了一世才會有現在的城府，而沈未沒有這樣的機會。別說是女子了，就連男子大部分也無法做到她這樣，怎能叫她不敬佩？

沈未又看向張安夷，語氣熟稔地說道：「我沒想到你會同意讓嫂夫人上朝堂。」這夫妻二人一個比一個心大。

「快帶嫂夫人回去吧。」她又道，「過幾日我再去府上拜訪，去看看我的乖姪兒。」女子都是心軟的，大部分都是喜歡孩子的，尤其是張青世那樣能把誰都哄得高高興興的孩子。沈未這個做「叔叔」的一直很疼他。

剛剛經歷了那樣的大事，現在這種聊家常的情景讓人感覺格外的親切可貴。

這時，尹濟忽然附和了一句道：「我與沈大人一同去，去看看我的乾兒子。」說著，他狀似無意地看了沈未一眼，就是要這樣光天化日之下撩撥她一下。

實際上他說的話並沒有顯露出來什麼，沈未心中卻緊張了一下。果然如尹濟所料。

他們很熟嗎？為什麼要一起去？

她想警告尹濟不要亂說話，可是在張安夷的眼皮子低下又怕露出破綻。

尹濟慣有的輕佻的語氣讓阮慕陽心中一陣無奈。他果真是對誰都是這樣，遲早有一天得有人收了他。

在場的這三個人各自懷著一番心思，唯獨張安夷目光不易察覺地略過沈未和尹濟，老神在在地勾了勾唇，看透了一切。

「夫人，我們回去吧。」

阮慕陽點了點頭。

張安夷一手牽著她的手，一隻手托著她的腰，減輕了不少她的負擔。

出了大殿，來來往往的官員和宮人向他們行禮的很多。阮慕陽帶著優雅的淺笑，朝他們點點頭。

想起剛才，她看向身邊的張安夷問道：「你方才笑什麼？」她覺得剛剛張安夷那老神在在的一笑有什麼隱情。

大殿之前十分空曠寬敞，一眼望去毫無阻礙。升起的太陽給皇宮鍍上了一層肅穆的金色，也將張安夷輪廓分明的臉照得更加清晰。他望著這一片威嚴肅穆，高深地說道：「事關重大，或許夫人很快就會知道了。」

阮慕陽原本的好心情因為他這句話微微凝滯。

果然是江山易改本性難移。

張安夷和阮慕陽離開的時候，沈未和尹濟還站在原地沒有走。

沈未看著他們夫妻二人攜手走出去的樣子，大概是因為剛剛經歷了劍拔弩張，鬆懈了下來心就特別柔軟，竟然有些羨慕他們這樣。

「沈大人？」

耳畔輕佻的聲音和溫熱的氣息讓她回過神來。

一轉頭，她發現尹濟就附在她耳邊，跟她看著同一個方向。

「你做什麼？」沈未立即退開了一些，看了看四周。

尹濟直起了身子，絲毫沒有心虛的樣子。他看著穿著一身朝服，比平日裡看起更加嚴肅的沈未，笑著提議道：「不知有沒有幸請沈大人喝酒慶祝一番？」看得出來他此時的心情很好。

沈未下意識地想拒絕。

不過不僅是尹濟，包括她自己，甚至剛剛離開的張安夷現在的心情應該都很好。

他們從參加進入翰林以來就逢上了武帝晚年的動盪，然後又是靈帝，靈帝雖然只在位短短四年，朝綱卻一直處於混亂的狀態。徐厚、洛階、永安王現在的裘太后，每一個都是他們的大敵，都是他們所構想的盛世的障礙。

他們步步為營，仔細謀劃，時刻不敢鬆懈，終於將一塊塊絆腳石踢開，裘太后是最後一塊了。現在恐怕是他們入仕以來心裡最輕鬆的時候，所以怎麼會不高興？

這種時候確實要慶祝一下，還要跟志同道合、有著同樣體會的人一同慶祝才有意思。尹濟剛好勉強算一個。

見他態度誠懇，沈未心中猶豫了一下，然後點了點頭。她不是個矯情的人，既然決定了一起喝酒，就豁然了起來：「我那兒正好存了壇紹興送過來的好酒，還煩請尹大人準備一桌好菜。」此時的沈未身上那股文人才有的快意灑脫是別的女子模仿不來的。唯有深刻地研讀了許多書，有過許多見聞的人才能有的。

尹濟看著她，滿含笑意的眼底帶著一絲不易察覺的欣賞與動情。「好，月上柳梢時，我在府中準備一桌好菜，等著沈大人帶著酒來赴約。」

你有紹興的美酒，我剛好有一桌好菜。

張府。

張青世今天一大早就回來了。他平安歸來讓許多人驚訝。

既然穿雲院的小少爺都平安回來了，那二爺肯定也沒事了。

張青世一回來就被許多人圍住了，下人們稀罕地一口一個「小少爺」，小小的身體被圍著都要看不見了。他小臉上帶著得意和高興，看著十分喜氣，顯然是十分喜歡這種眾星捧月的感覺。

李氏聽說張青世平安回來了也是高興得不行，趕忙來了穿雲院，抱著他心疼地說道：「乖孫兒，怎麼都瘦了，是不是在外面吃了很多苦。」

張青世搖了搖頭。

他這幾日在外面自然沒有在府裡講究，琺瑯和奶娘一同給他洗了個澡，重新換了身衣服，紅釉則給他準備好了吃的。

張青世在穿雲院裡顯然是被所有人寵著的。

張青世安然無恙的消息很快傳到了陳氏那裡，陳氏告訴了張安朝。她不知內情，只是慶幸地說道：「看來二哥也沒事，到時候去求二哥饒了你，二哥應該會答應的。」

張安朝沒有說話，臉色慘白。

回到府上，阮慕陽便徑直回穿雲院，遠遠地便看見張青世邁著小短腿朝她跑過來。

「娘！」

跟在他後面的琺瑯和紅釉看得心驚肉跳，連忙去追他想要拽住她。

張安夷看見小小的一團朝阮慕陽衝過來的時候不動聲色地站在了阮慕陽的前面。

好在張青世懂事，生生在阮慕陽面前停了下來，然後一把抱住了她的腿，小臉在她的朝服上蹭了蹭乖巧地說道：「娘，我可想您和妹妹了！」

阮慕陽被他蹭得心都要化了。

「讓娘看看你，在外面有沒有闖禍惹事？」阮慕陽撫摸著他的小臉，心疼極了。

原先她還擔心刺客的事情會把他嚇壞，見他還是像以前那樣笑嘻嘻的，她就放心了。

張青世討好地說道：「娘，我可聽爹的話了，就是在外面的時候特別想您。」

有了他這句話，即便他真的闖禍了，又能如何？這個孩子，阮慕陽真的不捨得罰他。

一旁的張安夷親眼看到了張青世是如何討好阮慕陽的，不由地挑起了眉毛。大約是被自己兒子這討好人的手段給驚訝到了。

阮慕陽還不知道張青世幾天的時間收服了好些張安夷身邊不苟言笑的冷面護衛。讓這些個大老爺們給小少爺當護衛，想必他們也是願意的。

回屋坐下後，阮慕陽又仔細看了看張青世，總覺得他瘦了些。

張安夷便安靜坐在一旁看著他們母子，眼底帶著暖意。

玩了一會兒，張青世便累了。

奶娘將他帶下去後，張安夷對莫聞道：「去將我那三弟帶過來。」

阮慕陽的面色冷了下來。她知道張安夷是真的生氣了，因為張青世是他們的底線。

知道張安夷雖然看上去高深莫測，實際上是十分看重骨肉親情的，她主動覆上了他的手。他這一家人，讓他失望的次數太多了。

感覺到手上的暖意和柔軟，張安夷將她的手反握在掌中。相握的手如同相通的心意一般。他們都是情緒內斂之人，很多事情不願意也不屑於說出口，但只要有人懂就好了。

張安朝恐怕萬萬沒想到張安夷能平安歸來。

被帶到穿雲院的時候張安朝的腿已經軟了。莫聞將他鬆開的時候他直接撲倒在了張安夷的腳下。

「二哥，我真的錯了。我是一時鬼迷心竅，我沒有想害你們啊。」張安朝哭著說道。儼然與當時被阮慕陽發現的時候是兩個態度。

阮慕陽眼中閃過厭惡。

張安朝當真是沒出息極了。若是他始終保持著冷靜，姑且還能說有些骨氣和膽量，現在這個樣子，當真是一無是處，讓人瞧不起。

「三弟，你前兩日可不是這麼跟我說的。」阮慕陽冷然開口道，「你將指使你的人說成是尹濟，半夜還有人偷偷潛入你的院子與你會面。裘林到底給了你多大的好處？」騙了一次之後還有第二次，真的是無法原諒了。

張安朝懇求地看向阮慕陽道：「二嫂，我真的不是有意的。」他早已沒了先前的心氣。此時恐怕阮慕陽讓他做任何事情他都不會猶豫。

「三弟，我自認沒有哪裡對不起你。你心裡那些想法我都知道。」平靜地看了他許久之後，張安夷終於開口了，「我原本是想讓你永遠無法入仕的，不過今年你既然悄悄去了，我便也沒準備攔著你。果然不出我所料，你還是落榜的。」

張安夷語氣平和地下著定論：「因為你根本沒有這個能力。無論是才學、人品或是遠見，你都不適合。」

張安朝被說得臉色發白。

他這一生最想要的便是入朝為官，始終沒有放棄過，現在卻被張安夷無情地戳穿，說他根本沒有能力，根本比不上別人。

「我給過你一次又一次的機會，可是你非但不珍惜，還不識好歹。我對你已經夠寬容的了——」

感覺到張安夷語氣之中的冷意，張安朝立即哀求道：「二哥！我錯了！你就饒了我吧。我以後再也不敢了！」

「幾年前你說過同樣的話了，那時候是我給你的最後一次機會。」張安夷的語氣之中不帶任何感情，彷彿只是在對著一個毫不相干的陌生人一般。

像是意識到自己這次真的臨近死期了，張安朝的身子猛然抖了抖，抓著張安夷的褲腿，哭著說：「二哥，我們可是兄弟啊。你要是殺了我，會讓大哥和四弟寒心的啊，祖父祖母在天之靈也不會安心的。」

「住口！」阮慕陽喝住了他，「祖父祖母可是你能說的？」

張家這樣家風嚴謹，自有風骨的門第也會生出張安朝這樣沒骨氣的人。

他匍匐在張安夷面前的樣子連一條狗都不如，難看極了。

張安夷沒有生氣，反而勾起了唇：「三弟倒也不是不明白，你以為如此便能有恃無恐了嗎？只是你這樣的人，何須我動手？」

在張安朝愣怔的時候，他繼續道：「今日在朝堂上，太后和裘林就將所有的事情推在了你身上，謀害朝廷命官，你覺得刑部會放過你、聖上會放過你？就算沒有他們，太后也不會放過你。你在這之前就沒有好好想過嗎？」

他的話讓張安朝暫時忘記了哭，臉色煞白。

「二哥，求求你，救救我，我以後真的再也不敢了。」回過神來，他飛快地給張安夷磕頭。

他這樣子讓張安夷和阮慕陽更加厭惡不想看，哪有一點張家三爺的樣子？

張安夷從他的手中將褲腿抽了出來，語氣中難得地帶著一絲不耐說：「這一回我保不了你，也不想保你。因果輪迴，一切都是你咎由自取。放心吧，只要三弟妹不生事，就永遠是張府的三少夫人，青玄和青至他們兩個是我的姪兒，我也不會因為你遷怒他們。」說到後來，他的語氣越來越平靜，越來越溫和。

這種溫和才讓張安朝有種絕望之感。在那溫和平靜的語氣裡，彷彿張家已經沒有了他這個人了。

「青玄開蒙的事情我也不會忘記，我會給他找個德高望重的先生，好好教導他，讓他先學會做人，不要步你的後路。」說到這裡，張安夷心中已經沒有憤怒了。生氣、憤怒是因為他讓他失望，現在他已經徹底了放棄他了。

這種平靜太可怕了，像是要把人吞噬，將他吞入虛無，張安朝癱軟在地。

阮慕陽冷眼看著，怒其不爭，心情複雜。

早知今日，何必當初？

「你回去跟三弟妹告個別吧，刑部的人應該很快就要來提你了。你若是真的為三弟妹母子們著想，還存著僅有的清明，便該知道如何跟他們說。青玄和青至兩個孩子在府中會跟青世過得一樣，他們不會步你的後塵。」張安夷說完便不再看他。

張安朝聽到這裡，目光複雜地看向張安夷，動了動嘴唇，然後眼眶再次溼潤了起來。

他這一生的悲劇便是從他這個庶子的身分開始的。

張安朝離開後，阮慕陽見張安夷始終沉默著，便柔柔地叫了句：「二爺。」

張安夷看向她，臉上露出了的笑容，還有一絲疲憊。

阮慕陽知道他的心從來都是善的，是包容的。

張安朝回去後沒多久，刑部便來了人，拜訪了一下張安夷後便將張安朝帶走了。陳氏帶著兩個孩子哭著要來求張安夷和阮慕陽，他們事先知會過不見陳氏，是以陳氏沒有進得來。

聽著外面隱隱的哭聲，阮慕陽心中感慨萬千。

第一百一十章　何其幸運（正文完）

當日傍晚，沈未從宮中回到官舍，換了一身常服後提著存了許久的紹興酒前往尹府。

「沈大人。」

沈未朝尹府門房的人點了點頭。來來回回尹府不少次了，她大多數時候走的都是後門，走正門的次數屈指可數。這回她終於可以大搖大擺，不再偷偷摸摸了。輕車熟路地走到尹濟的住處，她剛好看見他一身長衫坐在桌前，似乎就是在等她。

聽到動靜，尹濟抬頭。看見沈未一身常服，姿態端正，手裡提著一壇酒，他臉上露出了輕佻的笑容。

光華的官員，上朝有朝服，辦公的時候有公服，即便在家的時候也要穿常服，是以他鮮少有穿長衫的時候。長衫是讀書人才穿的。這樣的打扮讓他看起來格外書生氣，可那眉眼的輕佻俊朗又讓他不像是個普通書生，而是個夜會佳人的風流書生。

「沈大人請。」他做了個手勢。

沈未走上前，將酒放了下來，一撩衣擺，坐下。

尹濟叫來下人，讓下人將酒倒進了酒壺裡，然後放在了冰桶裡面冰鎮，很是講究。

沈未看著他的動作，說道：「尹大人倒是真的很會享受。」

南方人本來就更加精緻，更何況像尹濟這樣的出身。他前十幾年都是平江知府的公子，過的是紈絝子弟的生活，後來知道了自己的身世，認祖歸宗回了揚州尹家，過了幾年提心吊膽、危機四伏的日子。

尹濟親自給沈未斟了酒，然後舉起酒杯，滿含笑意地看著她道：「慶祝一下今天早朝時的好戲。」

沈未好不忸怩地與他碰杯，一飲而盡。

喉頭一陣嗆人的辣味後，回味帶著一些甜。沈未拿起筷子嘗了一口菜，皺了皺眉說：「尹大人府上的菜沒有先前好吃了。」

「今日我回來的時候才知道尹月跑了，現在府上的廚子換了人。」提起尹月，尹濟皺了皺眉。她的身分恐怕不簡單。

提起尹月，沈未的心裡就莫名的有幾分不適、看到尹濟皺眉，她忍不住笑了笑道：「看來尹大人很是捨不得那個尹月。或許尹大人可以去向太后開口要人，太后說不定就把人送還給你了。」

聞言，尹濟的目光落在她的臉上看了看，露出了個意味深長的笑容說：「沈大人似乎尤其在意尹月。」

一個女人在意另一個女人，多半是吃醋。

尹濟雖然沒有直白的說穿，沈未卻聽出了其中深意，眸光一冷。

見她似乎下一刻就要起身離開了，尹濟趕緊轉移了話題，舉起了酒杯：「沈大人，來，乾杯。」

尹濟的酒量還是不錯的，沈未卻不怎麼行。以前喝酒的時候張安夷大多數時候都在，他做事很是謹慎，她的酒幾乎都是他替她喝的。沈未喝的機會少，更沒有鍛煉的機會。

現在被尹濟有意識地帶著連喝了幾杯，她白皙的臉上浮現出了紅暈，那雙眼睛裡的冷意也被一種迷離沖淡了，一會兒恍然，一會兒嗔怒，盡顯女態，叫人移不開眼。

她已經有些多了，尹濟卻並沒有提醒她，反而與她閒談了起來：「接下來沈大人有什麼打算？」

沈末雖然是有些頭暈，但是意識還是清醒的。可是她被尹濟的話給問住了。

她能有什麼打算？

她已經身不由己了，不能有自己的打算，只能在這一條官場之路一直走下去，走到底、走到死。

若放在平時，沈末不會表現出一丁點無措和失落，而現在她已經無意識地將這種感傷表現在了臉上。

她搖了搖頭：「不可說，不可說。」說著，她自己喝了一杯，以解憂愁。

尹濟將她的反應看在眼裡，心中憐惜。他靠近她，低聲問道：「沈大人可有考慮過嫁人生子？」

他的話讓沈末愣了愣。

嫁人生子。

她的心隨著這四個字跳了跳。不可否認，她是有些心動的。可是又能如何？

回過神來，她發現尹濟已經坐到了她身邊，離她很近。

「你離我這麼近做什麼？」她不滿地去推他，嘴裡說道，「尹濟，以你的身分，以我的身分，太難了。我們好不容易才有今天，擁有的越多就越難捨棄。即便我能，可是你能嗎？」這條路她自己親自走過，深知能有今天這一切時多麼不容易。

尹濟看著她臉上不自覺出現的悵然，勾唇一笑，輕佻地說道：「若是我說我能呢？」

他一副輕描淡寫玩笑的樣子卻如一聲驚雷，沈末的手抖了一下，酒杯倒下，裡面的酒全都灑了出來，蔓延到桌邊慢慢滴下，滴在了她的常服上，留下了深深的印記。

尹濟伸手將酒杯扶了起來，放在了她手中，拿起酒壺替她重新斟滿，然後拿起了自己的酒杯與她碰了一下：「請。」

他不再在這個話題上多做糾纏。

沈未很想問問他那句話到底是什麼意思，可是尹濟不再提，彷彿故意將她吊著一般。她又不願意主動去問，便將酒杯裡的酒一飲而盡。

「沈大人果然爽快。」

尹濟的話就像一塊石頭砸進了沈未的心湖之中，雖然沉下去了，卻留下一圈圈漣漪漾開，水面始終無法再次平靜下來。

不過隨著越喝越多，她的腦中混沌了起來，剛剛的事情彷彿都成了錯覺，被她拋在了腦後。

不知什麼時候，她就靠在了尹濟的懷中，手裡還拿著酒杯。

乍一看還以為是兩個男子滾在了一起，仔細一看沈未此時的容色，兩人摟在一起還是十分旖旎的。

尹濟也喝了不少，俊朗的臉上泛紅。「沈大人是不是喝多了？」

沈未倚在他懷中抬頭，自下而上看著他，對上了他幽深的眼睛。大約是酒喝多了，她看尹濟竟然變得順眼了起來。

溫香軟玉在懷，鼻間的酒香之中混著淡淡的荷香，六月底七月初這麼炎熱的日子抱著一副冰肌玉骨，還不斷地在他懷裡動著，隔著衣服隱隱的涼意都讓他捨不得放手，若是能毫無阻隔地與她相貼，該是何等的慰藉，尹濟不由地想起了那讓他念念不忘的情景，一股熱流彙集向了小腹處。

這種事情大概有了一次便會食髓知味。

他的眼底像是有一團火焰升起一樣，膠著地燃燒，火焰之下是她的影子。沈未只覺得自己的身體像是被定住了一樣，就連目光也移不開，像是要被吸進那團火焰之中一樣。

瞬間一切都安靜了下來，只有兩人逐漸急促起來的呼吸。

不知是誰先打破了這僵持湊近了一些，使得那團火燒得更旺。

乾柴烈火，等沈未回過神來的時候已經與尹濟吻在了一起，身體緊貼著。

她知道是他有意引誘，而她也是有意被引誘。

大概真的是今天的心情太輕鬆太好了。

這一吻便一發不可收拾，沒有停下來的時候。那壺酒不知道被誰的動作碰到，整個倒了下來，酒水汩汩地沿著桌子流下，流在了他們牽扯在了一起的衣服之上。

唇齒交融，空氣中瀰漫的是回味甘甜的酒香。

感覺到後腰的腰窩處被隔著衣物摩挲著，沈未只覺得那一處有種蝕骨的酸麻蔓延向全身，讓她控制不住顫抖，心底生出一種渴望被慰藉充實的期盼出來。察覺到尹濟要有進一步動作，她輕輕推了他一下，順從了自己的內心和身體，低聲提醒道：「去將門關上。」她清冷的聲音裡混雜著一絲撩人的黏膩。

她這態度便是默認了順從了。

尹濟勾起唇又在她那泛著晶亮的唇上反覆輾轉了幾下，才鬆開了她起身走過去關門。

將風月隔絕在外後，尹濟轉過身，看到沈未的常服凌亂，衣襟微敞，兩頰泛紅的樣子，身下已經開始發疼了。

他上前，在她的驚呼聲之中將她橫抱起，走向了床榻。

悱惻的纏綿，搖曳的身影，伴隨著滿足的喟嘆，一夜旖旎糾纏。

有了上一次的教訓，第二日尹濟醒得很早。看到懷裡的人還在睡著，白得發光的肌膚上都是自己留下的痕跡，他終於覺得自己不是被白睡的那個了。

他摟著沈未的那隻手沿著她後背的曲線摩挲著，那背上的傷疤突起的很明顯，彷彿一塊美玉上產生了一條裂痕一樣叫人遺憾惋惜。

後背癢癢的感覺讓沈未醒了過來。對上尹濟輕佻的笑容，沈未退了退想要離開他的懷抱。昨夜她喝多了，卻又對自己做的事情有些印象，瘋狂得讓她臉紅。

「醒了？」

尹濟晨起的聲音帶著一絲低啞。

他說著就要吻她的額頭，卻被沈未推了開。

她這一推像是把尹濟惹惱了，他忽然翻身覆在了她身上。沈未自頸項處開始染上了紅暈，皺著眉去推他，提醒道：「我還要去文淵閣，你的事情比我還要多，不起來？」開口她才發現自己的聲音也有些啞，喉嚨乾澀。

尹濟居高臨下看著她羞惱正經的樣子，失笑：「沈大人提醒的是。」說罷，他低頭吻上了她的唇，直到兩人都呼吸急促才放開她。

昨夜來喝酒的時候未想過要留宿，是以沈未沒帶公服，尹濟的穿著又太大，最後只好讓尹濟派人悄悄去官舍拿了一趟。

這樣一來一回，沈未去文淵閣就晚了一些。

她到的時候張安夷已經到了。

抬眼看到她神色之中的疲憊，張安夷問道：「昨夜沒睡好？」

這張二的眼神也太好了。

沈未立即離開了他的視線假意去做別的事情，嘴裡回答道：「昨晚喝了一些酒，喝得有些多。」

看著她不自然的神色，張安夷也沒有問下去。

裘林昨天已經入獄，他們現在手裡握著先前戶部查出來的一大堆名單，接下來就是要內閣拿著這份名單開始將屬於裘太后的派系剔除了。

雖然裘太后已經大勢已去，但是還要防著他們奮力反撲，是以接下來他們還是要謹慎一些的。

「放心吧，接下來的事情我會配合，你的心思多花些在吏部上就行了。」

未來的一段日子將不斷有官員被革職查辦，官職空缺自然需要填補，這其中也有很大的講究，張安夷也不會輕鬆。

張安夷、沈未、尹濟三人各司其職。

沈未始終坐鎮文淵閣。幾日下來，她發現收到了不少彈劾尹濟的摺子。這其中有的是御史真的對他的行事作風不滿，也有的是裘太后派系最後的反擊。有參他濫用職權的，有參他貪汙受賄的，各式各樣的名目都有，甚至還有參他在男女之事上混亂的。

沈未看著這些摺子，心中生氣。換做以前，她恐怕會添油加醋，將摺子全都送到聖上那裡，可是現在她已經在不知不覺中站在尹濟那邊了。

尤其讓她生氣的是那條參他在男女之事上混亂的。

最後她將這些摺子全都扣了下來，丟進了香爐裡燒了。

這些摺子上來多少她燒多少。

忙碌了將近十日，終於有了能緩和的時候，沈未想起來還沒去看張青世，便特意讓人去搜羅了一些好東西，買了些好吃的準備去看他。

跟她同一天去的還有尹濟。

在張府外的大街上兩輛馬車相遇的時候，沈未皺了皺眉。

「先前說了要同沈大人一起去看乾兒子的。」尹濟笑著道。

沈未覺得他這句話很是有歧義，張青世是他的乾兒子，他那句話一說，好像張青世成了他們兩個人共同的乾兒子一樣。

「一會兒進去我們井水不犯河水。」她警告道。

尹濟點頭：「自然。」

穿雲院，得知乾爹和沈叔叔一起來看他了，張青世高興得不行，上來就一口一個「乾爹」、「沈叔」，把他們兩人十分受用。

尹濟乾脆將他抱在了懷裡，掂了掂玩笑著道：「看來你過得不錯，又胖了些。」

張青世立即扁嘴。

阮慕陽原本以為他們之前是開玩笑的，沒想到這兩人真的一起來了，心中有些詫異。

她將兩人請到了廳堂之中，讓紅釉上茶。

尹濟將張青世惹惱了，進屋後他便朝沈未伸手，要沈未抱。

沈未十分喜歡他，自然是將他抱了過來，揉了揉他的臉。

尹濟看著她抱著孩子目光溫和的樣子，心中一片柔軟。

「嫂夫人這幾日身體如何了？」沈未關心地問道。

阮慕陽現在已經有將近八個月的身孕了。先前張安夷「失蹤」的那幾日，她確實很操勞，身子也很虛弱，後來大夫看過了，近幾日得好好補回來。

她笑了笑道：「多謝沈大人關心，我現在挺好的。」

沈未點了點頭：「看到嫂夫人氣色好些了，看到青世也沒事我就放心了。」

在她懷裡的張青世不曾安分過，一直在亂動，而且尹濟還一直在逗他。一不小心，隨著張青世的動作，沈未的衣領被拉下了一些，雖然只是一瞬間的事情，還是被張青世看到了。「沈叔叔也被蟲子咬了呀。」

他忽然開口，沒頭沒尾的讓在場的三個大人都愣了一下。

張青世奶聲奶氣地說道：「我剛剛看到沈叔叔脖子下面紅了一塊。」

小孩子什麼都不懂，但是大人卻是懂的。

沈未的臉立即不受控制紅了起來，下意識瞪了尹濟一眼。她身上的痕跡自然是他留下的。自從有了那夜借酒放縱後，他們便始終保持著那樣的關係。白日的時候大多數都各忙各的，大約是這段日子實在太忙太緊湊了，晚上離開宮裡他們便會覺得一下子空下來有些說不出的寂寥。

一次之後發現歡好雖然有些累，但是能讓自己放鬆下來晚上睡個好覺，沈未便不再排斥。反正她這一世都沒辦法嫁人了，與尹濟這樣也沒什麼。想通了之後，她便遵從了自己的內心。

尹濟自然是求之不得。兩人在一起便是乾柴烈火。當然沈未不會讓自己懷上身孕的，大多數時候她都讓尹濟洩在外面，有時候兩人都太過投入忘了，第二日她便喝藥。

許多時候都是沈未去尹府，偶爾尹濟也會親自去沈未的官舍。

沈未現在的身上的痕跡就是他昨夜剛剛留下的。

面對她眼神的控訴，尹濟絲毫不覺得心虛，回以一笑。

阮慕陽是過來人，自然也知道沈未脖子下那痕跡是怎樣才會來的。只是沈未是女扮男裝啊。

就在她心中疑惑不解的時候，她發現了沈未和尹濟之間眼神的交流。沈未的眼神裡帶著些羞惱，分明就是——

她身上的痕跡多半跟尹濟有關。阮慕陽沒想到他們兩人竟然在一起了。可是沈未是女扮男裝入仕，一旦被發現就是欺君的大罪，他們怎麼敢？

察覺到了阮慕陽的目光，沈未心中緊張了一下。

就在阮慕陽心情複雜，不知是喜是憂的時候，張青世又開口了：「怎麼經常有蟲？我娘也經常被咬，卻從來沒有咬我的。」

此話一出，阮慕陽的臉也紅了起來。很少有這麼丟人的時候，她恨不得將張青世的嘴封起來，心裡又將張安夷惱了一遍。

在尷尬的氣氛下，沈未和尹濟起身告辭。

阮慕陽臉皮薄，自然也沒有留他們。

唯有張青世的小臉上滿是疑惑：「乾爹和沈叔叔怎麼這麼快走了？沈叔叔的臉怎麼這麼紅？」

他看向阮慕陽，發現阮慕陽的臉也有些紅，又問：「娘，您的臉怎麼也紅了？」

「都是熱的。」阮慕陽面不改色地說道。

張青世恍然大悟，點了點頭。

從張府出來，沈未臉上的溫度還沒有褪下去。她冷冷地看著尹濟，語氣裡又帶著一絲愁苦說：「這下多半被嫂夫人看出來了，也不知道她有沒有發現我是女子的事情。」她有感覺阮慕陽看出來了她跟尹濟的事情，但是不知道她知不知道她是女子。

事關重大，她不想讓人家知道自己女扮男裝，可是讓人誤會她跟尹濟兩個男人在一起，她也不願意。

相比之下，尹濟鎮定多了。他心情極好地看著沈未慌亂的樣子，笑著道：「說不定她早就看出來了。」

「你住嘴！」

尹濟回想起她剛剛抱著張青世的樣子，又說道：「妳很喜歡孩子？有沒有考慮過生一個？」

說到這裡，他忽然靠近她耳邊：「和我。」

沈未的身體僵硬了一下，乍然想起了一起喝酒那晚，她說他不能捨棄現在得到的，他問她若是他能呢？

原先這段記憶早就模糊了，現在卻一下子想了起來，十分真切。

晚上張安夷從吏部回來，阮慕陽跟他說了今天尹濟和沈未來看張青世的事情。她想了想，決定將發現的事情告訴他。

「我瞧著沈大人和尹濟他們二人——關係似乎不一般。」她的臉皮薄，露骨的話說不出來。

對此，張安夷並不驚訝，彷彿什麼事都在他的意料之中一樣。

「夫人怎麼知道的？」他的語氣十分溫和。

想起了白日裡的窘境，阮慕陽臉上紅了紅，道：「我看見了沈大人脖子下面的吻痕。」

原來這便是她臉紅的原因。張安夷揶揄地笑了笑。

被他笑得不好意思了，阮慕陽轉移了話題，問道：「你早就知道了？我擔心他們這樣下去，沈大人女扮男裝的事情會被發現。」她疑惑張安夷為什麼知道了卻沒有阻止。

張安夷自然不會阻止了。

他樂得看著尹濟有心上人。

「沈四空一直這樣下去也不是辦法，我也勸過她，她卻不願意離開朝堂，若是尹濟有這個能耐說服她，最好不過了，大家就再也不用提心吊膽。」張安夷語氣溫和地說著自己的想法，「他們二人都不是容易輕易露出馬腳的人，我也會在一旁觀察著事態。」

他的意思便是要暗中替他二人警惕著了。

原來他早就在替沈未打算了。阮慕陽看著眼前這個溫和、儒雅、目光之中能包容一切，肩上能擔負起江山的男人，心中除了安心之外，還有一種仰慕之情。成親到現在，她對他的仰慕之情沒有消散過。

她的目光讓張安夷很受用，伸手將她摟在了懷裡，吻了吻她的臉頰。

阮慕陽一直很欣賞沈未，也一直很憐惜她。若是她能過上女子的生活自然是最好的了，尹濟她也是了解的，雖然表面上輕佻，實則心中善良有擔當。

他們確實很般配。

一個月後，元帝登基以來最大的一次清查以朝廷到地方將近百名官員落馬被革職告終。

地方上，貪汙腐敗最嚴重的金陵一帶，懲治了許多官員，大多是裘氏的親信，朝廷還特意派了御史巡撫江南，幾乎將金陵織造的權力架空。朝中，以裘林和裘桐為代表的裘太后派系也被徹查。裘林被革去官職後重打了二十杖，鴻臚寺卿裘桐也涉及貪汙，被革職查辦。

裘家畢竟是裘太后的娘家，裘太后是元帝的親生母親，元帝還是留有餘地的，沒有重懲。大勢已去的裘太后再也沒有了辦法，正式退居後宮養老。

有懲罰，自然也有褒獎。

先帝欽點的輔政大臣、中極殿大學士兼吏部尚書、內閣首輔、少師張安夷進太師，正一品，正式位列三公。

禮部尚書兼建極殿大學士沈未，加封少保，從一品。

戶部尚書兼文華殿大學士尹濟，加封少傅，從一品，與沈未一同位列三孤。

元帝終於親政，動盪了許多年的朝綱穩定了下來，自此即將開啟的是一段盛世，史稱新德盛世。

作為本朝最年輕的內閣首輔，經歷過大起大落，張安夷成了光華百年以來在史書上留下最濃墨重彩一筆的權臣，後世幾百年裡也一直無人能夠超越。「張安夷」這三個字必將成為後世許多士子所仰望尊敬的名字，是光華的傳奇。

兩個月後，張府，穿雲院。

伴隨著阮慕陽的叫聲，下人們神色緊張地進進出出，大氣都不敢出。

今日是她臨盆的日子。

張青世跟在張安夷旁邊，一同在屋外守著妹妹出生。聽著他娘的聲音，他被嚇得不輕，小臉上滿是緊張。

過了許久，孩子清脆的哭聲終於打破了這緊張的氣氛。

在屋中的琺瑯先跑了出來，臉上帶著喜色道：「恭喜二爺，夫人又生了個小少爺。」

張安夷顯然也鬆了口氣。

可是在這時，張青世忽然哇地一聲大哭了起來：「我要妹妹！我的妹妹呢！」期盼了十個月的妹妹最後變成了弟弟，他大受打擊，仰著頭哭得慘烈極了。

雖然他哭得甚是可憐，可是旁人看著都忍不住想笑。

就在這時，產婆又跑了出來，滿臉激動地說：「恭喜張閣老，夫人這一胎是龍鳳胎，又生了個小姐。」

「太好了。」紅釉最先高興地叫了起來。

張青世的哭聲戛然而止，似乎還沒從剛剛的哭聲裡緩過來，差點被口水嗆到。

「小少爺，你有妹妹啦。」紅釉道。

張青世反應過來有妹妹了，一下子又激動地笑了起來，臉上還掛著淚水的樣子可愛極了。

生完孩子，阮慕陽累極了，知道自己這一次生了一兒一女，她滿是汗水的臉上露出了欣慰的笑容。

他們成親那年，張安夷十九歲，她十七歲。他參加科舉、入翰林成為天子近臣，最終成了內閣首輔，她處處小心，也終於向上一世的仇人報了仇。相伴多年，生生死死，共同經歷了兩次皇位的更替，看著一個個不可能扳倒的敵人倒下，到如今他們終於兒女雙全了。

她最慶幸的便是有重活一世的機會，然後與他成了親。

何其幸運。

（正文完）

番外　江洛篇（上）

洛鈺出嫁是在武帝最後一年的五月十五。

因為那時候許多人家怕遇上國喪，都提前在這個時候成親，但是洛鈺出嫁是最風光、一時無人能及的。

原本洛鈺對她祖父安排的親事十分不滿意，覺得成親是女兒家的終身大事，怎麼能這麼隨便呢？直到一次江寒雲來洛府，她偷偷躲在屏風後面看到了他的模樣。從小就生活在世家貴族，她對那些紈綺弟子的作風和姿態是看膩了十分不滿的，看到江寒雲她才知道原來還有這麼舉止端正、氣度不凡、謙和之中又隱隱能看見傲骨的男子。

她的臉紅了起來，再也不去反對這門親事了，反而隱隱帶著期盼。

很快就到了成親那日，等到坐在江府的新房之中，洛鈺還是恍恍惚惚的，想著那僅僅見過一面卻在她腦中揮之不去的江寒雲。

這就是他們的緣分吧，她想。

「下去吧。」

忽然想起的腳步聲讓洛鈺緊張了一下，身子不自覺地繃直。

江寒雲的聲音也很好聽。

一陣雜亂的腳步聲後，便是關門的聲音。早已經沐過浴的洛鈺看著江寒雲朝自己走來，臉上帶上了一絲羞怯。出嫁之前，她的母親教過她，她知道接下來會發生什麼事情。除了害羞和害怕之外，她心底還有一點期待。

當江寒雲走到洛鈺面前停下來的時候，洛鈺的臉已經紅透了，好在這房中當初都是紅色，不是很明顯。

她心虛地低了低頭，不好意思去看他，卻也正好錯過了江寒雲眼中一閃而過的厭惡的情緒。

「夫人。」江寒雲叫了一聲。

洛鈺是被從小寵到大的，嬌憨刁蠻，很多時候不愛講規矩。江寒雲這一聲規矩的「夫人」無端讓她覺得太過生分了，她抬起頭看向他，眼睛亮亮地說：「我在洛府的時候爹娘都叫我鈺兒。」

想想又覺得江寒雲這麼端正的人恐怕一時很難叫出口，她又補充道：「或者直接叫我洛鈺。」

江寒雲大概就是這麼嚴肅的人，臉上沒有明顯的喜色，但是好早滿室的紅色襯得他看起來比上一次見面的時候好一些。

想來他就是這樣的人，實際上心裡也是高興的。

「洛鈺。」

沒有聽到他親昵地叫一聲「鈺兒」，洛鈺心中有些失望，但是隨即又覺得這樣叫至少比「夫人」親切一些，心中湧上喜悅。可是這種喜悅沒有持續多久。

「我還有些事情要處理，妳先睡吧。」說完，江寒雲拿了些東西，轉身離開了。

洛鈺愣住。他不喜歡她嗎？

但是很快洛鈺又覺得可能是自己想多了。江寒雲平日裡對她很好，陪她回門，江夫人有些不喜歡她，為難她的時候，他就會護著她。

想必他是有什麼原因才不跟她圓房、或許是不好意思吧。當時的洛鈺如是想。

要是他不好意思，她便主動些好了。身邊的丫鬟給她出了許多餿主意。

一天晚上，洛鈺沐浴之後穿上抹胸，外面套上了一層輕薄的紗衣，借著給江寒雲送宵夜，闖入了他的書房。

那時候江寒雲正在看書，聽到有人推開門，他抬起頭。看見是洛鈺，他有幾分意外，問了句：「妳怎麼來了？」隨後，他又低下了頭，似乎書上有什麼十分好看的一樣。

「我讓廚房煮了些湯。」洛鈺走到江寒雲的案前將湯放下，然後緩緩地走到了他身後。

隔了一會兒，江寒雲像是才意識到洛鈺沒有離開，側頭看了她一眼問：「妳怎麼還不回去休息？」這一看，他才看到洛鈺的穿著。她的身姿曲線在一層薄紗下十分分明，突出的地方飽滿有致，該細的地方不盈一握……

洛鈺趁他愣怔的一刻，從背後貼上了他的身體，雙手放在了他的肩膀上緩緩揉捏了起來，像是要給他捏肩，可是力道根本不夠，像是在一下一下地撩撥一樣。

在身前貼上他的時候，洛鈺分明感覺到了他的身體緊繃了一下。她微紅的臉上閃過了得意之色，更加大膽了起來，聲音輕輕地問道：「你可覺得有些乏？我替你捏一捏。」

江寒雲像是猛然回過了神來，握住了她作亂的手。「洛鈺，時候不早了，妳回去吧。」他的聲音聽起來跟平時有一點不一樣。

在他伸手制止她的一瞬間，洛鈺就有些想退卻了，聽到他聲音裡的異樣，她決定咬咬牙，一鼓作氣。

「你同我一起回去嗎？」被抓住手，她乾脆整個人壓在了他身上，將全身的重量交給他。

可是她的動作像是把江寒雲激怒了一般。

「洛鈺，注意妳的身分，不要做這種下作的事情。」他的語氣嚴肅，彷彿是學堂裡嚴厲的先生在教學生一樣。

下作？

洛鈺的身體猛然僵住。

從未得到過這樣的評價，她心裡委屈極了，可是多年來的驕傲讓她無法哭出來。她的臉上一片通紅，難堪極了，覺得自己在被人審判著，渾身每一處都不自在，恨不得找個地方躲起來。

她咬住了唇掙開了江寒雲的手，轉身離開。

一打開書房的門，外面一陣涼風吹得她瑟縮了一下。武帝的喪期都過去了，已經入秋了。

她萬分後悔自己今晚的這個決定。她一個天之驕女，何須做到這樣？

就在她一隻腳要踏出去的時候，肩上重了一下。

江寒雲不知道什麼時候走到了她身後，拿了件披風披在了她的肩上。

感覺到像是被她的氣息包裹著一樣，洛鈺欣然轉身，對上了江寒雲複雜的目光。

江寒雲移開了目光道：「別著涼了，回去吧。」

洛鈺點了點頭。一下子從地獄回到了天堂，她的心情好極了，連唇都是彎著的。或許江寒雲對她不是不喜歡，只是真的是因為太正直，不好意思。

第二日，事情不知道怎麼在江府裡傳開了，江府的下人們看見她都偷偷地笑，議論紛紛。

江夫人派人來將洛鈺叫了過去。

洛鈺一到，便聽到江夫人冷冷地喝道：「跪下！」

知道是因為昨晚的事情，洛鈺乖乖跪了下來。江家的家風嚴謹，江老爺走得早，是江夫人獨自養大一兒一女，江寒雲還小的時候整個江家都是江夫人一個人在支撐，是以她十分嚴肅。

「妳可記得妳的身分？妳身為江家的少夫人，竟然做出如此敗壞家風的事情。」江夫人被洛鈺氣得不輕。

洛鈺之所以願意跪下，之所以之前願意忍讓，是因為江夫人是江寒雲的母親。要知道，她洛鈺，除了祖父之外就沒帶怕過誰的，就連徐妙露在她面前都得吃虧。雖然自己做的是有不對，可是她心裡是不服氣的。

「母親，那是我夫君又不是別人，我並沒有傷風敗俗。」洛鈺坦然地說道。

江夫人沒想到洛鈺做了這麼大膽的事情，現在府上的下人全在嘲笑她，她還能這麼理直氣壯。她被氣得不輕，道：「妳嫁到了我江家，就要將江家的規矩，不讓妳吃點苦頭，恐怕妳今日是不會知道錯的。」

「我們是夫妻，有什麼不能做的？」

江夫人被她氣得臉都紅了：「來人，請家法！」

從來只有洛鈺打別人的份，從來沒有被打的時候。可是要打她的是江寒雲的母親，是她的婆婆，她只能一聲不吭地忍著。

直到後來江寒雲回來，將她抱了回去。

江寒雲是吃江家的家法長大的，自然知道是什麼滋味。看見洛鈺的丫鬟站在一旁眼睛都哭紅了，他道：「去叫大夫。」

丫鬟下去後，房中只剩他們兩人。

看著洛鈺疼得臉上蒼白，額上直冒冷汗，江寒雲問道：「怎麼樣了？很疼？」

洛鈺點了點頭。

江寒雲輕聲嘆了口氣：「我看看妳的傷口。」

他要去碰她的時候，她躲了一下，顯然是生氣了。

「母親只是一時生氣，下人們我已經警告過了，不會再有人提起這件事。這件事過去了，讓我看看妳的傷口。」不知不覺中，他的語氣柔和了下來。

洛鈺背對著他自己解開了衣服，拉開衣襟將整個背露了出來。上面的傷口觸目驚心。

江寒雲皺起了眉，更讓他意外的事她竟然沒有穿小衣。

就在這時，洛鈺忽然轉過了身，上半身就這麼毫無遮擋地暴露在這他的面前。肌膚細膩，飽滿起伏，如同雪地裡的兩朵紅梅一樣。

「洛鈺，妳做什麼？」江寒雲艱難地移開了眼。

實際上洛鈺此刻心裡是十分緊張的，從來沒有讓一個男人看過身子，她的心都快要從嗓子眼跳出來了。她故作鎮定，聲音裡不細聽聽不出那一絲顫抖：「是你說要看我的傷口的啊，我脖子上也傷了。」她的脖子上確實有一條傷痕。

其實，今天她是故意激怒江夫人的。

「我——看過了，妳把衣服穿上吧。」

「衣服磨得我傷口疼。」洛鈺橫了心耍無賴。

江寒雲在看過她那一眼後卻始終再未看過她。「既然這樣，那我便替妳將簾子放下，等一會兒大夫過來吧。」在他要起身離開的時候，洛鈺倏地抓住了他的衣襟。害怕她就這麼從床上掉下來，江寒雲下意識停頓了一下。

這一停頓給了洛鈺可趁之機。

她跪在床上，兩條白皙的手臂摟上他的脖子，整個人像是掛在了他身上一樣，然後閉上了眼睛紅著臉主動吻上了他的唇。

感受到了她身體的柔軟，江寒雲僵硬了一下。

唇上的溫熱和溼意還有獨屬於女子的香甜化作了熱流侵入了他的身體，向他的小腹彙集，讓他的呼吸急促了起來。

一瞬間的失神後，江寒雲緊抿著嘴唇，伸手去推她。

剛剛觸及她細膩的肌膚，便聽到洛鈺可憐地叫了一聲：「疼，你碰到我的傷口了。」

江寒雲下意識收回了手。

閉著眼睛吻著他的唇的洛鈺眼睛偷偷睜開了一條縫，得意地勾了勾唇，隨後更加賣力。江寒雲的手再次碰上她，要推開她的時候，她又委屈地叫了一聲，像是要哭了一樣。

幾次下來，江寒雲去推她的手不知怎麼變成摟上了她的腰與她緊貼在了一起，唇上也化被動為主動，吻得洛鈺幾乎喘不過氣來。

唇齒交融，那種柔滑的觸碰是十分微妙親密的，兩人的呼吸都急促了起來。

一個血氣方剛，一個如花似玉，又是名正言順的夫妻，沒什麼不能做的。

直到洛鈺後背上的傷口被碰到，發出一聲輕吟，江寒雲才猛然回過神來。他費盡了自己所有的意志力，額上冒了汗，才將洛鈺艱難地推開。分開的時候，兩人之間連著一條銀絲。

洛鈺還有幾分恍惚，沒有回過神來。

江寒雲看了眼她晶亮的唇，聲音低啞地說：「大夫一會兒該來了。」

說完，他頭也不回地離開了。

洛鈺好一會兒才將呼吸平復，方才與江寒雲相擁，身上的熱度和心底的渴望有些羞人，卻又讓她有些竊喜，那種感覺好極了。她相信江寒雲也是享受的，因為她感覺到他起了反應。

至於為什麼他後來又推開她，大概是因為她有什麼地方不夠好或者應該再主動一些才是，反正來日方長。她從來沒有向別人透露過自己在江家過得不好，在旁人眼裡，包括她的祖父眼裡，他們夫妻都是很恩愛的。

可是後來洛鈺才發現一切都是她一廂情願。並不是只要她去努力，他們之間的關係就能有進展。

江寒雲對她沒有一點感情，娶她完全是為了利用她。

平樂四年和新德元年交替的這段黑暗的日子，她這一生都無法忘記。

她成了洛府的罪人，想死死不了，想活活不下去，就連見親人們最後一面的機會也沒有。在洛府滿門被抄斬的前一日，她被押送去了黃州，臨走前，任她怎能苦苦哀求，江寒雲始終不肯網開一面。

洛鈺之前從沒吃過苦，出門不是馬車就是轎子，哪裡自己走過那麼多路？帶著枷鎖徒步走出上京她腳下便已經支撐不下去了。

可是負責押送她們的官差嚴厲極了。

能堅持一天已經是洛鈺的極限了。第二日，她累得腦中一片空白，什麼都沒辦法想了，神情麻木，耳邊官差的呼喝聲根本聽不見，只能恍恍惚惚看到他們的嘴巴在動，腳下靠著本能在支撐。

她一開始想著能在流放的路上死了也是一了百了了，可是現在累得根本連「死」都沒力氣去想。

同她一起的還有五個人，都是要被一起流放黃州的。

大概是快正午的時候，隊伍忽然停了下來。

洛鈺已經幾乎沒有感覺了，木然地看過去，看見一個抱著孩子的女人倒在了地上。

一旁一個同樣帶著枷鎖的老人哀求道：「官爺，那個大嫂看起來似乎要不行了，停下來休息一下，給她找個大夫看吧。」

官差對老人的話充耳不聞，而是舉著手裡的鞭子恐嚇道：「起來！再不起來信不信我抽妳？」

躺在地上的婦人依舊一動不動。她懷中還在繈褓裡的孩子大聲哭著。

「還不信了！」官差動手狠狠在婦人身上抽了一下。

鞭子發出的聲音很大，讓旁邊的人不自覺縮了一下脖子露出了畏懼的表情。

躺在地上的婦人只是抽動了一下，一點聲音都沒有發出來。她懷裡的孩子像是被嚇到了，哭得更大聲了。

原本麻木了，什麼也聽不到，即便看著也不知道他們在做什麼的洛鈺耳中逐漸聽到了孩子的哭聲，所有的感官像是慢慢回了過來。

「住手！」

她的聲音不大，卻很清晰。

兩個官差和其他的人朝她看來。在他們的目光下，洛鈺腳下踉蹌地緩步走了過來。

「喲，這不是洛小姐嗎？」官差的語氣之中帶著明顯的嘲弄。

洛鈺只當沒聽見。她看了眼那婦人，雖然沒看清她的臉，但是看到她蒼白的臉色。又看了看其他人，他們這六個人可以說都是老弱病殘了。

她抬頭看了看天上的太陽，日頭幾乎在正中央，差不多要到午時了。她的親人們此刻正在刑場上，劊子手的大刀已經對準了他們，而她這個罪人卻還活著。

想到這裡，她的眼睛紅了，一滴眼淚從她的眼角流了下來，靜默無聲的絕望，心灰意冷。

罷了，她自己都不想活了，還管別人幹什麼？

死了反倒解脫了。

洛鈺閉上了眼睛，身體彷彿要失去了重心，隨時都要倒下去再也起不來了。

這時，另一名犯人叫道：「她吐血了！官爺，求求你們了，讓看看大夫吧。」

慌張的聲音讓洛鈺睜開了眼。

那個倒在地上的婦人吐血了，她懷裡的孩子還在哭泣著。

洛鈺心下不忍。「可以停下來休息一下嗎？」她回身問官差。

知道她的祖父已經失勢了，洛家也已經不復存在了，她也不再是不可一世的洛家小姐了，她的語氣裡帶著一絲懇求。

出乎她意料的是官差很爽快地答應了。

其他人很感激地看著洛鈺。

洛鈺很想朝他們笑一笑，可是她笑不出來。她坐在了一旁。

在流放的路上死掉的人不少，上面根本不會追問，是以那兩個官差根本不關心那個暈過去的婦人，兩人拿出了乾糧和水吃了起來。

倒是其他幾個犯人主動照顧起了那個婦人，給她餵水。

忽然，一個大娘驚呼道：「她的鼻子也開始流血了！」

似乎只有幾個呼吸的時間，等官差過去探鼻息的時候，人已經沒了。

大概那個婦人本來身子就不好。

「死了，這孩子怎麼辦？」一個官差對另外一個說。

「還能怎麼辦？留下來自生自滅吧。」

沒有一個人反對。他們才剛剛出上京沒多遠，要走去黃州還有很長的路。他們都是罪人，身上帶著很重的枷鎖，自己能活著到黃州已經是不容易了，誰還顧得上一個孩子？只能看這個孩子的造化了。

「好了，休息差不多了，起來趕路了，快！」官差催促道。

死了一個人，其他幾個犯人有些低落。孩子的哭聲讓他們不忍，可是又無能為力。

洛鈺在官差的催促下站了起來，看向了那個依舊在婦人懷裡哭泣的孩子。她先前跟江寒雲也成親了好幾年，若不是一直沒有圓房，孩子恐怕早已經會走了。

她動了惻隱之心。

可是她自己都已經是行屍走肉了，有什麼資格去可憐別人？

孩子的哭聲充斥的她的耳朵，讓她的腳下像灌了鉛一樣，怎麼都邁不開步子。

「洛小姐？」官差見她站著不動，催促道。

洛鈺沉默了一會兒，眼睛裡恢復了清明，咬了咬牙看向那孩子，走過去抱了起來。雖然她現在什麼東西都不是，連自己憐憫不了，但是還是不自量力地抱起了那個孩子。

官差因為她的舉動愣了愣，不確定地問道：「洛小姐，到黃州一路上很苦的，您這身子，還要抱個孩子，撐得住嗎？」

「走吧。」此時的洛鈺眼神慢慢變得堅定了起來，挺直了脊背，宛如那個高高在上的世家小姐。

她能活到什麼時候，就把這孩子照料到什麼時候吧。

接下來的日子，照料這個孩子便成了洛鈺堅持到黃州的動力。她沒有照料孩子的經歷，鬧了許多笑話，好在同行的大娘懂，幫了她不少。在去黃州的路上，每一天她都在忙碌和辛苦中度過，什麼都來不及想。

就這樣撐著、熬著，她居然活著到了黃州。

黃州，這是一個與上京完全不一樣的地方。洛鈺長這麼大從來沒出過上京，沒想到終於有機會出上京了，卻是在這樣一種情況下，獨自一人被押解而來。

到了黃州之後她也沒有輕鬆過。官府給他們這些犯人安排了住處，晚上有住的地方，白日裡卻要去做工，非常的累。

小孩子長得就是快，不過短短一個多月的時間，那個被洛鈺救下來的孩子看著就比原先大了許多，對她也越來越依賴，就像是她自己的兒子一樣，這種新生的力量讓她自心中感覺到了希望，似乎有了活下去的動力。

她給這個孩子取名叫洛簡，希望他這一生簡簡單單的，平安喜樂，對外稱這個是她的親兒子。沒錯，她決定將這個孩子撫養成人。

在洛鈺每日辛勞做工、一心撫養洛簡，忙的一點空閒都沒有的時候，黃州城新來了個知府。城裡的人對這個知府議論紛紛，聽說這個知府來頭不小，原先是京中的大官。至於為何會來黃州做知府就未可知了，大約多半是得罪了聖上。

對於這些，洛鈺是一點都不知道的。

番外　江洛篇（下）

住在石場附近的村民都知道最近來了個帶著孩子的俏寡婦。

這個俏寡婦是因為犯了什麼事被流放過來的。平日裡她很少跟旁人說話，休息的時候就一個人坐在一旁，眼睛看著遠處，不知道在想什麼。她與旁的女人很不一樣，看起來身分非常不一樣，安靜的時候渾身那股氣勢叫人不敢靠近造次。

這個俏寡婦便是洛鈺。

採石場的活是十分苦的，尤其她還是個女子。從前在上京裡錦衣玉食，十指連陽春水都不沾，更不要說幹這些粗活了。沒幾天原本細嫩的手就被磨得全是細細的血口子。可是她好像沒有知覺一樣，眉頭都不皺一下，一句怨言都沒有，始終堅持著。

有些男人見她長得漂亮，存了幾分心思，主動要幫她，全被她看也不看一眼地拒絕了。

明明是個流放過來的犯人，不跟任何人說話的樣子給人一種高高在上誰都看不上的樣子，一頓時間下來惹惱了好幾個主動獻殷勤的男人。其中就包括附近南翠村有名的混子劉仲響。劉家有些小錢，在南翠村算是最好的了，是以他有在附近橫行霸道的本錢，家裡已經有三房妾室了。

一天傍晚，洛鈺從採石場回來。她的住處是在附近的一個茅草房，平日裡三頓都是和在採石場幹活的人一起吃的，自然也不會有什麼好的吃。她已經這樣了，對吃的已經不講究了，可是洛簡才十幾個月大，每天拿饅頭泡水和成糊糊給他吃，恐怕他會撐不住。

或許當初將洛簡留在那裡，他會有不一樣的際遇，若是被有能力的人撿了去養，恐怕要比現在跟著她受苦好上千萬倍。

就在洛鈺撫摸著洛簡軟軟的小臉，心裡想著當初執意將他抱起來帶到黃州是對是錯的時候，外面傳來了動靜。

「誰？」

伴隨著敲門聲，屋外響起了一個男人的聲音：「洛娘子在家嗎？我是石場的。」

因為門外是男人，洛鈺存了幾分警惕，走到門邊看了眼身邊自己隨手就能拿到的鐮刀，才慢慢打開了門，打開了一條縫隙。

一看到是劉仲響，她皺了皺眉便要關門。

劉仲響眼疾手快抵住了門，目光貪婪地在洛鈺的臉上打轉，笑著說道：「洛娘子這麼著急關門做什麼呀？我是來看看洛娘子有什麼需要幫忙的。」

在洛鈺看來，劉仲響這樣貪婪好色的人簡直粗俗不堪，以前洛府的下人都不知道要比他好上多少倍，覺得看一眼都髒了眼睛。她聲音冷冷地說道：「我沒什麼需要幫忙的，謝謝。」

「別著急啊。」劉仲響看著洛鈺。茅草房裡很黑，門只打開了一個門縫，外面的光照在洛鈺的臉上，將她的照得十分白淨。那細膩的肌膚讓劉仲響看得心裡癢癢。他的幾房妾室加起來那皮膚都比不上洛鈺的。

「洛娘子帶著個孩子也不容易。孩子還小，需要養，妳一個人就靠在石場幹活恐怕很難養活，還白糟蹋了妳這一身細皮嫩肉。不如，妳跟了我，我讓妳在劉家享福。」

他的目光和語氣讓洛鈺十分反感，一刻也不想跟他多說。她用力去推門，可是力氣根本比不上劉仲響。「不用了，我不會給人做妾的。」

劉仲響笑了。這寡婦還挺有心氣的。

他以為這是洛鈺欲拒還迎，跟他討價還價。要是能將她這樣的人帶回去，讓他拿三個妾室加一個正室換，他也是願意的。

劉仲響加重了手上的力氣，有幾分急切，嘴裡說道：「只要妳答應了，我回去就把那幾個臭娘兒們趕走。」

察覺到他的意圖，洛鈺暗道不要，警告道：「你再不走我就喊人了！」

「別啊，妳想想，妳還有個孩子，到時候我將妳的兒子也收作養子，不比現在好？」劉仲響繼續加大手上的力氣，想把門推開。

正好這時候洛簡忽然哭了，洛鈺下意識回頭，劉仲響趁著這個機會一把將門推開走了進來，伸手就要去抱洛鈺，嘴裡說著許多不堪的話。

從前刁蠻任性、手段厲害的洛鈺可是這樣就能讓人侵犯的？

她隨即抓起身旁的鐮刀，毫不猶豫地狠狠砍向劉仲響的肩膀，砍進了他的肉裡。

劉仲響疼得大叫了一聲：「臭娘兒們！找死是不是？」

洛鈺沒有被他唬住，目光比起他更加凌厲：「找死的是你。」

劇烈的聲音終於引來了旁邊的人家。洛鈺旁邊一戶是一對夫妻，兩人忠厚老實，進來後就將他們兩人隔了開。

隨後驚動了更多的人。

劉仲響的肩膀上在汩汩地流血，疼得他臉色蒼白。看圍觀的人越來越多，他憤恨地看了看拿著染血的鐮刀，一臉平靜的洛鈺，放狠話道：「臭娘兒們，妳給我等著！」

「洛娘子，妳怎麼惹上了他？」住在洛鈺旁邊的婦人擔憂地看著她。

洛鈺回答得很平靜：「我也不想的。」她是洛階的孫女，是洛家的小姐，即便落到這樣的田地，也是不能受人欺辱的。

那婦人嘆了口氣：「恐怕接下來妳的日子不好過了。」

「多謝大嫂關心，走一步算一步吧。」說著，洛鈺不管那些來看熱鬧的鄉鄰，轉身回了屋子去看洛簡。

沒想到劉仲響隔了一日便來找她算帳了。

那時候洛鈺正在採石場幹活，背上背著洛簡。

劉仲響帶來的人直接把她圍了起來。

「你們這是做什麼？」採石場的監工問。

劉仲響肩上有傷，行動不是很方便，走在了最後。他看向洛鈺，笑了笑說：「我是來抓賊的，這個女人偷了我的東西。」

「你胡說什麼？我什麼時候偷你的東西了？」洛鈺皺著眉問。

劉仲響一副理直氣壯的樣子說：「一天前，我去妳家，妳趁我沒有防備，偷了我的錢袋。」他的語氣裡還帶著幾分曖昧。

此話一出，旁邊看熱鬧的人偷偷議論了起來。

一天前劉仲響身上帶血從洛娘子的住處出來，許多人都看到了。劉仲響的名聲本來就不好，洛娘子又是個寡婦，一男一女在一起，指不定有什麼事呢。

對於身邊人的指指點點，洛鈺聽進了耳朵裡，沒有任何反應。她經歷了滿門被斬的巨變，被別人說幾句又怎麼了？

劉仲響看著洛鈺這樣就來氣，對跟著他一起來的人說：「走，把這個小偷抓走！」

劉仲響的人把她抓起來肯定沒什麼好事，看到他眼中的得意，洛鈺心中噁心，冷著聲音說道：「你們又不是官府，憑什麼抓我？我沒有偷你的東西，不信我們可以去府衙，找知府！」

「妳以為知府大人是妳想見就見的嗎？人家會管妳一個寡婦的事情？」劉仲響似乎被洛鈺的話逗笑了，隨即眼中閃過精光說，「不過妳既然不服氣，那我們便去找里正好了。」

洛鈺直覺劉仲響的笑容帶著幾分不懷好意，其中有詐。

「帶走！」

看著洛鈺被帶走後，石場的監工匆匆離開了。

被帶到里正那裡，看著里正對劉仲響客氣的樣子，洛鈺才知道里正跟劉仲響是一丘之貉。

這麼大動靜，這麼多人，在洛鈺背上的洛簡有些不安，洛鈺只好將他抱在懷裡，一遍一遍地拍著他的背安撫他。

「就是妳偷了劉仲響的錢袋？」里正大概五十多歲的樣子，又瘦黝黑，小小的眼睛裡閃著精明之色。

洛鈺一個字一個字清晰地說道：「我沒有偷他的錢袋子。」

里正挑了挑眉毛：「那妳怎麼證明妳沒有偷？」

從來都只有找罪證證明有罪的，哪有上來什麼罪證都沒有還讓人自證清白的？洛鈺好笑地看著里正說：「那我若是說方才里正你偷了我的東西了呢？」

「胡說！我什麼時候偷妳的東西了？」里正氣得站了起來。他從沒見過有人這樣的，這個女人怕不是傻了。

洛鈺勾了勾唇：「那請里正你自己證明一下沒有偷我的東西。」

里正這才知道自己被洛鈺刷了，臉色十分不好看，氣憤地說道：「好啊，偷了東西還想抵賴，跟我耍嘴皮子！」

劉仲響在一旁說道：「里正，你可要給我做主啊。」

「妳要把偷他的錢一分不少賠給他！」里正說道，「要是還不上，那妳就去劉家做工！」

劉仲響看著洛鈺得意一笑，對里正道：「多謝里正。」

他們兩個顯然是串通好了的，里正一直在幫著劉仲響。

「哥幾個幫我把這個女人帶回去。」說到這裡，劉仲響的眼中帶著淫邪。

洛鈺去了劉家不就是羊入虎口只能任他為所欲為了嗎？

「站住！誰敢碰我！」

洛鈺突然一聲冷喝將所有人都鎮住了。

她看著包括里正在內的所有人。她是曾經的內閣首輔洛階的孫女，即便現在虎落平陽，即便現在洛家已經被顛覆，她骨子裡洛家的氣度是不會變的。她的祖父即便是奸臣，走的時候亦不曾低聲下氣。她怎麼能受屈辱？

若是要讓她苟延殘喘地活著，倒不如死了乾淨。

至於洛簡……

她看向懷裡咿咿呀呀、還不知道發生了什麼事的洛簡，眼中閃過柔軟和決絕。或許這也就是他的命吧，但願來生他的命能好一點，活得久一些。或許她真的是被家裡的長輩寵壞了，太任性了，即便落魄了還是一點氣都受不得，一點都不懂留得青山在不怕沒柴燒，一點都不懂什麼叫忍辱負重。

最先回過神來的劉仲響道：「愣住幹什麼？還不趕緊把這個臭娘兒們抓起來？」

洛鈺緊繃著身體看向不遠處的桌角，抿起了唇。

在場的人沒有人察覺到她的決然，沒人察覺到她血濺三尺的決心。

千鈞一髮之際，門外忽然有人走了進來。

「慢著！」

走在最前面的是石場的監工。

劉仲響先是不滿地皺了皺眉，隨後客氣地笑了笑說：「監工怎麼來了，你身後的幾位是？」他看向監工身後的幾個陌生人，其中一人年紀不大，不到三十歲的樣子，身姿挺拔，氣度不凡。

監工道：「這是剛上任的知府大人，還不跪下？」

知府大人？

在場的人全部慌張地跪了下來，除了洛鈺。她剛剛一回頭便看見了江寒雲。她簡直不敢相信自己的眼睛。

江寒雲怎麼會在這裡？

看到他，原先在上京的記憶便一下子湧上來，好的、壞的都有，她的眼睛控制不住地紅了起來。
江寒雲看了眼臉色蒼白憔悴的洛鈺皺了皺眉，隨即移開目光看向旁人，聲音之中不含一絲情緒說道：「將這些人都抓起來。」
很快，劉仲響和里正他們全都被江寒雲身邊的人抓走了，屋子裡一下子只剩下江寒雲和洛鈺兩個人。
洛鈺沒想到會在這樣狼狽的情況下看到江寒雲，一時間不知道說什麼才好，情緒複雜得竟然第一反應不是恨、不是恨他不讓她見親人最後一面，而是感慨。「你竟然是新來的黃州知府？真是——好巧啊。」最後三個字她說得很輕。
其實一點都不巧。
在上京那時洛鈺已經活不下去了，在阮慕陽的提醒下，江寒雲想到要給洛鈺一個活下去的理由。想來想去只能讓她先離開上京那個傷心之地，然後讓她忙起來，當身體累到極致、每天都處於極度忙碌之中，她便能暫時將洛家的事情拋在腦後了。到時候他再想別的辦法。
在決定將洛鈺押解到黃州的時候，他便決定向元帝請旨來黃州任知府了。
洛簡的出現是個意外，但是他毫無疑問成了洛鈺活下去的理由。
剛到黃州，江寒雲便想來看洛鈺。他知道從上京到黃州一路辛苦，洛鈺從小嬌生慣養，肯定是受不住要吃很多苦的，可是他又不知道見到她該說什麼，會不會惹怒她讓她又想起那些絕望的事情，是以便沒有著急來見她，而是跟石場的監工打好招呼，讓他看著洛鈺，有什麼情況便來稟報他。
而他便借前來附近巡查為由，一直停留在縣城裡，不曾離開。
可是看著洛鈺現在這樣，他有些後悔了，不知道自己的決定對不對。

手指。

「這便是妳收養的那個孩子？」江寒雲走到洛鈺身邊，低頭看著洛鈺懷裡的洛簡，伸出手指去碰他的手指。

若是他們像普通的夫妻一樣，恐怕現在已經有第二個孩子了。

江寒雲心中生出一股悲涼。他的目光移到了洛鈺的手上，看到她傷痕累累的手，眼中沉痛，幾乎想也沒想的握住了她的手。他的眼中帶著憐惜。這雙有原先有多細嫩他是知道的，如今卻滿是血口子，就連指甲都斷得沒辦法看了。

手猛然被他握住，感覺到了熟悉的溫度，那種感覺像是被他呵護在這掌心一樣，洛鈺的身子緊繃了一下，隨即用力掙開了他的手。

掙扎的動作讓她的情緒激動了起來，胸口起伏，眼睛裡蓄滿了淚水。她的聲音有些淒厲：「江寒雲，你為什麼還要出現？你不知道我恨你嗎？」

其實洛鈺也知道這不是巧合，可是她不敢深想江寒雲為什麼會來黃州任知府。她怕再次陷入那種兩難的境地。

江寒雲沒有回答，而是看著她道：「我帶妳離開這裡。」

他早該出現將她帶離這裡的，這樣她便不用受那麼多苦了。

洛鈺猛然後退，待他如洪水猛獸一般避之不及。「哪裡對我來說不是一樣的？我哪裡都不去。」現在，這個世間的每一處對她而言都是煉獄，唯獨懷裡的洛簡是她的慰藉。江寒雲的出現只會讓她更加深刻地記憶起痛苦。

無論什麼時候，她都是這樣任性。江寒雲的語氣難得的強硬冷然：「有那樣的人在，妳說哪裡都一樣？若是我沒來，妳是不是想死？」

洛鈺笑了笑，一滴眼淚無聲地流了下來：「是啊——」

說完，她眼前一黑。

等她再次醒來的時候，看到的是個陌生的地方。她第一反應就是找洛簡，發現洛簡並不在身邊，她著急得爬了起來下了床光著腳便跑了出去。剛一出去，她便撞上了一個下人。

「這位夫人，您——」

洛鈺推開了她，隨後便看到了江寒雲。

「洛簡呢？」看到他的那一刻，洛鈺便鬆了一口氣。她自己都沒意識到。

江寒雲一身青色的長衫朝她走來道：「洛簡似乎病了，我讓人在附近找了個婦人將他抱下去好好照料了，一會兒就抱回來了。大夫說妳操勞過度，身子虛弱，要好好休養。」

洛鈺只聽到了前半句。

怪不得洛簡這陣子老是哭，她只當是餓的，沒想到是病了。

怪她不會帶孩子，她心中自責極了。

就在洛鈺出神之際，腰上一緊，身子忽然懸空了。

江寒雲將她橫抱了起來走向屋子裡。

她控制不住驚呼了一聲，隨後用力掙扎了起來，捶打著他的胸口：「你放我下來！」觸及到他的溫度，她一刻都不敢鬆懈，生怕自己一鬆懈便貪戀這種安逸。

江寒雲沒有理她，一直將她抱進了屋子裡放在了床上。

洛鈺立即用被子將自己包裹了起來。這被子雖然有些粗糙，但是比她在石場附近的茅草房裡蓋的要好多了。

「這是我先前在縣城買下來的宅子，不大，只有一進，往後妳便住在這裡吧。」這幾日江寒雲一直都住在這裡。他原先準備將這裡當成一處住處了。

洛鈺抿著唇沒有說話。

江寒雲輕嘆了一聲繼續道：「我會讓人給妳找幾個可靠的下人。」

「江寒雲，你現在這樣做算什麼？」洛鈺忽然看口。她的眼睛盯著被面，空洞無神。

江寒雲沒有說話。

「你是可憐我，想要補償我，還是想要將我當外室養？」洛鈺慢慢地抬起了頭，隨著燭火照進去，眼睛裡有了光亮，「我已經拿了你的休書，我們已經一刀兩斷，沒有任何關係了。」

江寒雲深深地看著洛鈺。

現在的洛鈺，周身像是長了刺一樣，再也不像從前那樣嬌憨了。

他張口，卻被洛鈺打斷。她打斷得很匆忙，彷彿是害怕從他口中聽到什麼可怕的事情一樣。

「我身體不適要休息了，一會兒你派人將洛簡抱回來給我。」說完，洛鈺躺了下來，蓋上了被子，翻個身背對了他。他們曾經是夫妻，雖然不曾有夫妻之實，卻一度同床共枕，他將她的身子也看光了。

江寒雲看了洛鈺一會兒，終於站了起來，轉身離開。

聽到關門的聲音，洛鈺的眼睛裡再次流下了眼淚，浸溼了枕頭。

半夜，子丑交替之時，洛鈺起身抱著洛簡悄悄地出了房門，然後出了宅子。

同樣是半夜，在洛鈺離開後沒多久，江寒雲的房門被敲響。

「何事？」看到洛鈺心中憐惜，江寒雲心事重重很晚才睡著，睡得不深。

「大人，少夫人悄悄離開了，剛剛才走，要不要攔下？」

江寒雲皺了皺眉。他深知洛鈺的性子，想了想道：「先跟著她，不要讓她發現。」

洛鈺抱著洛簡走出縣城的時候已經天亮了。江寒雲的人沒有追過來，她鬆了口氣，終於放心了下來。

她在路邊找了塊石頭坐了下來。走了一晚上的路，她的身子有些虛弱。

好在洛簡很聽話，一路上都在睡覺。她低頭看著熟睡的洛簡，眼中露出了久違的溫柔和包容，輕輕地撫了撫他的笑臉。

當手觸及到他的臉的時候，她猛然皺起了眉毛。隨後，她用手探了探洛簡的額頭，心裡慌張了起來。

洛簡的身上很燙，像是發熱了。

小孩子發熱不是小事，洛鈺慌張了起來。她太看重洛簡了，洛簡是她活下去的支柱，根本不敢想像若是洛簡出事了她自己該怎麼辦，一時無措極了。

應該馬上找大夫，可是她身無分文。

洛鈺回頭，看向在晨曦之中有些不清晰的縣城大門，咬了咬牙折回了。

洛鈺是一路跑著回到江寒雲買的一進的宅子裡的，到的時候腳下發軟，滿頭大汗幾乎要站不住了。

「江寒雲呢？」她抱著洛簡一路走進去。

江寒雲得知洛鈺出了縣城又折回有些意外，隨後猜到了大概的原因，便坐在廳堂裡等著她。

看見他，洛鈺彷彿看到了能夠救命的稻草，急切地道：「江寒雲，快讓人去找大夫，洛簡他在發熱，像是昏過去了。」

「洛鈺，我可以救他，但是妳要答應我一個條件。」江寒雲平靜地開口道。

洛鈺驚訝地看著他，彷彿看著陌生人一樣。江寒雲為人正直，鮮少會耍手段乘人之危。

可是他神色平靜，彷彿真的在冷眼旁觀一樣。洛鈺只覺得心裡一陣陣地疼。她喉嚨乾澀，艱難地開口問道：「你有什麼條件？」

「要我救他，妳便要一直住在這裡。」看到洛鈺緊皺著眉毛想拒絕，江寒雲補充道，「放心，我很快就要回黃州城了，不會留在這裡。這裡是留給你們的。」

他的用心顯而易見。

洛鈺目光複雜地看著他。他要用這種方式逼迫她接受他的好嗎？

她不想與他再有任何瓜葛，也不想接受他的好，可偏偏沒有選擇。洛簡還在等著看大夫。「好，我答應你。」洛鈺道，「但是我也有要求。我不需要任何人照顧，不需要下人。你也——最好不要來打擾我。」

洛鈺的性子江寒雲是很清楚的，知道這是她最大的妥協，若是逼急了她，她恐怕寧願抱著洛簡去自生自滅。

「好。」江寒雲一聲令下，立即有人出現從洛鈺手中將洛簡抱了下去。

「江寒雲，你這又何必這樣？」洛鈺心情複雜地問道。

江寒雲沒有回答。

沒過多久，給洛簡診治過的大夫來了。大夫恭敬地朝江寒雲行了個禮道：「大人，小公子體弱，染了風寒，有些凶險，不過救治及時，脫離了危險，接下來需要好好調養，不宜再奔波了。」

聽著大夫的話，洛鈺自責極了。是她沒有照顧好洛簡。

「好了，你下去吧。」江寒雲道。

大夫下去後，廳堂裡只剩下江寒雲和洛鈺兩人。

「洛簡沒事了，妳不用擔心。」江寒雲語氣溫柔地安慰道。

離開上京後，一路上那麼苦，洛鈺的心始終是平靜的，一絲波動都沒有，彷彿結了冰的面一樣，可是自打昨天見到江寒雲，便開始起起落落，再也不復平靜。此刻得知洛簡沒事了，她鬆了口氣。可隨即，她想到了自己卻不得不留在這裡，住著江寒雲買的宅子，受著他的恩惠，她的心情複雜極了，幾乎要崩潰了。

一滴滴眼淚落了下來，在洛鈺腳前的地面上留下一個個深色的點。

江寒雲皺著眉，手不受控制地就抬了起來，想去替她抹去眼淚。

這時，洛鈺忽然抬起頭來看向了他。

他的手僵在了半空中。

「江寒雲，我是喜歡你，到現在都是。」洛鈺的聲音裡帶著哭腔，「洛家的事情，你堅持你心中的正義沒有錯，我身為洛家的子孫，站在洛家這邊也沒有錯，錯的是我們的身分吧，只能說是造化弄人。我這一生都不會再嫁給旁人，但是跟你——也是不可能了。我們之間隔著上百條人命，對洛家而言，我是罪人。」

說到這裡，她停頓了一下，然後用哀求和痛苦的語氣說道：「我們再也不可能了，你——放過我吧。」

從前，洛鈺覺得自己是洛家的小姐，只要看上的人也喜歡她，他們就一定能在一起的。

可是後來她才明白，有些時候，即便相愛也是無法在一起的。這與她的身分無關，即便是隻手遮天的大臣，或是皇族，都有無能為力的時候。

這便是緣淺，這便是有緣無分。

江寒雲僵在半空中的手頓了頓，終於收了回來。

半月後，洛簡的病已經好了，在洛鈺懷裡生龍活虎的，咿咿呀呀有時偶爾能吐出一個不清晰的「娘」字。

江寒雲在那日之後的第二天便因為府衙有事回去了，洛鈺整日照顧著洛簡，看著洛簡一天天長大，心裡平靜了下來，日子過得很安穩。她現在不缺住處，可唯一缺的便是錢。

從前養尊處優的時候，她從來不用擔心花銷，可現在樣樣都要考慮在內。

她幾乎沒有能賺錢的法子，想來想去，只能賣繡品了。

只是，她從前被嬌慣壞了，琴棋書畫、女紅沒一樣是學好的。

花了大半個月時間繡了兩個繡品，她託住在隔壁的大娘一同拿去集市上賣。

將繡品交到大娘手上，她又猶豫著想要拿回來。

向來自信的洛鈺也有窘迫的時候。她不確定地問大娘：「大娘，我這繡品真的會有人買嗎？」

大娘看著上面繡的不知道是雞還是鴨子的圖案，安慰她道：「我拿去替妳碰碰運氣，興許就有人喜歡呢？」

第二日，那兩幅看不出是什麼東西的繡品就到了黃州的府衙裡，擺在了江寒雲的面前。這是他派去暗中保護洛鈺的人送回來的。

看著蹩腳的針法和幾乎辨別不出來是什麼的圖案，江寒雲的眼中露出了笑意，自言自語道：「果然是從小嬌慣壞了的，連女紅都這麼——」想了半天，他沒想到一個合適的詞來形容。曾經任國子監祭酒，門下有許多學子的江寒雲面對洛鈺的繡品，竟然詞窮了。

「往後若是她再賣繡品，就都給買過來。記得給的價錢要比市價低一些，不要讓她察覺到不對勁。」

「是。」

等護衛下去後，江寒雲坐在案前，面對著滿滿的公文都無心去看，而是將手裡的兩幅繡品翻來覆去地欣賞。他心中生出一種難言的滿足，細細回味卻又有一種酸澀。

既然她說他們永遠不可能，既然她說他們之間有一條不可逾越的鴻溝，那他便在暗中守護著她，守護著她想要的平安喜樂的日子，直到他老了、守不動了。

這世上，還有一人值得他放在心裡珍藏呵護，值得他無聲地守護，也挺好的。

只要她還活著，她還願意活著。

番外　尹沈篇（上）

新德六年，一次徹查上到京中下到地方的官員貪汙案，可以說是元帝登基以來最陣仗最浩大的一件事，就算放到他一生之中，也是能夠拿出來稱道的。

可也就是在這一年年末，禮部尚書兼建極殿大學士沈未遇刺身亡。

這不僅讓元帝如同斷了條臂膀，少了個可用之人，還讓朝中許多大臣心中慌張。沈未是誰？跟張安夷一樣歷經三代君王的大臣，在朝中的地位僅次於張安夷，這樣的人都能被刺殺，那麼旁人呢？

一時間，朝中官員人人自危，心中惶恐。

與沈未交好的許多官員更是心中惋惜遺憾。新德七年年初，戶部尚書兼文華殿大學士尹濟向聖上提出了辭官的請求。

朝中許多人都覺得尹濟是忽然中邪了，不然怎麼會放著好不容易得來的官位和權勢不要，要辭官？他的年紀比張閣老還要小，往後的前途不可估量。

若說聖上對首輔大人張安夷更多的是敬重和仰仗，那麼對尹濟絕對就是信任，再加上才失去了一個沈未，聖上時絕對不願意放尹濟辭官的。

只是尹濟辭官的決心很強，任元帝如何說都說不動。

終於到了新德八年，元帝十七歲。在以張安夷為首，尹濟為次的內閣班子的輔佐下，朝局終於穩定了下來，國泰民安，隱隱有了盛世之象。

這一回，尹濟再次提出了辭官的請求。
從新德七年到新德八年，他已經提過不下幾十次了。這一次，元帝終於答應了。
新德八年，三月初三，恰逢上巳，正好是尹濟離京的日子。
當年進京的時候，一輛馬車，兩個小廝，如今離開亦是一輛馬車，兩個小廝，輕裝便行，一如當初。
脫下穿了那麼多年的官服，尹濟穿上了一件文人都愛穿的長衫，眉眼中帶著輕佻的笑容，乾淨俊朗得如同一個風流書生。想當初，他是懷著怎麼樣的決心，怎樣的凌雲壯志踏上上京的土地的？這麼多年在宦海浮浮沉沉，彷彿在戰場，現在終於要拋下苦心經營多年的關係和地位、拋棄好不容易得來的名利離開了，他竟然覺得很高興，心中輕鬆。
因為上京之外，有另一個人在等著他。

京郊，三月初的垂柳正在冒著新綠。樹下站著一個穿著一身淺綠，身材高挑，身上帶著一種尋常女子沒有的瀟灑與英氣。遠遠地看見一輛馬車自城中出來，她清冷的臉上出現了笑容。
馬車停下，尹濟撩開了車簾，看見站在樹下的人兒，勾出一笑，語氣輕佻地道：「小娘子，許久不見，在外遊歷感覺如何？」他的目光卻是前所未有的溫柔。
這女子便是已經「死了」的沈未。
兩年前，沈未終於在與尹濟一夜夜的露水情緣之中認清了自己內心，在尹濟甘願放棄官位後妥協了。
他一個男子都能為了她放下那麼費心才得來的官位，她一個女子又有什麼好留戀的呢？
「沈未」這個人再活在世上總是不好的，是以他們商量好先讓沈未假死，然後尹濟再辭官。前面都挺順利的，可誰知在尹濟辭官這件事上出了紕漏。他辭了快兩年才把這官辭了。

沈未不是個只能依附男子生存的女子。在尹濟被元帝挽留的這一年多裡，她獨自遊遍了光華的名山大川，未曾回上京見過尹濟一面，只是偶爾傳書信給他。

好幾次，尹濟都懷疑沈未是反悔了，丟下他自己逍遙快活了去了。

「我終於知道當年張二在外遊歷兩年的感覺了，樂不思蜀。」說完，沈未提著裙子上了尹濟的馬車。

原以為尹濟是為了扶她一下才伸出了手，可誰知她剛剛上去便被一把拽了進去，直接摔在了他的身上。就在沈未要起來的時候，馬車忽然動了，害得她再次摔在了他的身上。

尹濟伸出一隻手將她的纖腰摟在了懷裡，流連在她腰窩的地方，惹得沈未顫抖了一下。

「想死妳了，沒良心的。」說罷，尹濟吻上了那這一年多叫他總是心裡念著的唇。

那種唇齒交融的熟悉感立即喚起了兩人當年在尹府、在官舍夜裡糾纏的記憶。沈未準備掙扎去推他的手一下子換成了去攬他脖子的動作。

一年多未相見的思念化作了兩人糾纏的聲音，消失在了馬車的車輪聲裡。

馬車是一路向南、往揚州方向去的。

他們沿途遊山玩水，走得極慢。兩人在一起，夜裡自然也免不了乾柴烈火，尤其是開始的幾日，尹濟幾乎每晚都要折騰到天快亮，折騰到沈未喉嚨都啞了才肯放過她。

終於，一路天雷勾動地火，他們終於到揚州了。

尹濟辭官回鄉這件事，最在意的是元帝，那接下來便是揚州尹家的眾人了。

尹濟的馬車到揚州城這日，尹家的幾位主子都是一副如臨大敵的樣子。當年尹濟回來認祖歸宗，他們以為只是個好欺負的庶子，可誰知一年的時間他就讓他們嘗到了厲害。後來好不容易這位祖宗要去上京參加會試了，所有人的人都盼著他高中留在上京。

沒想到現在他竟然放著好好的內閣次輔不做，要辭官回來。

尹家的眾人頓時想起了當年那種深深的無力感。

權傾一時的內閣次輔衣錦還鄉，揚州城的大小官員以及商賈早早地便守在了城門口。雖然是辭了官的，但畢竟曾經是聖上身邊的紅人，內閣閣老大人，瘦死的駱駝比馬大，怎麼能不趁機套套關係？

尹濟的馬車一進揚州城，就被迫停了下來。

沈未撩起車窗的簾子看了看，看到穿著官服的那些人，下意識心虛地縮了回來。

「放心，妳沒來過揚州，揚州知府是先前從別的地方調過來的，不是上京的，至於其他地方小官，更不可能有機會一睹沈大人的尊榮了。」尹濟調笑著說道。

沈未瞪了他一眼。

尹濟越說越輕佻：「妳現在可是跟我訂了親的，更不能拋頭露面叫別人看去了。」說罷，他掀開了車簾走出了馬車，留著沈未在馬車裡咬牙切齒。

誰跟他訂親了？

尹濟走出馬車的時候，圍在後面看熱鬧的百姓之中發出了一聲驚嘆。

都說是辭官回來的閣老，怎麼也該五十多歲，誰想竟然這麼年輕英俊，三十都不一定到吧？

與那些官員寒暄了許久，答應晚上去赴替他接風的宴席，尹濟才終於得以回到馬車。

一上馬車，他便聽到了沈未帶著幾分嘲笑道：「沒想到你這樣的人回到家鄉竟然還這麼受歡迎。」

說到這裡，沈未眼中閃過一絲落寞。她的親人全都死了，就連她自己也早該十幾年前死了，她沒有家鄉，也沒有親人。

敏銳地捕捉到了她一閃而過的情緒，尹濟神色微動，笑著道：「那是因為他們不知道這馬車之中還坐著沈大人，若是他們知道，恐怕就顧不上巴結我了。」

沈未失笑，不屑地嗔道：「阿諛奉承！」她抬眼的這一瞬間動人極了，極有女子的風情，又有文人的快意灑脫。

尹濟眸光一暗，握住了她的手放在胸口，讓她貼近他的溫度，說道：「我們成親吧。」他不知何時收起了眼中的輕佻，認真極了。

沈未臉上的笑意凝了凝，只覺得手上感覺到的溫度傳到了她心中，溫暖極了。

「好。」

她連官位都放棄了，不就是為了跟他在一起，跟他成親嗎？

馬車終於到了尹府。

這一次，沈未在尹濟的攙扶下出了馬車。

「大哥、二哥、三哥、四哥。」看見等在門口的人，尹濟臉上露出了十分友善的笑容。

尹老爺過世多年，尹濟是他的私生子，年紀最小。他上面有四個哥哥，兩個是嫡出的兩個是庶出的。

「五弟，一路車馬，辛苦了。」尹濟這幾個哥哥雖然笑著，但是神色之中有幾分不自然。當初尹濟回來認祖歸宗的時候，他們四個每一個都暗算過他。

他們注意到了與尹濟一同下馬車的沈未。「這位姑娘是?」開口問的是尹濟的大嫂于氏。

「她是——」就在尹濟想著要如何稱呼沈未的時候，沈未自己上前一步，露出了個讓人挑不出刺的笑容說道：「我叫沈四娘。」

尹濟挑了挑眉毛，眼中閃過笑意。

沈四空，沈四娘，很是合適。

他道：「我這次回來是要同四娘成親的。」

此話一出，他的幾位兄長和嫂子神色都變了變。尹濟這樣身分的人，始終沒有成親，雖不知道他為什麼辭官，但是說不定會有起復的時候，若是誰家的女子能與他成親，往後會有什麼造化還說不定。

他的幾位嫂子都存了將娘家出挑的姑娘嫁給尹濟的心思，可誰知他這次回來第一件事便是要成親?

這個沈四娘是什麼身分?

進了尹府，沈未跟著尹濟來到了他所住的別院。別院很寬敞，陳設布局在雅致之中透著一股用錢堆出來的感覺，跟他在上京的府邸如出一轍。沈未一邊四下打量著，一邊說道：「方才你說要跟我成親，你那幾個兄長和嫂子的臉色一下子變得很是難看。」

她那些年在朝中，什麼樣陰險狡詐的人沒見過?尹濟的這幾個兄長和嫂子於她而言，一眼就能看穿了。

尹濟沒有否認，牽著她往其他地方看，嘴裡道：「恐怕他們會為難妳。」他的語氣裡聽不出一絲擔憂。

沈未一挑眉，語氣裡帶著不以為意：「我還收拾不了他們?」她自信極了。

尹濟失笑，附和地點了點頭：「是我擔心那我幾個哥哥和嫂子。」

沈未深以為然，確實該替他們擔心。

「晚上揚州知府做東，其他的官員和商賈作陪，要給我接風。」尹濟道，「以我對我那四個哥哥和嫂子的了解，今晚恐怕他們就要吃虧了。」

這樣的應酬沈未是懂的，當初她自己也參加過不少。

「你放心去吧。」至於那些想要為難她的人……

走著瞧吧。

尹濟和沈未雖然早就在一起了，該做的不該做的都做了，但那些都是私下的。沈未現在是個女子，自然要為她的名聲考慮。尹濟給她安排的住處就在他院子的隔壁，還給她安排了兩個大丫鬟，四個小丫鬟。

傍晚的時候，尹濟帶著兩個小廝去赴宴了。

沒過多久便有人來了沈未的住處，說是大夫人要給她接風洗塵。

沈未根本沒猶豫，當即便答應要去了。

當了一年多的閒雲野鶴，她的心裡也是有些懷念在朝堂上跟那些御史言官們爭得臉紅脖子粗的時候。

沈未去的時候，尹府的四位夫人都已經到了。

「沈姑娘快坐。」于氏臉上帶著和善的笑容。于氏的夫君也就是尹濟的大哥，是尹府的嫡長子，于氏自然也就是尹府的掌家夫人了。

「多謝大夫人。」沈未道了聲謝。

「客氣什麼，往後沈姑娘便要叫我一聲大嫂了，我們是一家人。」于氏打量著沈未，試探地問道，「不知沈小姐府上何處？」于氏也是個精明的人，妯娌之間也總是略壓二三四房一些。她覺得沈未一個女子跟著尹濟回來太過蹊蹺。

一個世家或者大戶人家的小姐，怎麼會在沒成親之前跟著男子回家？

沈未如實答道：「我的父母——在我小的時候就死了。」

沈未的長相本來就偏清冷，此時又故意露出了一絲弱態，垂著眼睛，這副模樣在于氏等人眼裡就是清苦寡淡的面相。

果然如自己所料。于氏壓下了心中的得意，繼續故作關心，先是遺憾地嘆了口氣，隨後又問道：「那沈小姐是住在親戚家嗎？」

沈未搖了搖頭：「這兩年我居無定所，一直在四處走。」她說的是實話。這一年多她在外遊歷，確實是居無定所。

此話一出，尹家的四位夫人眼中都露出了不屑，估摸著沈未是跑江湖賣唱的女子。也不知道尹濟這樣的人怎麼會鬼迷了心竅，要跟這樣的人成親。

她們這些大戶人家出身的女子都知道成親講個門當戶對，沈未這樣的人頂多只能做個上不了檯面的妾室，要做正妻，是沒人服的。跑江湖的女子都有些小家子氣，嫁進高門，哪裡鎮得住下面的人？

頓時，于氏她們幾個想給尹濟身邊安排人的想法又升了起來。

她們篤定，一個沒有家室沒有身分的女子是肯定成不了尹濟的正妻的。

番外　尹沈篇（下）（全文完）

晚上尹濟赴宴回來，便徑直去了沈未的住處。

沈未洗漱完畢正準備睡覺就被他從背後抱進了懷裡。

「你這叫別人看到了，要被說閒話了。」沈未伸手去推他，嫌棄地說道，「一身的酒氣。」

尹濟依舊不願意鬆手，笑容之中帶著幾分春風得意：「雖說我離開了尹家這麼多年，但是區區不才，現在想要別人看到什麼就能看到的能耐還是有的。」瞧著眼前衣領下露出的一截白得發光、如同無暇的冰玉一樣的頸項，他借著幾分酒意就要吻下去。

沈未捂住了他的嘴，推開了他說：「不許亂來，我還是要名聲的。」

雖然方才帶著幾分涼意卻很柔軟的身子抱在懷裡讓他眸色都已經深了、呼吸都有些快了，但是尹濟還是抑制住了源源不斷湧向小腹的熱流。

回了尹家，正式以女子身分示人，確實要注意她的名聲了，往後她便是他尹濟的夫人。

若是他再那樣荒唐便是輕視她，拿她當妾室和娼妓無疑了。

為了轉移注意力，尹濟後退了一步，轉移了話題問：「今夜我那幾個嫂子找妳說了什麼？」

沈未對尹濟的行動還是很滿意的，勾了勾唇說：「打聽了一下我的底細，我如實說了罷了。」她確實說的都是實話。

尹濟點了點頭。他自然不擔心沈未在這後宅會吃虧。在朝堂上的時候他吃她虧的次數都不少，幾個婦人她應付起來簡直輕而易舉。

「明日我便找媒人開始過六禮，找個黃道吉日成親如何？往後就名正言順了。」說完，尹濟看著沈未，想當即聽到她一個答案。

「好啊。」沈未答應的很爽快，「只是恐怕你的幾位兄長和嫂子不會讓你這麼順利。」

尹濟挑了挑眉毛，勾唇輕佻一笑：「沒事，不是還有妳嗎？」

什麼叫還有她？沈未皺起了眉。

「我讓人負責成親的事情，妳負責應付那些來找麻煩的，如何？」

沈未看向尹濟，眼中帶了一絲寒光。這分明是在挖坑給她跳，給她找事。本想拒絕，可是她轉念一想，彎唇一笑：「好啊，尹大人。」這你來我往的樣子宛如當年他們在官場的時候。

遲早要把麻煩解決掉的，趁著她正好有幾分興致。

沒想到于氏的動作很快，第二日，尹府便來了一位小姐。這位孫小姐是于氏的遠房親戚，看起來才十六七歲，論輩分還要叫尹濟一聲「表叔」。

于氏把沈未叫來給她引見，沈未打量了一下這位孫小姐，發現這位孫小姐模樣確實不錯，年紀雖然不大，但是看上去很穩重。比起尹月那樣嬌弱可愛的，尹濟或許會更加喜歡這位孫小姐這樣的。

「晚葉平日裡喜歡讀書，說話有些直，若是有什麼地方得罪了沈姑娘，還請沈姑娘多擔待。」于氏和氣地說道。

喜歡讀書？這位孫晚葉確實很特別，看來為了給尹濟身邊安插人，擠走她，于氏也是煞費心思了。

沈未的眸光閃了閃，一抹興味劃過。

剛好她是武帝時期的進士。

她謙虛地說道：「這麼巧，我也喜歡看書，不過看的很雜，還要孫小姐多多指教了。」

這不是自取其辱？于氏臉上閃過笑意。果然不是世家的小姐，一點眼力勁也沒有。

「沈姑娘客氣了。」孫晚葉的語氣很疏離。

從她眼中閃過的不屑和不走心的回答，沈未可以猜到于氏跟她說了多少她的不好了。

當天傍晚，尹濟來沈未的院子找沈未，便遇到了孫晚葉。

沈未的住處多了一個陌生女子，他自然不能再那麼隨便了。

尹濟正經起來還是一副翩翩君子的樣子，用沈未的話來說就是「人模狗樣」、「衣冠禽獸」。假裝客氣地寒暄了兩句，尹濟暗中用目光詢問沈未。

沈未回以他一個冰冷的目光。

還不是他的桃花債？他引來的麻煩？

感受到沈未那帶刀子的眼神，尹濟立即領會。為了撇清關係，不引火焚身，他找了個藉口便匆匆離開了。

看著有幾分清高穩重的孫晚葉看著尹濟離開的方向目光中似乎帶著幾分——崇拜與仰慕，沈未眸光一閃，試探地問道：「孫小姐對他——」

孫晚葉回過神來，臉上閃過紅暈，不自然地解釋說：「我只是看過他的許多文章。」

沈未了然地點了點頭。原來是仰慕尹濟的文采。

「孫小姐喜歡看什麼類型的書？」

孫晚葉皺眉看了看她，有些不屑地說道：「先人的書我喜歡看，但是更喜歡當世一些大儒寫的一些引經據典的文章。」

沈未笑了笑。她雖然當年殿試是二甲第一，比尹濟這個榜眼稍微差了一些，但是寫文章卻不比他差多少的。當世張安夷寫文章毫無疑問排第一，接下來是幾位年邁的大人，她沈未也是能排上前十的。

接下來幾日，事情的發展超出了于氏的預料。

孫晚葉幾乎住在了沈未的院子裡，每日都跟著沈未。

不管是引經據典的文章還是各地方的風物志，沈未都甚是了解，甚至得益於協助張安夷修撰了這麼多年的《平樂大典》，她對一些偏門雜學也有所了解。

她的博學讓自命不凡的孫晚葉深深敬服。不僅如此，沈未常年女扮男裝，神態與舉止間還帶著幾分英氣和灑脫，沒幾日便讓孫晚葉將尹濟拋在了腦後了。若是沈未是個男子，或許孫晚葉就要非她不嫁了。

這讓沈未很是得意，覺得孫晚葉此人不錯，卻讓尹濟心裡很不是滋味。從前沈未女扮男裝的時候有個楚棲惦記，現在恢復女裝了卻又來了個整日黏著她的孫晚葉。

孫晚葉的事情讓于氏氣得不輕，偏偏又說不動她。

不僅是孫晚葉，就連尹濟其他三位兄長和嫂子安排的人也一一被沈未不費吹灰之力收拾了，不是化敵為友，就是哭著離開尹府再也不來了。

到此，尹家的幾位老爺和夫人才知道這位沈四娘並不是他們想像中那麼簡單的。等他們反應過來自己輕敵的時候已經晚了。

七月初九，黃道吉日，宜嫁娶，正是尹濟迎娶沈未的日子。

不僅僅是揚州城大小官員，甚至兩江兩淮的大小官員都聚集在了尹府。當初尹濟被派來巡查兩江兩淮，做了許多事，深得人心。

尹濟官至內閣次輔、戶部尚書，當初在朝堂上的聲望也是極大的，從七月初開始便有賀禮源源不斷地從上京送往尹府。

從七月開始，尹濟大婚就成了揚州城百姓茶餘飯後唯一的話題了。人人都羨慕那沒有家世背景的一屆孤女沈四娘，幾世修來的福氣才能嫁給尹濟？

這已經算是這些幾年來揚州城最大的事情了，但不止如此，傳聞，內閣首輔張閣老的夫人居然帶著兩個兒子親自來了。

阮慕陽是初八中午到的。

得知張閣老的夫人也要來，還要在尹府住幾日，尹家的幾位老爺夫人早就蠢蠢欲動想要巴結了。可誰知阮慕陽一來便說：「沈姑娘沒有娘家人，我是作為她的娘家人來給她撐場面的。」

此話一出，別提于氏他們幾個有多驚訝了。

阮慕陽新德六年生的一雙兒女，兒子叫張青陽，女兒叫張初茵，都才兩歲。

看見故人，沈未自然是十分感慨的。

阮慕陽對張張青陽道：「叫沈姑姑。」

張青陽被阮慕陽抱在懷裡，乖乖地叫了聲：「沈姑姑。」

沈未被叫得心都化了。

而今年七歲的張青世叫了聲「乾娘」之後，對著她打量了很久，眉毛皺了起來。「我怎麼覺得乾娘看起來有些眼熟？」張青世今年雖然只有七歲，但是遺傳的張安夷和阮慕陽的聰慧已經顯現出來了。

沈未「死」的時候，張青世五歲，已經有記憶了，當時他聽說他的「沈叔叔」要永遠離開他了，哭了好久，哭得嗓子都啞了。

「我怎麼沒瞧著像誰？」阮慕陽道。

似乎是看出了阮慕陽不想他問這個，張青世點了點頭便不再問了。

沈未笑了笑轉移了話題問：「怎麼初茵沒有跟來？」

提起這個，張青世的心情就很不好。他嫌棄地看了眼阮慕陽懷裡的張青陽，說：「娘，弟弟太傻了。」

顯然他還是喜歡妹妹的。

比起性子跳脫得不知道像誰的張青世，張青陽雖然才兩歲，卻能看出來性格像張安夷了，很安靜。

阮慕陽頭疼地瞪了張青世一眼，對沈未道：「三個孩子我怕帶不過來，正好初茵前陣子生病，就把她留在上京了。」

張安夷對兩個兒子嚴肅，對這個女兒卻是寵溺極了，在府中的時候恨不得在書房看書也要抱著她。

張青世不止一次彆扭地說：「爹就是不喜歡我。」

沒多久，得知尹濟回府了，張青世便高興地去找他乾爹了。

沈未笑著道：「其實青世的性子才最像你們。」

張青世只是將張安夷和阮慕陽那隱藏起來的陰暗面全都表現了出來。

阮慕陽失笑。他們已經有三個孩子了，但是因為當初懷著他的時候經歷了很多，他的身子到現在還不好，所以他們夫妻二人對他是最好的、最放縱的。

「知道你們要成親了，我們很高興。他在朝中實在抽不開身，只好我一個人來。」得知尹濟和沈未要成親後，阮慕陽便和張安夷商量要親自來一趟揚州。沈未家中無人，本來他們夫妻二人是都要來，作為她的娘家人給她撐場面的，可是張安夷實在走不開。

沈未哪裡不知道他們的用心？尤其是阮慕陽還帶著兩個孩子特意從上京過來。她的眼中難得有幾分水光，眸光波動，真心地說道：「謝謝你們。」

「妳跟他的關係那麼好，我們便是妳的娘家人。」

阮慕陽到的第二日，也就是尹濟和沈未成親這一天，揚州城的百姓才知道張閣老的夫人是為了沈姑娘來的。原來沈姑娘並不是無依無靠，她與當朝首輔張閣老夫婦的關係匪淺。

這一層關係，足以比過許多世家小姐了，誰還敢輕視她？

況且，沈未也根本不在意別人的輕視。她曾經是天子近臣、六部尚書、內閣大學士，無上的榮耀和權勢都感受過了。

尹濟成親，他的養父平江知府連瑞自然也來了，坐在了高堂的位置上。連瑞膝下無子，卻願意讓尹濟認祖歸宗，可見他是個德行高尚的人。

這一場婚禮幾乎驚動了整個江南的官場和商場，但是這還不是全部。在及時快要到來的時候，阮慕陽穿著一品誥命的衣服，拿出了元帝的聖旨宣讀——

聖旨上的內容是元帝親自撰寫的，說了許多祝福，賞了許多賞賜。即便是京中三品以上大臣成親，也不過如此了。

這無疑是至高的榮耀。

這一場盛大的親事足以讓許多揚州人津津樂道很長一段日子。

沈未在喜娘的攙扶下。在旁人豔羨或祝福的目光中慢慢走進了正堂。

當初下定決心女扮男裝入仕平反的時候，她就已經做好了要麼被人發現去死、要麼做一輩子男人的準備，從沒想過還有一天能恢復女兒身，能有這樣一場盛世婚禮。

她這一生太苦了，經歷的比別人多多了，現在所有的執念都已了卻，就連原先覺得不可能實現的心願也即將要實現了。

她這一生，也算是得償所願了。

（全文完）

Instagram Plurk

國家圖書館出版品預行編目資料

內閣第一夫人（四）（完）/ 墨湯湯 著 . --
第一版 . -- 臺北市：未境原創事業有限公司，
2025.03
面； 公分
ISBN 978-626-99520-9-0(第 4 冊：平裝)
857.7 114001928

內閣第一夫人（四）（完）

作　　者：墨湯湯
發 行 人：林緻筠
出 版 者：未境原創事業有限公司
發 行 者：未境原創事業有限公司
E-mail：unknownrealm2024@gmail.com
地　　址：台北市中正區重慶南路一段 61 號 8 樓
8F., No.61, Sec. 1, Chongqing S. Rd., Zhongzheng Dist., Taipei City 100, Taiwan
電　　話：(02) 2370-3310　　傳　　真：(02) 2388-1990
印　　刷：京峯數位服務有限公司
律師顧問：廣華律師事務所 張珮琦律師
總 經 銷：聯合發行股份有限公司
地　　址：新北市新店區寶橋路 235 巷 6 弄 6 號 2 樓
電　　話：(02)2917-8022

定　　價：350 元
發行日期：2025 年 03 月第一版